悪の芽

貫井徳郎

角川文庫
23984

目次

プロローグ

新橋《しんばし》でゆりかもめに乗り換えたときから、車中は人でごった返していた。おそらく大半の人は、東京グランドアリーナ駅で降りるのだろう。日本最大のコンベンションセンターである東京グランドアリーナでは、今日からアニメコンベンション、通称アニコンが開かれる。昨年の実績は、三日間で延べ十万人近い人が集まったそうだ。ここ数年の傾向からして、今年はそれ以上になると予想されている。ラッシュアワー並みに車中で体を寄せ合っている人たちの大半は、アニメファンであろうと思われる風貌《ふうぼう》だった。流行をまるで意識していない服装と髪型。自分もそうであることを、亀谷壮弥《かめたにそうや》は自覚している。

息をするのも苦しいようなすし詰め状態から、十駅目にしてようやく解放された。やはり、ほとんどの人が東京グランドアリーナ駅で下車した。人の流れがどっと階段に押し寄せる。壮弥もその流れに乗りながら、密《ひそ》かに深呼吸をして新鮮な空気を吸い込んだ。

アニコンにはたくさんのブースが出店する。どのブースも、現在放送中か放送は終了しても根強い人気があるアニメ番組のものだ。人気声優をゲストに迎えてトークイベントをやるブースも多く、それが集客にひと役買っている。さらに、ここでしか買えないグッズの販売も、アニコンの人気に拍車をかけていた。

参加者は、アニコンオリジナルのグッズを入手するためにまとまった金を持ってきているはずだ。壮弥もアルバイトで地道に金を貯《た》め、今日に備えた。ここで買えなければ、高額に跳ね上がったオークションサイトでしか手に入らない。ラッシュの電車に揉《も》まれようと、入場するための列に何時間並ぼうと、アニコンで買った方が結局は安上がりなのだった。

他に、人気フィギュアの競りも行われる。高い物になると何十万もの値がつくので、壮弥はむろん手が出せないが、競りの結果はニュースで取り上げられるほど世間の注目を集めていた。確か去年は、世界的にも有名なフィギュア作家の作品が三百万円で落札されて話題になった。世の中、金があるところにはあるものである。壮弥の総予算は五万円だが、それでも年に一度の散財だった。

アニコンの入場は時間制である。前売り券を買う段階で、入場する時間を指定する。早く行った方がたくさんグッズを買える、というわけではない。各ブースは入場時間ごとに小出しにグッズを売り出すし、午前中になかったグッズが午後に並ぶこともある。滞在可能時間は三時間と限定されているので、グッズが手に入るかどうかは運次第だ。

もちろん、会場を出る際に延長料金を払えば滞在時間を延ばすことはできるため、朝から晩まで会場内をうろつく強者もいる。もっとも、一日滞在すると一万円以上かかってしまうから、その分をグッズ購入に充てる人の方が多いのだった。

駅から歩いて三分ほどで、ユニークな形状の東京グランドアリーナが見えてきた。白《しら》川郷《かわごう》の合掌造りを模したと言われている外観は、屋根が急角度になっている。正面から見ると、尖《とが》っていると表現した方がいいくらい、屋根の一番高い部分が突出していた。もちろん斬新《ざんしん》なデザインを狙ったのであろうが、それだけでなくきちんと意味もあるそうだ。尖った屋根の側面はソーラーパネルになっていて、電力を自前で賄《まかな》った上に売電までしているらしい。だから横から見ると銀の建物は光り輝いていて、完成からすでにずいぶん時間が経《た》っているにもかかわらず、未《いま》だに未来的な雰囲気を保っているのだった。

アニコン会場への入り口は、ひとつに限定されている。すでにそこには、長蛇の列ができていた。列が派手に見えるのは、コスプレイヤーが交じっているからだ。会場に入場はせず、コスプレイヤーを撮影するのが目的とおぼしき、カメラを持った人も少なからずいる。列に並ばず、カメラを構えた男性に囲まれてポージングをしているコスプレイヤーもいた。

入場時間別に並んでいるので、列は複数ある。たとえ入場時間が決まっていても、その枠の中で誰よりも早く中に入り、目指すグッズを買おうとする人たちは、何時間も前から並び始めるのだ。他にも、並んで待つこと自体が楽しいという面もある。並んでいるうちに前後の人たちと親しくなり、グッズの交換などもできるからだ。

今回、壮弥はひとりでやってきた。去年同行した友人が、今年はニュージーランドに留学してしまったためだ。ふたりだと手分けしてグッズが買えて好都合だったのだが、今年はやむを得ない。だからよけいに、列に並んでいる間の交流が大事なのだった。

現在、時刻は九時過ぎである。壮弥が買った前売り券は、十一時入場のものだった。十一時枠の列は、ざっと見て五十人以上が並んでいた。十時枠は最後尾が見えないほどだから、まだましだ。係員の誘導に従って、十一時枠の列に並んだ。

少し経つと、前の人が「ひとりですか」と話しかけてきた。友達が海外に留学してしまって、と返事をして、そのままやり取りが続く。基本的にアニメファンはあまり社交的ではないと思うが、アニコンの日だけは別なのだ。こうして会話しておかないと、壮弥のようなひとり客はトイレにも行けなくなってしまう。もっとも、話しかけてきた人はふたり組だったので、そもそも社交的なようだが。

すぐに後ろにも人が並んだ。そちらの人とも言葉を交わしてみたが、さほど反応がよくなかった。そういう人もいるので、無理をせずに放っておく。前の人たちと交流できただけでもよかった。

三十分も経つと、トイレに行きたくなった。一応、水分は控えておいたのだが、一度も行かずにいるのは不可能だ。入場した後はトイレに行く時間も惜しいので、今のうちに済ませておくことにする。前の人たちに断って、列を離れた。

屋外のトイレは少し離れた場所にあるのが、この施設の難点だった。設計段階では、入場待ちの列がこんなに長くなるとは想定していなかったのかもしれない。何しろ、会場の収容力は日本一なのだ。それでも行列になってしまうのだから、アニコンの集客力は設計者の予想を遥《はる》かに上回っているのだろう。

ここで並ぶのは初めてではないので、トイレの場所はわかっている。二分ほど歩いて辿《たど》り着き、用を済ませて列に戻ろうとした。駅の方からは、人が続々とこちらに向かっている。十一時枠の列も、今頃はかなり長くなっているだろうと想像した。

列の先頭が見えてきた辺りでのことだった。向かって左手に、カートを押す男の姿があった。大量にグッズを買い込むために、カートを持参する人もいる。ただ会場内にカートは持ち込めないので、おそらくは車をどこかに停《と》め、帰る際にそこからカートを出してくるのだろう。つまり、まだ午前中の段階でカートを押している人は珍しいのだ。カートの上には段ボール箱が載っているから、グッズ販売の人が補充のために追加商品を運んできたのかと推察した。

それでもカートを押す男が気になったのは、その出《い》で立ちがスタッフには見えなかったからだ。基本、スタッフはどこのブースでも、そのアニメのタイトルやキャラクターが入ったTシャツを着ている。それに、入場の際に見せるIDカードを首から下げているものだ。しかしカートを押す男は、アニメとは特に関係のない普通の服を着ているし、

ＩＤカードも下げていない。その違和感が、壮弥の注意を惹《ひ》いた。

視界の端でぼんやりとカートの男を捉《とら》えながら、歩き続けていた。壮弥が足を止めたのは、信じがたい光景を見たからだ。カートの男は段ボール箱の中から瓶のような物を取り出し、それに火を点《つ》けて入場待ちの列に投げ込んだ。瓶は割れ、ぱっと炎が広がった。

何が起きたのか、一瞬わからなかった。あまりにも非現実的なことが眼前で起きると、人は理解を拒絶するのだ。どう見ても、カートの男が行列に火炎瓶を投げ込んだのに、何かの間違いかと考えてしまう。たちまち悲鳴が上がり、炎から人々がいっせいに逃げているにもかかわらず、どうにも現実感が伴わなかった。

カートの男が持っている火炎瓶は、一本だけではなかった。段ボール箱から二本目三本目を取り出して火を点け、逃げ惑う人々に投げつける。瓶をまともにぶつけられた人は、足許《あしもと》から炎に包まれ火柱になった。その光景を見て、ただごとではないとようやく肌で感じることができた。壮弥はとっさにスマートフォンを取り出して、眼前の惨事を動画で撮影し始めた。

通常の感覚では、逃げ出すべきところだった。しかしそのときの壮弥の頭には、逃走という選択肢はかけらもなかった。これは大変な事件である、だから記録しなければならない。そのようにしか思考しなかった。それが、朝から晩までスマートフォンを触って生きている者の、当然の判断であった。

もちろん、カートの男と距離があったからこそできることだった。もっと男が近くにいたら、いくらなんでも逃げ出していた。壮弥はトイレに行っていたから、難を逃れられたのである。壮弥が並んでいた辺りの列はとっくに崩れ、言葉を交わしたふたり組もどこにいるかわからなかった。

列ができていた場所は、幅こそあるが、建物とフェンスに挟まれた一本の通路である。二方向にしか逃げることができず、男はその両方に火炎瓶を投げ込んでいた。逃げる背中に火炎瓶をぶつけられ、人が燃え上がる。ぎゃーっと悲鳴を発し、燃えた人が地面をのたうち回った。その恐ろしさに、スマートフォンを持つ手が震えた。それでも、壮弥は撮影を続けた。

男を取り押さえようと、近づいていく人もいた。だが男はそれに気づき、火炎瓶を投げつけた。取り押さえようとした人もまた、火柱になって地面を転がる。男に立ち向かおうとしていた人も数人はいたが、それを見て皆が踵《きびす》を返した。一秒でも早く男から離れようと、人々は左右に分かれて走り出した。

すると男は、カートを押して追いかけ始めた。幸運にも、その向かう先は壮弥が立つ位置とは逆方向だった。思わず、壮弥はその後を追った。男がこちらに向かってこない限り、撮影は継続しなければならないと考えた。

男はカートを押しながら、瓶を投げていた。もう瓶に火は点いていない。人々に油をかけることが目的なのだろう。実際、瓶は人々の足許で割れて中の液体を浴びせた。液体に足を取られ、転ぶ人もいた。そんな人に、男はすれ違いざまに火を点けた。炎と悲鳴。男の攻撃が的確であるだけに、残虐さも際立った。

そんな中、前方右手にしゃがみ込む人を壮弥は見つけた。何をやっている、諦《あきら》めないで逃げろ。そう叫んだつもりだったが、声は出ていなかった。なぜその人がしゃがんでいるのか、理由がわかって絶句したからだ。しゃがんでいるのは女性で、自分の体の下に子供を隠していた。女性は子連れなので逃げ切るのは無理と諦め、子供に覆《おお》い被《かぶ》さって守ろうとしているのだった。

たとえ身を挺《てい》しても、火炎瓶をぶつけられたら子供ごと燃え上がるだけだ。壮弥の背中を、ぞっとするほど冷たいものが走り抜けた。一瞬後の惨劇を思い、目を背けたくなった。

男はしゃがんでいる女性に向け、瓶を振りかぶった。だがどうしたことか、その動きはすんでに止まった。男は瓶を投げず、そのまま女性の傍らを通り過ぎた。女性はそれに気づいているのかいないのか、しゃがみ込んだまま子供をきつく抱き締めていた。

このひと幕はなんなのか。壮弥は不思議に思った。男は明らかに暴漢だ。無差別大量殺人を試みているとしか思えない。それでも、親子連れの命を奪うような真似はしないということか。もちろん母子が助かったのはいいことだが、それがなんらかの言い訳になるはずもなかった。偽善めいている、とすら感じられた。

壮弥の横を駆け抜けていく人がふたりいた。制服を着ていることから、何者かわかる。

警備員だ。警備員はすれ違いざま、「早く逃げろ！」と声をかけてきた。逃げるどころか撮影のために追いかけている壮弥は、物見高い野次馬に見えたのだろう。実際、自分の行為が野次馬でしかないのはわかっている。それでも、記録することの意義を感じていた。

ふたりの警備員は、背後から男に追いつきそうになった。だが男はそれに気づくと、立ち止まって瓶に火を点け、冷静に投げつけた。警備員は難なくそれをかわし、地面に炎が広がる。驚いたのは、次の瞬間だった。

男の武器は火炎瓶だけではなかったのだ。男は警備員が瓶を避けた一瞬の隙を衝《つ》き、近づいていって攻撃した。男の手には、刃物があった。遠目からだが、ずいぶん長い刃物に見える。その刃が、ふたりの警備員の喉元《のどもと》を通り過ぎた。後方からでもわかるほど、赤い血が散った。警備員はふたりとも、生きている人ならばあり得ない勢いで、ばたりと倒れた。さすがに壮弥も、驚いて足を止めた。

ほんの数秒、男と目が合った気がした。今度はこちらを襲ってくる。そう予感して、すぐに逃げ出そうとした。だが男は、壮弥ひとりでは標的として少ないと考えたのかもしれない。目を逸《そ》らし、先ほどまで追っていた人々の方へ顔を向けた。警備員が時間を稼いでくれたお蔭《かげ》で、男と人々の距離はかなり空いていた。もう、追いつくことはできないだろう。やはり、こちらに向かってくるか。壮弥は足の裏に力を込め、逃走の瞬間に備えた。

しかし男は、もうその場を動こうとしなかった。段ボール箱から瓶を二本取り出すと、それを自分の頭上に掲げ、中の液体を頭から浴びた。何をやっているのか。壮弥は逸らしていたスマートフォンを、また男に向けた。なぜか、男が撮影されることを望んでいるようにも思えた。

男は両手に持っていた瓶を、地面に投げ捨てた。そして、先ほどまで使っていた長いライターを取り出し、自分の体に当てた。銃の引き金にも似た形状のスイッチを、男は引く。たちまち、男の体は火だるまになった。

男は叫んだ。喉が裂けそうなほどの絶叫だった。それでも男は、地面に転がろうとはしなかった。炎に包まれたまま立ち続け、やがて崩れるように膝《ひざ》をつき、前のめりに倒れた。それきり男は動こうとせず、全身を覆う炎が激しく揺らめくだけだった。離れた場所にいる壮弥の鼻にも、肉を焼く異臭が届いた。そのとき初めて、壮弥は吐き気を覚えて口許を押さえた。耐えきれず、その場で嘔吐《おうと》した。

遠くでサイレンの音が鳴っている気がした。

第一章

1

　十一時半を過ぎたので、昼食を摂《と》ることにした。コーポレート・ファイナンス部は窓口業務があるわけではないが、電話はかかってくるので、昼休みは交代で取っている。ランチタイムの混雑を避けたい人は遅い休みを選び、腹が減る人は先に食事に出る。安《あ》達周《だちしゅう》はいつも、先に休みを取っていた。

　同僚や部下と連れ立って店に入ることもあるが、基本的には各自好きに行動するのが部署の習慣だった。人間関係がそれほど濃密でないところを、安達は気に入っている。支店勤務のときは、もう少し人付き合いが面倒だった。大手町《おおてまち》のランチタイムは混雑しているため、数人で一緒に入れる店が少ないからこその習慣だが、物事を合理的に考えるのはやはり本社だからだろう。合理性は、安達の好むところだった。

　季候がいいので、今日は屋台村に行こうと決めていた。空きスペースに屋台が集い、安いランチを販売しているのだ。屋台とはいっても、祭りの縁日に並ぶようなものではない。内部で調理ができるように改造したワゴンカーだ。いずれは自分の店を持とうと考えている料理人が、腕試しとしてそうした車で料理を売っているケースが多いらしく、味はどこも充分に満足できるレベルである。選択肢が多いから、何を食べるか決まっていないときに行くのに向いていた。

ざっと見て、カレーライスにした。カレールーを二種類選べるところに惹《ひ》かれた。コールスローサラダも注文し、すぐに出てきた簡易容器を手に近くのテーブルに着く。すると横手から、「課長」と声がかかった。

「カレーですか。そこのカレー、おいしいですよね」

横のテーブルに陣取っていた、部下の女性行員たちだった。屋台村を好む行員は多いから、こうしてここで一緒になることも珍しくない。部下から見て煙たい上司になっていないだろうかとほんのわずかに気にしているが、こんなふうに声をかけてくるなら大丈夫なのだろう。客観的に評価して、自分は部下に疎《うと》まれていない課長だと安達は認識している。

「うん、ここに来ると、ついこのカレーにしちゃうな」

当たり障りのない返事をして、微笑《ほほえ》んでおく。今は上司も部下から評価される時代だから、接する際の笑みは必須《ひっす》だ。頭が薄くなっておらず長身で、腹も出ていない自分が女性行員にどのような印象を持たれるか、安達は承知している。仕事中に怒鳴らず、休憩時間に気さくに笑みを浮かべれば、好感度がさらに上がることも知っていた。

「おいしいですよねー」「私も好きー」という言葉が返ってきて、やり取りが終わった。いくら煙たがられていなくても、この後さらにあれこれ話しかければ内心で眉《まゆ》を顰《ひそ》められる。これくらいで離れ、女性たちの会話には首を突っ込まないのが正しい態度だった。

安達はプラスティックスプーンを袋から出し、カレーに突っ込んだ。カレーの簡易容器の横に、スマートフォンを置いた。食事をしながらスマートフォンを見るのは行儀が悪いとわかっているが、時間を有効に使うためと合理的に考えている。課長である安達は、平社員時代のように昼休みをきっちり一時間取る気はない。食べ終わったら社に戻るので、短い時間を有意義に使いたいのだった。

昼休みにチェックするのは為替《かわせ》の値動きと、それからニュースだ。為替に特に目立った動きがないことを確認してから、ニュースサイトを開く。見出しをざっと見て、「死傷者多数」という文字に目が留まった。

何か、事件か事故が起きたようだ。自分の仕事に関係はなくても、興味は覚える。見出しをタッチして、本文を表示させた。

事故ではなく、事件だった。東京グランドアリーナで、死者が数人出る殺傷事件が起きたらしい。犯人は火炎瓶を何本も投げ、刃物も使って凶行を繰り返したと記事は書いている。その後、犯人は自ら油を被《かぶ》って焼身自殺をしたとのことだった。

犯人が死亡したので、動機はおろか、氏名すらまだ判明していないようだ。とはいえ、不特定多数を狙った犯行であるのは明らかだから、無差別殺人なのだろう。銃社会ではない日本でも、最近はこうした犯行が増えている印象がある。事件数自体は減っているとの統計があるというが、ひとつひとつの事件の凶悪性は増しているのではないか。自分の子供が巻き込まれたら、と考えると、不快さが心に兆した。しかし、その不快さは怒りや恐怖にまでは育たなかった。あくまで、ちょっとした不快の念だった。

スプーンでカレーを口に運びつつ、ニュースの見出し一覧に戻って、他の記事に目を走らせた。昼休みは短い。興味を惹かれる記事は他にもあった。

午後の仕事を大過なく終え、十九時過ぎに退社した。行員の時間管理に会社がうるさくなったので、残業はしない。家族と一緒に夕食を摂れるほど早くはないが、子供たちが寝入る前に帰れるのはありがたかった。子供と一緒にいられる時間は、存外に少ない。上の娘が九歳になって、そんなことを考えるようになった。

早く退社すると、帰宅ラッシュに吞《の》まれる。電車の中でなんとか吊革《つりかわ》を確保し、スマートフォンを手にした。昼休みと同じように、為替の動きをチェックしてからニュース一覧を見る。東京グランドアリーナでの事件の続報が出ていた。

死者は、刃物で殺害された警備員ふたりを含めて、八名にもなるそうだ。その他、重軽傷者は三十数名だという。アニメの集いとのことだったから若い人が被害に遭ったのかと思いきや、亡くなった人の年齢の幅は広かった。五十代の人も一名、命を落としている。アニメは若い人が見るもの、という感覚はすでに古いのだろう。銀行に勤めていると、どうしても旧来の発想が身についてしまう。

家に帰り着くと、妻とふたりの子供が出迎えてくれた。一日の緊張が緩む瞬間だ。本社勤務になってから、支店の頃より気を張り詰めている。ひとつのミスも許されない、という気持ちで仕事をしているからだ。安達は自分が出世コースに乗っているという自覚がある。この出世コースからは、絶対に外れたくない。だから会社ではずっと気を張っていて、こうして家に帰ってきてようやくほっと息をつくのだった。

上の娘は九歳なので、もう父親に抱きついてきたりはしない。しかし下の娘は、まだ無邪気に飛びついてくる年だ。鞄《かばん》を妻に預け、五歳の娘を抱き上げてやる。一日のうちでも、かなり楽しみにしている行為のひとつだった。

「あのね、あのね」と、娘は幼稚園であったことを話してくれる。その三分の一くらいはよくわからないが、安達は娘の話を聞くのが好きだった。子供が少ない語彙《ごい》で一所懸命に語る様は、それだけで愛らしい。食事など後回しでいいから、いつまでも聞いていたいお喋《しゃべ》りだった。

家族に囲まれながら食事をし、風呂《ふろ》に入って、寝た。自宅は二十三区内の一戸建てだ。小さいながらも土地を買い、容積率いっぱいに二階建ての家を建てた。おっとりした性格の妻を得、ふたりのかわいい娘に恵まれ、会社では出世コースに乗っている。満ち足りた人生であり、満ち足りた一日だった。今日も安達は、満足感を味わいながら眠りに就いた。

翌朝、朝食の前に新聞を開いた。昨日一番の大きいニュースは、やはり東京グランドアリーナでの大量殺傷事件だった。死者の数は増えていないが、予断を許さない容態の重傷者がいるらしい。依然として、犯人の身許《みもと》は判明していなかった。

「怖いよねぇ。まさか、アニメのグッズを買いに行ってそんなことに巻き込まれるなんて、思いもしないもんね」

妻の美春《みはる》が、朝食の皿を運んできて言う。朝食はいつもパンと、安達の好みで決めている。おかずはベーコンエッグとサラダ。美春の作るベーコンエッグは黄身が固くならず柔らかすぎず、ちょうどいい火の通り具合だった。

「動機が気になるけど、まだわからないんだな」

安達の興味が向かう先は、そこだった。なぜ人は、こんなことをするのか。恵まれた人生を送っていても、こうした不意の凶行に巻き込まれる可能性は常にある。その理不尽さが、安達を不快にさせるのだった。

「動機なんて、ないんじゃないの。だって、アニコンだよ。アニメに恨みを持つ人なんて、いないでしょ」

「まあ、そうだな」

大方、恵まれない人間が社会に恨みを抱き、凶行に走ったのだろう。あまりにありふれているからこそ、腹立たしい動機に違いない。最後は油を被って自らに火を点《つ》けたというから、死ぬ覚悟ができていたのではないか。ならば、大勢を巻き添えにせずにひとりで死ねよと思う。

新聞を畳み、朝食に取りかかった。平日ならば続きは、電車の中で電子版の新聞を読むところだが、今日は土曜日なのでゆっくりしていられる。常に時間を有効に使うことを心がけている安達にとって、のんびり新聞を読めるのは贅沢なことだ。朝食を味わって食べられるのも、週末ならではの喜びである。大量殺傷事件のことは頭から押しのけ、この週末は家族とどのように過ごそうかと考えた。

2

夕食後に、ニュースをチェックした。東京グランドアリーナ大量殺傷事件の犯人の氏名が判明していた。犯人は十本近い火炎瓶を使用したのだが、その運搬にはレンタカーを使っていたらしい。周辺の有料駐車場で車が発見され、レンタカー会社に残っていた運転免許証のコピーによって身許が判明したとのことだった。

犯人の名前は、斎木均《さいきひとし》といった。年齢は四十一歳。無職だそうだ。漠然と思い描いていた犯人像から、大きく外れてはいなかった。

四十一なら、安達と同じ年だった。安達の世代は、社会に出る頃がちょうど就職氷河期と言われていた。求人が極端に少なく、大学卒でも就職先が見つからないケースが多かった。そのため、この年齢になってみると境遇に大きな差が生まれている。安達のように都市銀行に就職して出世コースに乗っている者と、勤め先が見つからずに一度も正規社員になることなく過ごしてきた人では、もはや同じ社会に生きているとは思えないほど生活環境が違うはずだ。両者を分けたものはなんだろうかと、たまに安達は考える。自分は運がよかったという自覚はあるが、努力もした。そのどちらかが欠けても、今の自分はなかったのだろう。

そうしたことが瞬時に頭に浮かんだが、同時に何かが引っかかった。記憶の片隅を刺激するものが、このニュース記事にはある。だがそれがなんなのか、突き止めることはできなかった。時間は常に貴重だ。仕事に関係なければ、いつまでも拘泥し続けるわけにはいかないのだった。

それきり事件のことは忘れていたが、翌日の朝刊で事件の記事を目にして、また意識した。犯人が同じ年とわかり、それまでの漠然とした興味が、はっきりとした好奇心に変わったのを感じる。同世代の者の現在には、以前から関心があった。無差別殺人などという最低の犯罪を犯す者は、安達から最も遠い世界に生きている。同じ時代を過ごしてきたはずなのに、違う世界に立っているのはなぜか。優越感でも自慢でもなく、ただただ興味があった。

氏名が明らかになったことで、犯人に関する情報も出始めていた。出身地は東京で、今はひとり暮らし。結婚経験もなし。一ヵ月前までファミリーレストランでアルバイトをしていた。その際、一緒に働いていた人のコメントによれば、「こんなことをする人には思えなかった」そうだ。

ありふれている、と思った。世間が思い描く無差別大量殺人犯の、典型的なバックグラウンドだ。想像の範囲を、一歩もはみ出していない。被害者の中に知人がおらず、あくまで頭の中だけの感想だから言えることだが、つまらないとすら感じた。

少し、興味が薄れた。この犯人と自分を分けたものの正体には依然として関心を覚えるが、犯人自身についてはどうでもよくなってきた。取るに足りない人生を送ってきた男が、くだらない理由でしでかした犯罪。事件の重大さに比べて、背景があまりに凡庸だ。こんなことで死ななければならなかった被害者が、気の毒でならなかった。

週が明けて月曜日、会社から帰宅して、いつものように家族たちに出迎えられた。三人に「ただいま」と声をかけ、次女を抱き上げる。次女は最近、生意気にも「お外から帰ってきたら、ちゃんと手を洗ってね」と言う。自分が言われているから、他の人にも言いたいのだ。先週も、同じことを言われた。だが今日は、先週は言わなかったひと言をつけ加えた。

「黴菌《ばいきん》がついてると、汚いから」

「そうだね」

黴菌という言葉を、幼稚園で習ったのだろう。なぜ手を洗うのか、その理由まで理解させるのはいいことだ。そう考えたものの、頭の中に少し靄《もや》が生じた。気にかかっているることがあるのに、それがうまく形にならない際の靄。次女を床に下ろして、洗面所に入った。

言われたとおり、ハンドソープをつけて手を洗った。黴菌がついてると、汚いから。靄が晴れて、安達は手を止めた。

先ほどの次女の言葉を頭の中で繰り返す。黴菌という言葉が、記憶を刺激した。記憶にある名前と一致している気がする。加えて、年齢まで同じなのだ。調べてみる必要があるかもしれなかった。

まさかな。まず、そう考えた。そんなことがあるだろうか。しかし、記憶にある名前と一致している気がする。加えて、年齢まで同じなのだ。調べてみる必要があるかもしれなかった。

リビングルームに行き、まずブルーレイレコーダーのリモコンを手にした。そのままダイニングテーブルではなく、ソファに腰を下ろす。いつもと違う動きをする父に、娘たちはついてきた。ふたりの娘が左右に坐《すわ》る。嬉《うれ》しい状況なのだが、今はかまっていられなかった。番組表を起動し、明日の午前中の番組を表示させた。

各局のワイドショーの、内容紹介が出てくる。どの番組でも、東京グランドアリーナ大量殺傷事件を扱うことになっていた。安達はボタンを押して、それらすべての録画を予約した。

「珍しいね。なんでワイドショー？」

美春が気づいて、尋ねてきた。結婚してこの方、安達がワイドショーの録画予約をしたことは一度もない。不思議に思うのも当然だった。

「うん、ちょっとね。消さないでよ」

「……わかったけど」

きちんと説明をしない安達に、美春は不満そうだった。妻に対して隠し事はしたくなかったが、今はまだ言えない。言いたくないし、認めたくなかった。自分の思い過ごしであって欲しいと、強く望んだ。

その後は就寝時刻になるまで、タブレットで事件について調べ続けた。ニュースサイトだけでなく、匿名掲示板にできていたスレッドもチェックした。ニュースサイトでは特に新しい話は出てこず、匿名掲示板では逆に真偽不明の情報で溢《あふ》れ返っていた。中には、犯人には狙いたい相手がいて、そのひとりを殺すために事件を起こしたのだとの書き込みがあった。大量殺人を犯したのは、動機を不明にするためだ、と。

その説には飛びつきたくなった。それが真相だったらいいのに、とまで思った。しかし、なんの証拠もない妄想に過ぎないことはわかっていた。妄想にまで注目する自分を、情けないと感じた。

寝る前に思いついて、母にメールをしておいた。あることを調べて欲しいと頼んだのだ。さほど難しいことではないので、明日にはやってくれるだろう。結果を聞きたくないという気持ちを抑え込み、ベッドに入った。眠れなくなりはしないだろうかと不安だったが、規則正しい生活をしていると体が勝手に反応する。案ずるまでもなく、すぐに寝ついた。

翌日は珍しく、あまり仕事に集中できなかった。ふだんならトイレに行く際にはスマートフォンを机に置いていくが、今日ばかりはわずかな時間でもニュースをチェックせずにはいられなかった。集中力が落ちていると、思わぬミスをしでかす。自分の判断力を信じず、作ったことのないＴｏＤｏリストを作ってひとつひとつ仕事を片づけていった。

知りたいのは、犯人の過去だった。犯人の斎木均と自分は、過去に接点があったのか。似たような名前の人と同級生だったことは、なんとなく思い出した。だが、正確な名前まではわからない。何しろ小学生のときのことだ。同級生のフルネームを思い出せないのは、むしろ当然だった。

午後になって、母からメールが来た。実家には学校の卒業アルバムを置いてきた。小学校の卒業アルバムをチェックし、斎木均という名前がないかどうか確認してもらったのだ。

斎木均なる人物はいた。それが母の答えだった。鋭敏な母は、その名が大量殺人犯として報道されている男と同じであることに気づいていた。まさか、犯人と同級生だったの？　母はそう質問している。誰よりもおれがそれを知りたいんだよ、メールを表示するスマートフォンに向かって、安達は密《ひそ》かに呟《つぶや》いた。

帰宅して真っ先に、録画してあったワイドショーを再生した。常にない行動をとる夫に、美春はもう理由を尋ねてこない。何か様子がおかしいと思うからこそ、触れずにいてくれるのだろう。その気遣いに感謝しつつ、リモコンを握って画面に見入った。

録画してある番組すべてを一・五倍速で見たが、犯人の住居周辺の人や前の職場の同僚までしかレポーターはインタビューに行っておらず、小学校当時の話は出てこなかった。ただ一点、犯人の出生地は世田谷区《せたがや》だと判明した。世田谷区なら、安達の出身地でもある。ますます同級生である可能性が高まった。とはいえ、まだ確定ではない。

情報の量が少ないことに、もどかしさを覚えた。いっそ、小学生時代の同級生にコンタクトをとり、確かめようかとすら考えた。だが、それはしたくなかった。待っていれば、いずれ欲しい情報は出てくるだろう。出てこないなら、安達が気にする必要はないということだ。当時を知る人に連絡をとるのは、最後の手段にしたかった。

インターネットでチェックする限りでは、世間の関心はますます高まっているようだった。事件そのものが凶悪なことに加え、狙われたのがアニコンであったことが、様々な憶測を呼んでいた。おそらく、他人事《ひとごと》ではないと感じた人が多かったのだろう。しかし、予想していた犯人の私生活曝《さら》しは、期待外れと言っていいほどなかった。犯人に関する情報を流す人がいないくらい、孤独な生活を送っていたのか。あるいは、安達の探し方が悪いのか。いずれにしても、ネットの情報は鵜《う》呑《の》みにできないのだから、新聞やテレビなどの報道を待つしかないのだった。

明日のワイドショーも録画予約した。安心できるまで、録画し続けるつもりだった。だがさほど継続する必要はなく、事件発生から六日目に、その情報は出てきた。安達は画面に映る風景を見て、呼吸することすら忘れた。

「斎木容疑者は小学校五年生のときから、不登校になっていたそうです」

男性レポーターが、マイクを手にそう言っていた。背後には、小学校らしき建物が映っている。安達はそれに見憶《みおぼ》えがあった。自分が通った小学校だった。

「その理由はわかっているのでしょうか？」

画面右端にワイプで映っている司会者が、問いかけた。レポーターはカメラを真っ直ぐに見たまま、少し声を張り上げるようにして答える。

「原因ははっきりしませんが、いじめがあったという話は出てきています」

「つまり、容疑者の人生はそのときから狂い始めたという可能性があるわけですね」

司会者の確認には、少し飛躍があった。だが断定調で言われると、聞いている側はそうなのかもしれないと考えるだろう。安達の耳にも、深く突き刺さった。

「可能性はありますが、容疑者が死亡してしまった今、それを確かめるすべはないと言わざるを得ません」

「そうですか。ありがとうございました。また何か判明しましたら、レポートをお願いします」

画面は中継からスタジオに切り替わった。司会者がコメンテイターに話を振る。現在の日本では一度レールから外れると元には戻れない、小学校時の不登校が躓《つまず》きの始まりであってもおかしくない、そんなことをコメンテイターは答えた。聞いている安達は、頭が熱を発し、思考が焦点を結ばないような感覚を覚えていた。

不意に、喉元《のどもと》に込み上げてくるものがあった。口を手で押さえ、トイレに駆け込む。

便器の蓋《ふた》を開けると、口から勢いよく胃の内容物が飛び出した。鼻にも回ってしまい、つんと痛みを感じる。目に涙が浮かんだ。それが痛みのためなのか、それとも心理的なものなのか、自分でもよくわからなかった。

3

同じ小学校に通っていたのだから、犯人の斎木均は安達の知る斎木均で間違いない。その点は、もう疑いようがなかった。自分は凶悪事件の犯人と、小学生時代の同級生だった。その事実を安達は、衝撃とともに受け入れた。

長く生きていれば、そういうことも起こりうるだろう。誰にでも起こることではないが、起きたとしても決して不思議ではない。いやな気分にはなるものの、それまでのことだ。忘れてしまってもかまわない種類の記憶であるはずだった。

その犯人の人生に、自分が関わっていないならば。

安達は斎木均のことを、特に嫌っていたわけではなかった。かといって好きだったのでもなく、つまりは関心がなかったのだ。同級生であるというだけで、友人ではなかった。

斎木との最初の接触がいつだったか、安達はもう憶えていない。少なくとも、五年生の組替えで同じクラスになるまで、名前も知らなかったはずだ。運動会や遠足といったクラス行事の際に、初めて言葉を交わしたのかもしれない。

斎木は目立つ生徒ではなかった。身長はクラスで真ん中辺り、勉強ができるわけではなく、逆に馬鹿で知られるほどでもなく、それは運動でも同じだった。飼育委員をやっていたから動物好きなのかもしれないが、個性と呼べるほどの特徴でもない。よく言えば平均的、少し侮りを込めて言うなら凡庸、その辺りの評価が妥当な生徒だったと、今振り返って思う。少なくとも、後に凶悪事件を起こす片鱗《へんりん》はまったく見られなかった。世の中に最も多い、〝中間層〟の子供だった。

当時の安達は、運動で目立つことはなかったが、勉強はできた。授業を真剣に聞いていたわけでもないのにテストでいい点を取っていたのだから、まだ小学校の段階では生まれつきの頭脳の質で勝負ができていたことになる。特に努力をせず、理由もなく勉強ができる子供は、周りをどのように見るか。見下す、と想像する人も多そうだが、実際は違う。なぜ他の生徒たちは勉強ができないのか、不思議でならなかったのだ。だから周りを見下すこともエリート意識を抱えることもなく、安達はクラスの中に存在していた。ただ時折、他の生徒に軽く苛立《いらだ》つことはあった。自分では、その苛立ちの正体がわからなかった。

あれがあったとき、安達は斎木と同じ班だった。だから席が近かったはずなのだが、親しく口を利いた憶えはない。安達は教師の話をちゃんと聞いていなかったとはいえ、授業中にお喋りはしなかった。そのため、席が近いからといって特別に親しくなることもなかった。

　班での活動をしていたときだ。六人が机をくっつけ、話し合いをしていた。テーマは壁新聞の題材についてだった。班ごとにそれぞれ、研究課題を決めて壁新聞を作るよう、教師に指示された。課題はどんな分野でもいいとのことだったので、かえって決めるのが難しかった。

　安達はテレビドラマを見て日本の歴史に興味を持っていたから、地理と絡めて歴史を調べることにしたらどうかと提案した。生徒同士で話し合う際、安達は積極的に案を出す。自分が発案することで、話し合いが早くまとまる場合が多いからだ。今回も案らしい案を誰も出せずにいたので、自分が主導した方がいいだろうと内心で考えていた。

『日本全国の有名なお城をいくつか取り上げて、その城がどうして造られたのかを説明したら、いい壁新聞になるんじゃないかな』

　この案で決定だろうと思って口に出したのだが、反応は鈍かった。男子ふたりはすぐには言葉を発さず、女子三人は互いに顔を見合わせてから小声で『えーっ』と言う。そんな反応をされて、安達は驚いた。立派な壁新聞になるのが明らかなのに、いやがられるとは思わなかった。

『歴史なんて、まだ習ってないじゃん』

　女子のひとりが反論した。気が強いだけで、あまり論理的な思考ができないタイプだ。正直、この女子と同じ班になってしまったとき、安達はいやだなと感じた。その悪い予感が的中したのかもしれない。

『習ったことしか取り上げちゃいけないなんて、先生は言ってないぞ』

そもそも自由研究なのだから、習った範囲に課題を絞るのはおかしい。授業を先取りしてこそ、いい自由研究ではないのか。そう反射的に考えたが、口には出さなかった。まだ相手を言い負かすには早いと判断したのだ。

『でも、興味持てないし』

これは別の女子だ。真っ先に口を開くタイプではないが、尻馬《しりうま》には乗る。この言い種《ぐさ》も、日頃の行動パターンからまったく逸《そ》れていない発言だった。

『じゃあ、何に興味があるんだ？』

別に自分の意見を押し通そうと思っているわけではない。他の生徒がいい代案を出してくれるなら、譲ってもかまわなかった。

『えーっ、ファッションとか』

しかし女子の意見は、検討するに値するものではなかった。少し脱力して、他の男子ふたりに反論を任せたくなる。視線を向けると、期待どおりに応じてくれた。

『ファッション？　おれはそんなのいやだよ』

小学校五年生の男子としては、当然の意見だ。そもそも、壁新聞の題材としてまるでふさわしくない。少しは考えた上で言っているのだろうかと、疑問に思う。

言い返され、女子はふて腐れて黙り込んだ。話し合いが途切れた。

基本的に安達は、リーダーシップをとるタイプではない。まとめ役は誰かに任せ、自分は知恵を出すだけにとどめたいと思っている。しかしこの班では、リーダーになれる者がいなかった。皆、反対だけは表明するが、建設的な意見は口にしない。話し合いに向かない集団だ、と安達はうんざりした。

『お城だったら、例えばどんなところ？』

まだ発言していなかった三人目の女子が、おずおずと訊《き》いてきた。あまり自主的に意見を言う性格ではないが、議論には参加しなければいけないと考えたのかもしれない。助けられたと感じ、安達は答える。

『誰でも知っている城がいいんじゃないかな。大阪《おおさか》城とか、名古屋《なごや》城とか、小田原《おだわら》城とか』

『まあ、いいんじゃない。調べて丸写しすればいいんだろ。楽じゃん』

ファッションなんていやだ、と言った男子が賛成してくれる。面倒になったのだろう。理由はどうであれ、賛意を示してもらえて安堵《あんど》した。

『造った人が有名なお城の方がいいよね。大阪城は誰が造ったの？』

三人目の女子が、質問を重ねる。どうやらこの子も、安達の提案でいいと考え始めているようだ。他に誰も意見を出さないのだから、賛成してもらわないと困る。

『大阪城は豊臣秀吉《とよとみひでよし》だ。名古屋城は、ええと、誰なんだろう。徳川家康《とくがわいえやす》かな。江戸《えど》城は家康だな』

『江戸城って、どこにあるの？』

気が強い女子が尋ねる。そんなことも知らないのか、とは安達は考えない。きっと大人でも、知らない人はいるだろう。

『今の皇居だよ』

『えっ、皇居って天皇が造ったんじゃないの？』

思わず噴き出しそうになったが、なんとかこらえた。ここで笑っては、馬鹿にしたと受け取られてしまう。

『違うよ。天皇はもともとあった江戸城に、将軍に代わって入ったんだ』

『でもさ、江戸城なんてないじゃん。皇居の中にあるの？』

この疑問は理解しやすい。江戸城はもうない、と考えるのは無理もないのだ。

『普通、城って言って思い浮かべるのは天守閣っていう城の一部分なんだよ。本当の城は、お堀の中全部なんだ。江戸城は天守閣はないけど、それ以外は残ってる。そこに天皇は住んでるんだ』

『へえー、知らなかった』

気が強い女子は、素直に感心した。こんなふうに出てくるとは思わなかった。少し見直す気になる。

説明が一段落して、もうこれで決まりでいいのではないかという空気になった。このまま決定してしまおうと声を発しようとしたら、ぼそりと呟く声が聞こえた。

『江戸城を造ったのは、家康じゃないよ』

『は？』

声の主は、これまでまったく発言しなかった斎木だった。何か勘違いしているのかと、安達は反論しかける。だがそれより先に、斎木は続けた。

『江戸城を造ったのは、太田道灌《おおたどうかん》だよ』

安達は反論の言葉を呑み込んだ。知らない名前が出てきたからだ。おおたどうかん？　それはいったい誰だ。斎木が間違えていると考えたかったが、具体的な固有名詞は安達を不安にさせた。

『太田道灌が江戸城を造って、そこに家康が入ったんだ。調べればわかるよ』

斎木の口振りには迷いがないので、安達は自分が間違えたことを悟った。自信がないなら、こんな物言いはしない。斎木はなぜか、江戸城に関する知識があったようだ。安達は何を言うべきかわからず、沈黙するしかなかった。

『なあんだ。安達君も間違えるんだね』

先ほどは感心した女子が、そんなことを言った。当人は安達を侮ったわけではなく、単に事実を指摘しただけなのかもしれないが、言われた側は屈辱だった。安達はかろうじて、『だから、調べよう』と口にした。屈辱に寛容になれるほど、安達は大人ではなかった。

最終的に、壁新聞の題材は城で決定した。その意味では安達の意見が通ったわけだが、満足感にはほど遠かった。このときまでまるで関心がなかった斎木のことを、安達は強く意識するようになった。

4

給食を食べ終え、校庭で遊んでいたときだった。急に腹が痛くなり、安達は話の輪から抜けた。運動が得意な者は、校庭でサッカーをやっている。だが安達のようにそれほど体を動かすのが好きでない生徒は、校庭の隅の木陰に集まってとりとめのない話をするのが常だった。安達は腹痛とは言わず、ただ『ちょっと』とだけ言い残して校舎に向かった。

向かおうとしているのは保健室ではなく、トイレだった。腹痛の経験なら過去にあり、こうした場合はトイレに行けば治ると学習している。だが問題は、ここが自宅ではなく学校だという点だった。自宅ならば安心して用を足せるが、学校ではそうはいかなかった。

学校で大便をするのは、男子生徒にとっては絶対に知られてはならない屈辱だった。なぜそういう感覚が培われたのか、よくわからない。誰が決めたわけでもなく、ごく自然にそうした認識ができあがっている。安達もその暗黙の了解に逆らう勇気などなく、入学してこの方、学校で大便をしたことはたった一度しかなかった。そのときは誰にも見つからず、心底安堵したことをよく憶えている。

大事なのは、どこのトイレに行くかだった。生徒が校舎内にいる時間帯なら、体育館のトイレに行くのが一番安全だ。だが今は、昼休みで体育館も開放されている。むしろ校舎より、人の出入りがあるかもしれない。ならば、校舎の穴場はどこか。

考えて、ひとつの答えに至った。音楽室の近くのトイレだ。校舎の東側は少し北に突き出た形になり、そこには音楽室や理科室といった特別教室がある。通常の教室に人が残っていても、特別教室側にまでは来ないだろう。今の時間帯なら、あそこしかなかった。

一番上の三階まで行けば最も安全なようだが、安達はそうは考えなかった。三階は、五年生の教室がある階だからだ。誰かが気まぐれを起こし、理科室のそばのトイレを使うかもしれない。行くなら二階の音楽室のそばだ。

腹がぐるぐる鳴っている。給食の中に、何か傷んでいるものが入っていたのだろうか。だが、腹具合がおかしくなっているのは安達だけのようだ。運が悪くあたってしまったか、あるいは体調を崩しかけているのか。急がなければならないと焦ったが、走ると我慢が切れてしまいそうで、せいぜい早足になってトイレを目指した。

上履きに履き替え、廊下の一番奥まで行き、階段を上がる。二階に着いてすぐのところに、トイレはあった。ドアを開けて覗《のぞ》き込むと、中には誰もいなかった。やはり今の時間帯は、ここのトイレは使われないのだ。自分の判断の正しさにほっとして、安達は個室に入った。

用を足すと、嘘《うそ》のように腹具合が治った。どういう仕組みなのだろうと、自分の体ながら不思議になる。何か悪い部分を、排便とともに外に出したとしか思えない。理由はどうあれ、腹痛が治まったのはありがたかった。

水を流し、個室から外に出たときだった。ちょうどトイレに入ってきた人と目が合い、硬直した。入ってきた人物は、斎木だった。

なぜ斎木がここに？　驚きとともに疑問に囚《とら》われ、なかなか動き出せなかった。そのせいで、しばらく個室のドアに手をかけていて、自分の行動をごまかす口実はまったくなかった。見られた。安達の脳裏を占めたのはその思いだけで、他には何も考えられなかった。死にたいほどの恥辱に、身が焼け焦げそうだった。

先に動いたのは、斎木だった。少し気まずそうに会釈すると、小便器の前に立つ。安達はその動きで呪縛《じゅばく》を解かれ、慌てて手洗い場に向かった。そそくさと手を洗って、トイレを脱出する。階段を駆け下り、校舎の裏に回って荒い息を整えた。

あのトイレに、同じクラスの生徒が来る可能性は限りなく低いはずだった。どんな事情で斎木があそこに来たのか、まるで想像できない。音楽室は使われていないはずだし、斎木が音楽室に出入りする理由もないだろう。間が悪い奴《やつ》、と言うしかなかった。

先日のひと幕を思い出した。江戸城を造ったのは徳川家康ではないという指摘。人前で自分の知識の間違いを指摘されることほど、安達にとっての屈辱はなかった。自分が不充分な知識で発言したことが悪いとわかっていても、斎木に負の感情を抱いてしまうのはどうしようもなかった。

よりによって、その斎木とは。他の人でも受け入れがたいのに、斎木に見られたのは考えられる限り最悪だ。安達は人生で最も見られたくない場面を、最も見られたくない相手に見られたのである。プライドがズタズタに引き裂かれるほどの、悪夢のような事態だった。

タイムマシンで過去に戻ってやり直したいと、本気で思った。しかしむろん、そんなことは叶《かな》わない。今後はずっと、斎木の視線に怯《おび》えて生きていかなければならないのだ。なぜなら安達は、斎木に弱みを握られたからだった。斎木が言い触らせば、安達はクラス内での今のポジションを失う。女子は眉を顰め、男子は大いに嗤《わら》うだろう。一度失われたポジションは、もう元には戻らない。生殺与奪権を斎木に握られたようなものだった。

対策など何も思いつかないうちに、午後の授業の予鈴が鳴ってしまった。半ば呆然《ぼうぜん》と、安達は教室に戻る。すぐに斎木が言い触らしているとは思わなかったが、近くの机に坐るのも怖かった。もちろん、斎木の方に視線を向けることもできなかった。

午後の授業が終わると同時に、掃除当番ではなかったのですぐに教室を出た。そのまま真っ直ぐ帰宅する。一秒でも早く、学校から離れたかったのだ。学校は今や、安達に恐怖を与える場になっていた。

家に帰って落ち着くと、なぜ大便をした程度のことでこれほど怯えなければならないのかと、その理不尽さに腹が立ってきた。用便は自然の摂理であり、誰でもすることなのだ。それをしたからといって、からかわれるのはおかしくないか。からかう者は、生まれてこの方大便をしたことがないとでも言うのか。

学校の雰囲気の理不尽さに憤っても、どうにもならなかった。だからいつの間にか、その怒りの矛先は斎木に向いていた。斎木さえあの場にいなければ、こんなにも感情が揺れることはなかったのである。人と人との間には相性があるということを、五年生にもなれば学んでいた。斎木との相性は、最悪なのだ。あのタイミングであの場に現れる、間の悪さ。絶対に相容《あいい》れない相手が世の中にいるとしたら、それは斎木だと確信した。

怯える気持ちが大きければ大きいほど、それと正比例して斎木を恨む思いも膨らんでいった。いつか斎木にも恥をかかせてやりたいという暗い決意が、どうしようもなく心の底に横たわっている。だが、それを他人からは見えない部分に押し込めておく世間知が、すでに安達には備わっていた。何があっても斎木に目を向けない不自然さはあったはずだが、そのことに気づく鋭敏な者など小学五年生にはいない。心の底の暗い思いを、安達は隠して学校に通い続けた。

きっかけを得たのは、国語の授業を受けているときだった。新しい漢字で、「均」という文字を習ったのだ。平均の均であり、安達の脳裏にこびりついて離れない相手の名前でもある。そうか、斎木の下の名前は「きん」とも読むのか。変な名前だ、と思った。

大人の視点からすれば何も変ではないが、子供にとっては充分に変だった。

「斎木の下の名前、きんって読むんだな」

授業が終わって休み時間になると、あえて大きい声で話しかけた。トイレ事件以来、初めての接触だった。斜め後ろの席に坐っていた斎木は、突然話しかけられてきょとんとしている。安達は斎木の目を見て、はっきりと言った。

「さいききん、か。細菌みたいな名前だな。菌がうつりそうだ」

ちょっとした意趣晴らしのつもりだった。それを口にして、以後の展開を期待したわけではない。自分でも子供っぽい物言いだとわかっているし、だからこそ何度も繰り返す気はなかった。

しかしそのときの安達は、子供の心理をよく理解していなかった。子供は、子供っぽいことにこそ喜ぶのだ。そして、子供はしつこい。そのことを、斎木は小学校を卒業するまでに深く思い知ることになる。

「うえーっ、斎木菌かぁ。汚《きたね》え汚え斎木菌。おれに寄るんじゃねえぞ」

いきなり乱入してきたのは、真壁《まかべ》という男子だった。頭が悪く、運動神経に恵まれているわけでもないが、とにかく体が大きい。そのため、なんでも力任せに済ませてどうにかなってきたようなタイプだった。そうしたがさつな人間は、当然のように性格も荒い。だから、己の頭の悪さを恥じることもない。

斎木菌、という語呂がよほど面白かったのか、真壁は何度も繰り返した。小学五年生とは思えない幼さだった。囃《はや》し立てるように連呼する真壁に、斎木は困った顔をしていた。やめてくれと言って、聞く相手ではない。斎木もわかっているのだった。まずい相手に食いつかれてしまったかもしれない。それが安達はそんな思いを抱いた。だが、その時点ではさほど深刻には捉《とら》えなかった。

5

いじめがなぜ起きるのか、四十を過ぎた今も安達はよくわからない。時代が変わっても、国が違っても起きるからには、人間の本能なのかもしれない。弱い者を排除する、自然の本能。非常に動物的であり、だからこそたちが悪いと言えた。

五年生に進級して以降、クラスでいじめらしきことは起きていなかった。まだ互いに互いの力量を見極めている期間だったのだろう。しかし始業式から二ヵ月余り経ち、いよいよ人間の本性が頭をもたげ始めていたのかもしれない。本能は、標的を求めていたのだ。

本能を知性で抑え込めるのが、人間なのだと安達は思う。だが知性が動物に近ければ、本能のままに行動してしまう。子供の知性はまだ充分に発達しておらず、特に頭が悪い真壁はまさに本能に従って生きているような生徒だった。獲物を求めて舌なめずりしている輩《やから》の前に、安達は生け贄《にえ》を差し出してしまったのだった。

斎木に対する真壁の攻撃は、特に理由もなく始まった。安達が鮮明に憶えているのは、体育の時間のことだった。クラスの男子がふたつに分かれてドッジボールをしている際に、真壁がボールを持った。体が大きい真壁は、ドッジボールを得意としていた。ボールを振りかぶった真壁は、妙な宣言をした。

『斎木菌、死ねぇっ』

そしてその宣言どおり、ボールを斎木に投げつけた。あまり運動が得手でない斎木は、逃げようとして逃げ切れず、尻の右側にボールを受けてしまう。ボールは跳ねて、外に出た。

『うわーっ、ボールに斎木菌がついちまった。そのボールはもう汚えから、触れねえぞ』

真壁が大声で言った。そんなことを言われると、ボールを拾いに行きにくくなる。外野の誰も動こうとせず、結局ぶつけられた斎木自身が拾いに行った。

外野に出た斎木は、拾ったボールを敵方の外野に渡そうとした。だがその前に、また真壁が声を張り上げた。

『あのボールに触ったら、菌がうつるぞ。気をつけろ』

真壁の言葉が終わる前に、斎木はボールをパスしていた。それは弓なりの短いパスだったが、投げられた相手は受け止めようとしなかった。ボールは空《むな》しく地面にバウンドし、転々と転がる。今度も誰も拾いに行かなかった。

ボールがなければ試合が進まないので、真壁側の外野のひとりが別のボールを取りに行った。それを使って、試合は再開された。以後、斎木は二度とボールに触らなかった。同じく外野にいた安達は、ぽつりと立ち尽くす斎木の姿が記憶に残っている気がする。しかし、それは作られた記憶かもしれない。斎木のことなど気にしていなかったのが、そのときの自分だったようにも思える。

給食の際にも、同じようなことが起きた。その日、斎木は給食当番だったのだ。そのことに文句を言ったのは、もちろん真壁だった。真壁は完全に、斎木を標的として見定めていた。

『斎木菌が給食当番かよ。やめてくれよー。お前が人の食べ物に触るんじゃねえよ』

理不尽な文句をつけ、斎木を戸惑わせた。斎木はどうしていいかわからない様子で、配膳《はいぜん》台の前で立ち尽くしていた。真壁は顎《あご》をしゃくって命じた。

『お前は後ろに下がってろよ。何もしなくていいんだよ』

言われた斎木は、抗議の声を上げなかった。斎木は気が弱かったのだ。あそこで真壁に立ち向かえるなら、その後の人生は違ったものになっていたかもしれない。しかし、立ち向かえないのが弱者たる所以《ゆえん》であった。真壁も、斎木が刃向かってこないとわかっているから、標的にしたに違いなかった。

斎木は配膳台から離れ、黒板に背をつけた。同じ班である安達も当番だったから、その姿は振り返らないと見ることができなかった。困惑している斎木を、確かに見たと思う。だが、何も声をかけなかったのは確かだった。自分の発言が斎木に面倒事をもたらしたという自覚があったかどうか、今となってはわからない。

少し遅れて教室にやってきた教師は、さすがに斎木に気づいた。当番なのに何もしていない斎木を、サボっていると見做《みな》したのだ。

『おい、斎木。お前はなんで見てるだけなんだ』

問われた斎木は、なんと説明すればいいのかわからずに困っているようだった。代わりに口を開いたのは、同じ班の気の強い女子だ。

『手は足りてるから、いいんです』

実際、今日の給仕は五人で充分だった。斎木が仕事をしようとするなら、無意味な役目をひとつ増やさなければならないところだった。教師は何か言おうとしたようだが、結局『そうか』と納得しただけだった。今にして思えば、あのとき教師は何かを察したのだろう。何も感じていなければ、全員で当番をやれと命じたはずである。教師はなんとなく、いじめの気配を感じたのだ。そして、感じたこと自体を秘密にした。それは、面倒事を避けるため以外に理由はなかった。

気の強い女子がなぜ真壁の名を出さなかったのか、安達はわからない。女子にも、弱い者を苛《いじ》めたい本能があったのだろうと思うだけだ。生物であるからには、誰もが持っている本能。それを抑えきれずに外に出してしまったとき、本能は悪意へと形を変える。

動物の間ではごく自然のことでも、人間社会ではあれは紛れもなく悪意だった。

自分に正直になれば、安達もまた本能を剝《む》き出しにする快感を味わっていた。なんとなれば、標的はあの斎木だったからだ。他の人だったなら、眉を顰めたかもしれない。しかし、場合によっては、火が大きくなる前に消し止める勇気があったかもしれない。それはあくまで仮定の話だ。自分に都合のいい仮定をしても、意味はない。

斎木菌という言葉を口にしたとき、斎木がいじめの標的になればいいと考えていたわけではなかった。それだけは、自信を持って断言できる。いくら同じ年の子供の中では頭がいい方だったとはいえ、そこまで先を読むことはできない。あれは本当に、単なる意趣晴らしだった。その後起こったことは、まったく予想し得なかった。

真壁は斎木を目の敵《かたき》にした。理不尽としか言いようのない攻撃だった。公平に見て、斎木は特に不潔ではなかった。黴菌呼ばわりされる謂《い》われは、少なくとも外見にはなかった。斎木が汚いと言われたのは、あくまで名前が由来である。つまり、命名者である安達こそ、以後の一連の出来事の責任を負うべき者だった。

不幸なことに、斎木は標的になる条件を兼ね備えていたのだ。気が弱く、勉強でも運動でも目立たず、苛めても反撃してこないことが予想される。加えて、親には特筆すべき点がない。例えば親が超一流企業に勤めているとか、あるいは政治家一族であるとか、斎木に箔《はく》をつける要素がまったくなかった。子供はそうしたところも、実はしっかりと見ている。その上での、標的選びだった。斎木はすべての点で、条件をクリアしていた。

最初は真壁だけだった。真壁は頭が悪いだけに、いじめも単純である。斎木菌という言葉から、汚いという形容詞を導き出して攻撃するだけだった。斎木菌は汚い、触るな、そんなことを連呼して、本人は喜んでいた。暴力を振るうようなことはしなかった。

だが次第に、真壁の発言が撒《ま》き散らす毒は、クラスの者たちの間でそれこそ菌のように蔓延《まんえん》し始めた。斎木を避ける者が出始めたのだ。例えば斎木の前に坐る気の強い女子は、プリントを前の座席の人から受け取って後ろに渡す際、わざと床に落とした。斎木と同時にプリントに触りたくないようだった。斎木は呆然としながらも、文句を言わずにプリントを拾う。真壁に抗議できない斎木は、女子に対しても何も言えないのだった。

子供はストレスに曝されている、などというもっともらしい理由をつける気にはなれない。あれは紛れもなく、悪意だった。やがて、斎木の机にゴミが入れられるようになった。掃除当番の誰かが、集めたゴミを焼却場に持っていかず、斎木の机に詰めたようだ。

朝、登校してきて机の中にゴミを見つけた斎木は、しばらく動けずにいた。いつの間にか、斎木の机の前後にだけスペースができるようになった。斎木の前後左右の席の生徒が揃《そろ》って、机を離したのだ。斎木は寂しそうな顔をしたが、それを受け入れた。クラスの雰囲気が悪くなってきていても、誰に対して立ち向かえばいいのか、もはやわからなくなっていたのだろう。一対多の構図になったとき、一は無力である。もちろん、多の側に属していた安達も、斎木をかわいそうとは思わなかった。密かにほくそ笑んでいた、とは言いたくないが、実際にそうだったのかもしれない。記憶を掘り起こすのが、徐々に辛《つら》くなってくる。

班替えが行われたとき、斎木と同じ班になることを露骨にいやがった生徒が複数いた。

特に斎木とぶつかり合ったことがあるわけではない生徒たちだった。他の生徒も、口に出さないだけで仏頂面をしていた。斎木を庇《かば》う者は、クラスにいなかった。特別な理由もなく始まったいじめは、庇う理由すら誰にも与えない。全員、なんとなく斎木を爪弾《つまはじ》きにしているだけだった。なんとなくだからこそ、改善も根絶も難しい。憎しみも恨みもない、ただ動物的な行動。ひとつ言えるのは、本能を剥き出しにしてかまわないのだという暗黙の了解が、あのときのクラスにはあったということだった。

斎木は抗議しなかった。しかし、ついにさめざめと涙を流した。あのような雰囲気には、大人であっても耐えられないだろう。泣くのはごく当然と言えた。その涙に、さすがに教師が反応した。

『なんでそんなことを言うんだ。まさか、斎木を苛めてるんじゃないだろうな』

三十代前半の男性教師は、現実を直視しない発言をした。まさか、などと口にしたことに、安達は驚いた。教師は何も気づいていないのか。いや、そんなはずはない。いくら鈍感であっても、今の斎木の状況には気づくはずだ。自分が受け持っているクラスには、いじめなどという面倒なことは起きて欲しくない。起きて欲しくないから、起きていないと考える。おそらくは、そういう思考経路だったのだろう。斎木を苛めてもいいという雰囲気が醸成されるに当たっては、間違いなく担任教師も一助を担っていたのだった。

注意を受けて、斎木と同じ班になることをいやがった生徒たちも渋々受け入れた。そのことがまた、いじめなんて起きていないという担任教師の自己暗示を助長したのだと思われる。担任教師が満足そうな顔をしたことを、安達ははっきり憶えていた。思えばあれは、教師といえども立派な人物とは限らない、と悟った初めての瞬間だった。いじめが起きている現実から担任教師が目を逸らした、という認識を、生徒たちの大半が持ったのではないか。まるで教師から許可を得たかのように、いじめはエスカレートしていく。それはまさに、猫が鼠《ねずみ》をいたぶる様子に似ていた。反撃できない相手に、特に目的もなく攻撃を加える。鼠は死ぬより他になく、苛められている者の行く末もほぼ限られていた。斎木の忍耐が切れるのは、時間の問題だった。

以後のいじめは、よくあることに終始した。いじめにオリジナリティーなどなく、誰がやっても同じなのだ。上履きを隠される。教科書にいたずら書きをされる。机に悪口を刻まれる。給食にチョークの粉を入れられる。集団で無視をされる。陰口を叩《たた》かれる。トイレに閉じ込められる。どれも、聞いたことのある行為ばかりだ。だからといって、そのひとつひとつに効果がないというわけではない。苛められる側にとって、オリジナリティーの欠如は問題ではない。いじめはすべて、重いパンチと同様に斎木にダメージを与えていく。真壁ひとりではなく、誰だかわからない複数の者たちがやっていることが、よけいに斎木の心に深い傷を残したのではないかと思われた。

安達は、何もしなかった。誓って、いじめ行為には加担しなかった。おそらくは、想像力があったからだろう。自分がされたらいやだ、と思えば、そのようないじめはできなかった。いじめをする者は、想像力が足りないのだ。

しかしむろん、止めもしなかった。いじめをした者と黙認した者、どちらも同罪だというなら、安達にも罪はある。まして安達の場合、いじめのきっかけを作った張本人なのだ。自分は苛めなかった、などと主張する気はない。

斎木は粘った方だと思う。一学期の間は、休まず学校に来ていたのだ。だが、夏休みの解放感は格別だったのではないか。いじめから隔離された一ヵ月半。それを味わってしまえば、もう二度と学校に戻る気力が湧かなかったのも無理はない。二学期の始業式に、斎木の姿はなかった。そしてその後、学校で斎木を見かけることもなかった。クラスの者たちは、斎木というクラスメイトがいたことをやがて忘れた。安達も、忘れた。

6

思い出さなくなって何十年経っていても、子供の頃の記憶は残っているものだった。忘れたつもりでいた出来事が、斎木均という名を触媒として次々に掘り起こされる。斎木均。今となれば、ごく普通の名前としか思えない。それをからかいの材料にして、いじめの標的にまでしたのはまさに子供の残酷さ故だった。子供は決して無垢《むく》などではない。まだ飼い馴《な》らされていない、動物に過ぎない。

ワイドショーの報道は衝撃だった。斎木の人生は、小学校時代のいじめがきっかけで歪《ゆが》んだという。もしあのときいじめに遭ったりしなかったら、斎木は三十年後に無差別大量殺人事件など起こさなかったのだろうか。だとしたら、事件の遠因はいじめだったということになる。安達のちっぽけな見栄《みえ》が、くだらない虚栄心が、大事件を引き起こしたことになるのか。そう考えるのは、膝《ひざ》ががくがく震えるほどに恐ろしかった。

トイレで吐いた安達のことを、美春は心配してくれた。「具合でも悪いの？」と尋ねてくる。だが安達は、うまく応《こた》えられなかった。己の愚かさを認めて他者に語るのは、安達にとってものすごく難しいことだった。

「いや、なんでもない」

口許を拭《ぬぐ》い、ごまかした。ごまかし切れているとは思わなかったが。

「大丈夫？　ご飯食べられる？」

どうしていいかわからない様子で、美春は眉を寄せている。安達は少し考え、首を振った。

「今は無理そうだ。でも、少し休んだら食べられるかもしれないから、置いといて」

「そう。薬を服《の》むにも、胃が空っぽだとよくないしね。じゃあ、先に食べてるね」

「そうしてくれ」

覚束《おぼつか》ない足取りでトイレを出て、洗面所で口をゆすいだ。そしてそのまま、二階の寝室に入ってベッドに倒れ込んだ。右手を額に当て、目を瞑《つむ》る。胸のむかつきは、まだ治まっていなかった。

これ以上、考えたくなかった。考えれば考えるほど、怖くなるだけだった。だが、知ってしまった事実から、いつまで目を背けていられるだろうかとも思った。ひとりで抱え込むには、あまりにも重すぎる秘密である。この罪悪感を胸に秘めたまま、何食わぬ顔をして生きていくことなどできるのか。自分がそこまで図太い人間だとは、とても思えなかった。

誰かと話したい。そして、安達のせいではないと言ってもらいたい。美春に話せば、間違いなくそう言ってくれるだろう。だが、美春の前では立派な夫でいたかった。クラスメイトを苛めたことがある過去など、とても告白できない。立派な夫、立派な父であろうとするため、実は家の中でも心底寛《くつろ》ぐことができずにいる。他者に弱みを見せられないのが、自分の弱さだという自覚はあった。

話すとしたら、当時を知る人だろう。時間をかけて考えるまでもなく、そう思いついた。小学五年生時のクラスメイト。可能なら、斎木を苛めていた人がいい。ならば、言葉を交わすべき人物はまず真壁だ。真壁がこの事件をどう受け止めているか、どうしても聞いてみたくなった。

小学校卒業後、真壁とは付き合いがなくなった。そもそも、同じクラスにいたときから付き合いなどなかったのだ。だから現在の連絡先は知らないが、今はいくらでも捜しようがある。手を伸ばして鞄からスマートフォンを取り出し、画面ロックを解除した。

フェイスブックにアクセスした。たまに、小学校時代の同級生が「知り合いかも」と表示される。生年や学歴を登録してあるからだろう。真壁も同じように登録しているなら、見つけられるはずだった。

フルネームで検索できれば早いのだが、もはや真壁の下の名前は憶えていない。やむを得ず、名字と小学校名で検索をかけてみる。すると、ふたり引っかかった。どちらかが、あの真壁だろうか。ひとりはアイコンに犬の写真を使っているから判断がつかず、もうひとりは自分のものと思われる顔写真だったが、それを見てもわからなかった。まずは顔写真の方のプロフィールを見てみた。

生年は同じである。もちろん、出身小学校も同じだ。あの真壁である可能性は高いが、同じ学年に真壁という名字の者がひとりだけだったという確信はない。別のクラスに、別人の真壁がいたかもしれない。

次に犬の写真の人物を見てみた。すぐに、これは違うとわかる。そちらの真壁は女性だったし、生年が違ったのだ。もしかしたら、あの真壁の姉妹なのだろうか。手がかりが少ないので、断定はできない。

いずれにしろ、このフェイスブック上にいる真壁にコンタクトをとってみるしかなかった。人違いであれば、また別の手段を考える。そう結論して、友達リクエストをした。友達ではなくてもダイレクトメッセージは送れるが、目立つ場所に表示されないので読んでもらえるとは限らない。安達から友達リクエストをすれば、相手があの真壁であるなら意図を察するだろう。

ニュースサイトを開く気にもなれず、そのままスマートフォンをベッドに投げ出した。食欲はまるでない。動揺して吐いたのなど、生まれて初めてだ。己の体は己の意思で律することができると思っていたので、驚いている。自分で考えるほど、心は強くなかったのだろうかと疑った。

しばらくそのままでいたら、通知音が鳴った。すぐにスマートフォンを取り上げると、待ち受け画面にフェイスブックの通知が出ていた。友達リクエストが受け入れられたと書いてある。慌ててロックを解除した。

友達リクエストが受け入れられたということは、やはり元クラスメイトの真壁だったのだ。ダイレクトメッセージが来ていないかと思ったが、届いていない。だがオンライン中なので、メッセージを書こうとしているところなのかもしれない。それを待つかとも考えたが、どれくらい時間がかかるかわからないので、先にこちらから送ることにした。

〈久しぶり。小学校で同級生だった安達だ。いきなりすまない。東京グランドアリーナの事件を見たか？　あの犯人、おれたちの同級生だった斎木均じゃないか〉

ふだんからスマートフォンをよく使っているので、文字入力は速い。持って回った言い方をするのももどかしく、短い挨拶《あいさつ》だけで本題に入った。

すぐに既読になった。やはり、向こうも事件を意識しているのだろう。身を起こし、ロックを解除したまま返事が来るのを待った。真壁の文字入力が遅くないことを願った。

返事が来たのは、それから三分後くらいだろうか。かなり長く感じられた三分だった。

通知が来ると同時に、メッセージを開く。真壁もよけいな前置きをしていなかった。

〈このタイミングで友達リクエストが来たから、用件はそれだと思ったよ。犯人はあの斎木だろうな。びっくりだぜ〉

これだけだった。短いので、罪悪感を覚えているのかどうかわからない。そもそも、小学校のときにいじめを受けたせいで人生が変わった、という報道を目にしていないのかもしれない。その点を書かなければ駄目だった。すぐに返事を書く。

〈無差別大量殺人だから、社会への恨みが動機ってところなんだろうな。ワイドショーでは、小学校のときにいじめに遭って人生が狂ったなんて言ってたぞ。どう思う？〉

可能なら、顔を合わせて問い質《ただ》したいことだった。だが、それも怖いという気持ちもある。文字のメッセージだけで、真壁が本音を語ってくれることを望んだ。

真壁はオンラインのままだったが、なかなか返事をしてこなかった。どう答えるか、考えているのだろうか。それとも、単に文字入力が遅いだけか。ずっと入力中の状態なので、安達は苛立ちを覚えた。直接電話をかけようかとすら考えた。

〈いじめが殺人の原因だなんて、単なる言い訳だ。お前、何が言いたいんだ？〉

ようやく届いたメッセージは、半ば喧嘩《けんか》腰だった。三十年経っても、荒い性格は変わっていないようだ。人間はそう簡単には変わらないのかと、なにやら笑い出したくもなる。だが、笑っている場合ではなかった。

これは罪悪感から目を逸らしているのか。そうではなく、本気で言っているのか。本気ならば、真壁が少し羨《うらや》ましくもあった。あれだけ斎木を苛めていたのに、罪悪感を覚えずにいるとは。荒い性格も幸せなものだなと、半分は皮肉で考えた。

その一方、真壁の言うことも正しいとも考えた。そうだ、もし斎木当人がいじめを殺人の理由としたなら、それは言い訳だとしか思えない。いくらいじめがきっかけで人生が狂い、社会を恨んだとしても、無差別大量殺人に走っていいことにはならない。いじめの被害者は、世の中にたくさんいる。その人たち全員が、社会に復讐《ふくしゅう》をしただろうか。復讐をするなら、おれや真壁にするべきなのだ。罪もない人たちを襲う行為は、何があろうと正当化されない。

〈確かにそうだな。お前の言うとおりだ〉

真壁には、ただそれだけ返事をしておいた。既読にはなったが、入力中にはならない。もうやり取りは終わりということだろう。安達も、これで終わりでいいと思った。

スマートフォンをスリープさせ、ぼんやりと壁を見つめた。罪悪感は軽くなったか、己の心に問うてみる。だが、まるで気持ちは楽になっていなかった。やはり、真壁が羨ましかった。

7

寝室から出て、リビングルームに行った。子供たちはソファに坐って、テレビを見ていた。美春はこちらに気づき、心配そうに立ち上がる。頷《うなず》きかけて、ダイニングテーブルに着いた。美春も腰を下ろし、話しかけてきた。

「大丈夫？　何か食べる？」

「うん、そうだなぁ。あまり食欲はないけど、無理しても食べるか」

脂《あぶら》っぽいものは胃が受けつけないかもしれないと思ったが、幸いにも今日のおかずはハンバーグだった。お湯を沸かしてもらい、白飯はお茶漬けにする。温かいお茶を飲んだら、少し気分が落ち着いた。これなら箸《はし》をつけられそうだと思えた。

「何かあったの？」

配膳を終えてから、改めて美春は訊いてくる。当然の質問だろう。いつまでも答えずにいるわけにはいかないので、事実の一部だけを打ち明けた。

「東京グランドアリーナで、大事件が起きただろ」

「ああ、うん」

思いがけないことを安達が持ち出したため、美春は戸惑ったようだった。少し首を傾《かし》げている。安達はハンバーグを箸でつつきながら、続けた。

「あの犯人、小学校のときの同級生だったんだ」

「えっ」

美春は声を上げて目を剝いた。こんな話を聞けば、誰でも驚く。しかし、それだけだ。安達も、それだけの振りをした。美春は目を丸くしたまま、問いかけてくる。

「それはびっくりねぇ。やっぱり、大人になってあんなことをしそうな人だったの？」

美春の言葉は、安達にとって意外な質問だった。だが、考えてみればごく普通の疑問なのだ。安達は少し考え、曖昧《あいまい》に答えておいた。

「いや、そんなことはないけど、人の心の中まではわからないからな」

「そうね。そんなの、わかるわけないわね」

美春は自分の問いがおかしいと考えてくれたようだ。おかしくはないのだが、誤解は解かないでおく。美春の顔に、同情の気配が浮かんだ。

「それでショックで、さっき戻しちゃったのね。無理もないわ」

「……ああ、まあ、そうなんだ」

認めても、嘘ではない。しかし、このやり取りが苦しくなってくる。黙ったら、美春も鋭敏に気づいて口を噤《つぐ》んでくれた。美春のこういうところが好きで、安達は結婚したのだった。今はその鋭敏さに甘えているという自覚があった。

夕食を食べ終え、ひとりで風呂に入り、いつもより早めに寝た。今日ばかりはさすがに寝つけなかったが、意地になって目を瞑り続けた。逃避のために寝るのは、生まれて初めてのことだった。

翌日も、通常どおりに出社した。もうワイドショーの録画予約はしなかった。斎木がなぜあんな事件を起こしたのか知りたい気持ちは依然としてあったが、今は知ってしまう恐怖の方が大きい。知らずにいれば、これ以上罪悪感は膨らまないだろうという姑息《こそく》な計算だった。

午前の業務を終え、昼休みになっても、胃が重い感覚は治まらなかった。朝食も、ヨーグルトだけで済ませてきたのだ。食べなければ体に毒だとわかっていても、食欲が戻ってこない。コンビニエンスストアでビタミン入りゼリー飲料を買い、無理にそれを飲んだらもう他のものは入らなくなった。

時間が経てば、食欲も湧くのだろうか。考えてみたが、なんとも言えなかった。この罪悪感が胸にある限り、頭上に暗雲が垂れ込めるような精神状態は変わらない気がする。ならば早晩、体を壊してしまうだろう。ストレスで出社できなくなった行員を、これまで安達は何人か見てきた。自分には絶対にあり得ないことだと、心を壊す人を少し見下していたが、傲慢《ごうまん》だったと反省する。心身のバランスが崩れる現象は、誰にでも起こり得る。健康でいられるのは、ただ幸運に恵まれているだけなのだと知った。

自宅での夕食も、ろくに食べられなかった。昨日も、ハンバーグは四分の一ほど口にしただけで、後は無理にお茶漬けを胃に流し込んだのだった。二日続けて食欲がない夫を見て、美春も顔を曇らせる。さすがにこんな有様では、訊かずにいて欲しいという安達の願いも通じなかった。

「どうしたの？　同級生が殺人事件の犯人だったのは、そんなにショックなことなの？　何か他にあるんじゃないの？」

美春の鋭敏さが、追及のために使われることになってしまった。安達の態度があまりに不自然なのだから、妻として尋ねるのは当たり前のことだ。安達はこの期に及んでも、まだ見栄を捨てられずにいる。外聞の悪い過去を打ち明け、幻滅されることを恐れている。くだらないプライドだった。しかし、それがおれなのだ。おれはくだらない男だ。

「……ごめん、今は訊かないでくれ。おれも混乱してるんだ」

顔を両手で覆い、弱音を吐いた。弱音を吐けたのは、一歩前進なのかもしれない。美春にもそれが伝わったのか、重ねて尋ねては来なかった。せっかくの料理の大半を残し、食卓を立った。「ごめん」と言うと、美春は「ううん」と応じる。ふたりの娘たちが心配そうに見上げていることには気づいていた。

二階に上がり、寝室のベッドに倒れ込んだ。しばらくすると、また吐き気に襲われた。慌てて二階のトイレに行き、戻す。だが胃の中にはろくに食べ物が入っていないから、ただ苦しいだけだった。おれはもう駄目かもしれない、と便器に顔を突っ込みながら思った。

一階に下りていくとまた心配されるから、トイレの手洗い場の水で口をゆすいだ。そしてまた、ベッドに寝そべる。悩みで体調を崩すのは初めての経験なので、どう処理していいかわからなかった。安達には、悩みを人に打ち明ける習慣がなかった。悩みなど、結局は自分で解決するしかないのだと考えていた。

だが今、誰かに話すこと以外に解決法がない重い悩みを抱えてしまった。真壁も悩んでいれば、と思う。互いに苦しみを打ち明け合い、慰め合って、罪悪感を軽減できたかもしれない。しかし真壁は、そんな相手ではなかった。やはり、美春に打ち明けるしかないのだ。不様でも、幻滅されても、この苦しみを聞いてくれる人は妻しかいなかった。

美春は会社の後輩だった。四年下の年次で、安達が支店勤務のときに新人として入行してきた。新人女性の中では飛び抜けてかわいく、男性行員の中で評判になった。他の支店からも、美春目当てで合コンの申し込みがあるほどだった。

安達ももちろん、美春の容姿をかわいいと思った。だがやがて、美春の魅力は容姿だけにあるのではないと知った。明らかに、頭が切れるのだ。仕事の呑み込みが早く、ミスがない。頼んだことは完璧《かんぺき》にやってくれ、しかしそれを誇ることもなかった。雑談をすれば受け答えが面白く、思いがけない方向に話題を広げてくれる。とはいえ、自分の知識をひけらかすような押しつけがましさはなかった。あまりにさりげなく会話を弾ませてくれるので、最初はそれが美春のお蔭とは気づかなかったほどだ。なぜか美春と言葉を交わすのは楽しいと感じ、その理由を分析してようやく相手の頭のよさを実感した。優秀な女性は、銀行内にも多い。しかしそうした人は、男への対抗意識が強かったりする。話をしていてつまらないとは言わないが、ふとした弾みに自意識の強さが仄《ほの》見《み》えて、白けることがあった。美春には、そうした点が皆無だった。

女性に対する興味を、美春には覚えた。こんな人と付き合いたいと思った。だが同時に、ためらう気持ちもあった。安達が望むタイプとは、いささか違ったからだ。

安達は銀行内での出世を目指すほどだから、保守的な考え方をするという自覚があった。結婚したら、女性には家庭を守って欲しいと考えていたのだ。自分には妻を養うだけの収入があるし、激務だからそれを支えて欲しいという望みもある。上司たちの妻はたいてい、専業主婦だ。自分の妻も専業主婦になって欲しいと、入行時から考えていた。

しかし、美春にそれを求めていいのかと、ためらう気持ちがあったのだった。美春ほど優秀な人を、仕事から離れさせるのは損失ではないか。銀行にとって損失というだけではなく、社会にとって損失だと思う。当人も、専業主婦は望まないだろうと予想した。

それでも、美春と親しくなりたいという気持ちは抑えられなかった。思いは態度に滲《にじ》み出るのか、なんとなく美春も察しているようであった。美春の気を惹こうとする男は多かったが、特に安達ががんばらなくても、美春との距離は自然に縮まった。やがて、恋人として交際することになった。

付き合いがそこそこ長くなっても、結婚の話は持ち出せなかった。自分の希望と美春の資質のギャップを、どうすればいいのかわからずにいたままだったからだ。その躊躇《ちゅうちょ》を、美春は誤解した。安達が美春との結婚を望んでいないと考えてしまったのだった。

そんなすれ違いのせいで、別れる寸前までいった。最終的にはじっくり話し合い、安達が何をためらっていたのかを理解してもらえた。美春は迷うことなく、専業主婦になると宣言した。それでも安達は、その選択が正しいとは思えなかった。

『本当にそれでいいのか。本当は、美春も社会でしたいことがあるんじゃないのか』

『特にないよ。お嫁さんが夢だったなんて、かわいいことも言わない。結婚できないなら仕事を続けるだけだし、周くんが私に専業主婦になってって言うなら、なるよ』

美春はこともなげに言った。それでも、安達は迷いを捨てられなかった。

『もったいない気がするんだよね。美春を専業主婦にしちゃうなんて』

『ちょっと待って。それは問題発言だよ。専業主婦を見下してない？　別に私は自分が頭いいなんて思ってないけど、頭いい人が専業主婦ではもったいないって言い方には賛成できないなぁ。そんなこと堂々と言ったら、世の中の女性の大半を敵に回すよ』

『そうか』

美春の反論には、苦笑で応じるしかなかった。結局、そのやり取りが決定打となった。翌年、安達と美春は結婚した。美春の賢さを埋もれさせてしまったという思いは依然としてあるが、お蔭で万全の支えをしてもらっているのも確かだ。何より、自分より劣る相手を選ばなかったことが誇らしかった。男の多くは、実は対等の女性を求めていない。少し自分より劣る相手がちょうどいいと、無意識のうちに考えていたりする。おれは、そんな発想で相手を選ばなかった。美春はひょっとすると、おれより頭がいいかもしれない。そう言えることが、密かな自慢だった。

心に重くのしかかる罪悪感を打ち明ける相手がいるとしたら、それは世界で美春しかいなかった。そんなことは、改めて考えるまでもなく明らかだったのだ。このときのために、自分は賢い女性と結婚したのかもしれないとすら思えてくる。美春の賢さに救って欲しかった。

夜の美春は、なかなか忙しい。夕食の後片づけをし、娘ふたりを風呂に入れ、寝かしつける。一連のことが終わるのは、九時過ぎのことだ。体調さえ悪くなければ、娘の入浴は安達が受け持つこともできた。だが今日は、ただベッドに寝て美春の手が空くのを待った。

娘たちの寝かしつけが終わったのを見計らって、寝室から出た。「ちょっと話を聞いてくれないかな」と声をかけると、予想していたかのように美春は頷く。それを頼もしいと感じ、ふたりで階下のリビングルームに行った。

「やっぱり、話を聞いて欲しい。ひとりで抱えるには、あまりにも辛いことなんだ」

ダイニングテーブルを挟んで向かい合い、そう切り出した。美春の顔を直視できず、両手を目の前で握り合わせて俯《うつむ》く。美春が「うん」と応じるのを聞いた。

「いつ話してくれるかなと思ってた。意外と早くてよかった」

もっと安達がひとりで葛藤《かっとう》すると考えていたのだろう。早々に音《ね》を上げたのは、それだけ耐えがたいからだ。こうして向き合っても、己の愚かさを打ち明けることに対する恐怖がある。口にしてしまえば、自分の責任が確定してしまう気もする。だがもう、ひとりで悩むのは限界だった。

「東京グランドアリーナの事件、無差別殺人だろ。動機はまだ明らかになってないけど、ああいう事件だから社会に対する恨みだと思うんだ」

前置きすると、美春は「そうだろうね」と頷く。誰が考えても、そうだ。斎木は社会を恨んでいたのだ。

「昨日のワイドショーで、あいつの小学生時代のことに触れてた。あいつがいじめに遭って、不登校になって、そのせいで人生が狂ったのかもしれないって」

「そうなんだ。周くんが録画を消しちゃったから、見られなかったよ」

美春は応じる。つまり、安達が何を見てショックを受けたのか、確認しようとしたのだろう。やはり美春は頭がいい、と改めて思う。

「おれが、いじめのきっかけを作ったんだ」

一気に言った。続けて、当時の状況を事細かに話した。大便をして、個室から出てきたところを見られたとまで打ち明けた。美春は何度も頷きつつも、言葉は挟まず聞いていた。

「——斎木には何も、落ち度がなかったんだ。あいつには苛められる理由なんてなかった。ただおれが、妙な渾名《あだな》をつけてしまったからなんだ。あいつが不登校になったのも、あいつの人生を狂わせたのも、おれなんだよ。だからおれが、あの殺人事件の原因を作ったようなものなんだよ」

自分の言葉の重みに耐えられず、安達は顔を両手で覆った。懺悔《ざんげ》の気分とはほど遠かった。懺悔したところで、心はまるで軽くならない。むしろ、警察の取調室で自白をするのはこんな心地ではないかと思った。自白したからには、断罪して欲しい。罪を償えば、身も心も軽くならないだろうかと期待した。

不意に、両方の手首を摑《つか》まれた。美春が手を伸ばし、摑んだのだ。顔から手が離れる。

呆然と、正面の美春の顔を見た。

「辛いね。周くんは悪くないなんて、言わないよ。いじめのきっかけを作ったんなら、周くんは悪い。でも、周くんの悪さと犯人の悪さは、イコールじゃないよ。犯人は何万倍、何億倍も悪いんだから。周くんが殺人事件の理由を作ったことにはならない。悪いのは、犯人だよ」

美春は真っ直ぐにこちらの目を見て、畳みかけるように言った。悪いのは犯人。真壁と同じことを言う。確かにそうなのだろう。真壁が言えば自己正当化としか思えないが、美春の言葉はこちらの胸に染み入ってくる。美春にはただただ感謝した。美春は安達が期待したとおりの言葉を与えてくれた。

だが、駄目だった。いくら美春の言葉でも、それは違うと心が拒否してしまう。おれに責任がないわけがない。おれがしたことは、最初の小さな雪玉を作ることだったのだ。雪玉は斜面を転げ、徐々に大きくなっていく。やがてそれは、雪崩《なだれ》となって多くの人を押し潰《つぶ》した。そんなつもりはなかったと言っても、小さな雪玉を作って転がした者の責任は明白ではないか。おれさえいなければ、被害者たちは死なずに済んだのだ。

感情が込み上げた。情けなくも、涙がこぼれて止まらなくなった。己の罪と向き合った涙だ。それを美春は、違う意味に受け取った。自分も泣きながら、「辛かったね」と言って両手を握ってくれる。違うんだ、違うんだ。泣きながら、心の中で繰り返した。おれは許されてはいけないのだと、今気づいたんだ——。

第二章

1

気がつくと、そろそろ夕方の五時になろうとしていた。仕事に集中すると、つい時間を忘れてしまう。それでも、うっかり五時を過ぎてしまったことは一度もなかった。おそらく、頭のどこかにアラームがセットされているのだろう。意識の上では忘れていても、本当に念頭から消えてしまうことはないのだ。保育園に娘を迎えに行く時刻は、真壁友紀《ともき》にとって何があっても忘れてはならないことだった。

「ちょっと、行ってくるわ」

従業員たちに断って、車の下から出た。どこに行くかは皆がわかっているので、いちいち言わない。手についた油を取るためにクリームを塗り、ペーパータオルで拭《ふ》く。機械油は石鹼《せっけん》や洗剤では落ちず、クリームを使うしかないが、それでも爪の間に残って黒くなっている。子供の頃は、父のそんな手を汚いと思っていたものだ。今でも綺麗《きれい》とは思わないが、子供たちにこの手を嫌われたくないとは考えている。子を持って初めてわかる親の気持ち、とはまさにこのことで、自分の身勝手さに苦笑したくなる。

娘の姫華《ひめか》を預けている保育園は、自転車で五分ほどのところにある。作業着のまま自転車に乗り、ペダルを漕《こ》ぎ出した。上三人が保育園に通っている頃にも同じように自転車で迎えに行ったのだが、さほど心は弾まなかった。今は、一秒でも早く姫華を迎えに行ってやりたいと思っている。上三人の小僧どもより、姫華の方が遥《はる》かにかわいいと感じているが、そのことに罪悪感は覚えていなかった。男親なんてそんなものだ、と開き直っている。実際、見た目も女の子の方がかわいいのだから仕方がない。うちの娘は世界一かわいいと、真壁は本気で考えていた。

保育園の駐輪場に自転車を停《と》め、門を開けて園庭に入った。姫華がいるあひる組は、手前からふたつ目の部屋だ。覗《のぞ》き込むと、すぐに姫華と目が合う。姫華もお迎えの時刻がわかっていて、ずっと外を見ていたのだろう。こちらに気づくと、ぱっと表情を明るくして立ち上がる。このときの表情が見たくて、真壁は急いで自転車を漕いできたのだった。

「パパー」

姫華は真壁を呼びながら、駆け寄ってきた。こちらは外にいるので、姫華は抱きつけずにいる。もっと日が長い頃は、お迎えの時間帯も園庭で遊んでいて、真壁を見つけると脚にしがみついてきた。真壁は作業着なので、姫華の服に油がついてしまうことがある。それを何度も妻の茜《あかね》に怒られたのだが、姫華が抱きついてくるのを止めようとはしなかった。こんな喜びを、自分から避けることなどできるわけがなかった。

「おう、姫。帰るぞ」

真壁は娘を「姫」と呼ぶ。文字どおり、姫華は真壁家の姫だった。上三人の小僧どもも、たったひとりの女の子である姫華をかわいがっている。姫華をお姫様扱いしないのは、茜だけだった。

四人目にしてようやく待望の女の子を授かったとき、真壁は蝶《ちょう》よ花よと育てる気満々だった。だから名前は蝶華《ちょうか》にしようと考えていたのだが、その案は茜に猛反対された。結局妥協して、姫として育てるという意味で姫華にしたのだが、今となれば正解だったと思う。蝶華にしていたら、姫華のことを「蝶」と呼ばなければならないところだった。「姫」の方が、呼び名としてずっとふさわしい。

担任の先生が、姫華のバッグを持ってきてくれた。「今日も楽しく過ごしていましたよ」と報告してくれる。礼を言い、バッグを受け取った。靴を履いた姫華と手を繋《つな》いで、歩き出す。姫華の手はまだ、真壁の人差し指と同じくらいの長さしかない。小さくて、真壁の掌《てのひら》にすっぽり入ってしまう。この小ささを、真壁は尊いと感じていた。自分がそんなことを感じる日が来るとは、かつては思いもしなかった。

駐輪場で、自転車の荷台に取りつけてある子供用の座席に姫華を乗せた。姫華は慣れたもので、怖がりもせずに座席のレバーに摑《つか》まる。「行くぞ」と声をかけて真壁が漕ぎ出すと、「うん」と元気な返事が返ってきた。姫華は活発で快活で、家でお姫様扱いされているにもかかわらず、やんちゃなお転婆娘だった。おれの娘だからおしとやかな子が生まれるわけがないな、と真壁はしみじみ納得する。真壁は姫華の元気いっぱいなところを愛していた。自分の娘だからではなく、姫華の性格が好きなのだと思っている。

家に帰り着くと、上三人の小僧どもはすでに帰宅していた。全員小学生で、三男だけは学童保育に通っているが、長男か次男のどちらかが気が向くと早く迎えに行く。今日は定時より早く帰ってきたようだ。姫華が三和土《たたき》に立つと三人とも寄ってきて、靴を脱がせたり髪を撫《な》でて整えたりと、姫華の面倒を見る役の取り合いになる。姫華はそれをいやがりもせず、尽くされて当然という顔をしているのが面白い。将来は大物になるなと、真壁は考えていた。決して親の欲目ではなく、誰が見てもそう考えるはずと心底信じている。

「じゃあな」

断って、そのまま家を出た。すぐ裏の自動車整備工場に戻るためだ。今日の仕事はまだ終わっていない。夜七時くらいまで働くのが、いつものペースだった。

工場に表から入っていくと、奥にいた父がこちらに頷《うなず》きかけた。最初はその頷きの意味がわからなかったが、今は理解している。孫が何事もなく帰宅したなと、確認する意味の頷きなのだ。だから真壁も、同じく頷き返す。言葉のやり取りはないが、それで充分だった。

真壁は今、この整備工場の社長という立場にある。父から社長職を継いだのだ。かつて真壁は、自動車整備工をぱっとしない仕事と考えていた。父が嫌いで、絶対に跡など継がないと固く決めていた。しかし人生に選択肢はそれほど多くなく、ほとんどやむを得ず父の工場で働き始めた。当初は何度も怒鳴られ、ただただ父に反発をした。いつかこんな工場は出ていってやると、それだけを考えて過ごしていた日々もあった。だが仕事がわかってくると、面白くなった。もともと車の運転は好きである。こんな仕組みで動き、こんな調整で乗り心地が変わると知ったら、父からもっと教わりたくなった。気づいてみれば、従業員を使う立場になっていた。茜と知り合い、四人の子供に恵まれた。選ぶ余地がなくここまで来たと思っているが、なかなか幸せな人生だと自己評価している。今はこの幸せを守ることが、自分の生き甲斐《がい》だと考えていた。

この工場と家は、父が建てたものだった。結婚した当初は家を出て茜とふたり暮らしをしていたが、子供が生まれたときに実家を受け継いだ。代わりに父母は、近くのアパートに移っている。ローンの負担がない持ち家がある、というのは本当にありがたいことで、気持ちよく家を譲ってくれた両親には感謝していた。もちろん、照れ臭いので言葉にしたことはないが。

父は社長職を退いた後も、一従業員として働いている。引退してもやることがないらしいし、ベテラン従業員として当てにしてもいる。ただ、最近は老眼が進んできたらしく、細かい作業が辛《つら》くなってきたとこぼしていた。父が本当に一線を退く日が来たら、そのときは退職金を弾んでやろうと密《ひそ》かに考えていた。

暗くなると特に物が見えづらくなるそうなので、姫華のお迎えから真壁が戻ると、入れ替わりに父は帰宅する。父から仕事を引き継ぎ、もうひと踏ん張りして七時に工場を閉めた。従業員は皆、徒歩圏内に住んでいるので、それぞれ歩いて工場を出ていく。最後に工場を閉め、また家に戻った。

夕食の支度は、ほぼできていた。やんちゃなガキどもが四人もいる中、食事の準備をするのはさぞ大変だろうが、最近は上のふたりが手伝いをするようになったそうだ。手伝わなければ、茜が雷を落とす。真壁は自分を怖い父親だと思っているが、息子たちはきっと母ちゃんの方が怖いと考えているだろう。真壁自身も、できるなら茜を怒らせたくはなかった。

「ただいま。今日も旨《うま》そうだな」

食卓に並んでいるおかずを見て、真壁は素直な感想を口にした。大家族だから、ひとりひとりに料理を取り分けたりはしない。大皿をいくつか、どんと食卓の中央に置くだけだ。今日はサラダと麻婆《マーボー》豆腐が並んでいた。それと、各自にパックの納豆。品数は少ないが、量は充分である。幸い、茜の料理の腕は確かだった。だからざっくりとした大家族料理であっても、いつも味には満足できた。

「よし、いただきます」

六人で食卓を囲み、両手を合わせて食事への感謝の気持ちを示した。全員、揃《そろ》って手を合わせている。これは真壁が決めた習慣だった。子供たちは親に似て頭がよくないが、礼儀をわきまえていればなんとかなると信じている。学がない真壁が今こうして幸せに生きているように、子供たちにも幸せな人生を歩んで欲しかった。

食事中はテレビを点《つ》けない。その代わり、今日一日のことをそれぞれ報告することにしていた。子供たちは学校や保育園での出来事を、自分の語彙《ごい》の範囲で楽しげに語る。それを聞くのが、一日の最後の楽しみだった。

だが今日は、少し気になることもあった。長男の大牙《たいが》が、あまり元気がないのだ。大牙は名前に反し、体が細く性格も慎重だ。つまり、真壁とはまるで似ていない。大牙が悩みを抱えているかのように口数が少ないと、正直「ああ、またか」と思う。どうしてそんなに細かいことを気にするのか、真壁としては不思議でならなかった。

「大牙、どうした。学校で何かあったのか」

あれこれ気を使うのなど面倒だと感じるたちなので、ストレートに尋ねた。そんなところを茜は「あんたは繊細さのかけらもない無神経親父なのよ」と言うが、改める気はない。おれが繊細になったら気持ち悪いだろう、と言い返すと、茜は苦笑して「まあね」と応じるのだ。悩みがあるなら今この場で言えよ、と息子を促したかった。

「うん、ちょっと」

それに対して大牙は、半ば予想どおりの反応をした。煮え切らない、曖昧《あいまい》な態度。茜にもこういう面はないから、いったい誰に似たのかと思う。言いたくないならいいわ、と放っておくことにした。

大牙以外の三人は、食べることと喋《しゃべ》ることに同時に夢中になっている。子供らしくて実にいい、と真壁は満足だった。

2

聞いて欲しいことがある、と大牙に言われたとき、真壁は意外に感じた。大牙が悩みを打ち明けるとしたら、自分にではなく茜にであろうと考えていたからだ。子供たちから見て、自分が相談相手に向いているとはとうてい思えない。それなのに大牙が父に悩みを打ち明けようと決めたのなら、全身でそれを受け止めてやるべきだと瞬時に判断した。

「なんだ。今すぐか」

大牙はわざわざ工場まで来て、頼んでいるのだった。つまり、他の家族がいる前では言いたくないのだろう。その気持ちは理解したが、仕事中は無理だった。大牙もそれはわかっているらしく、「ううん」と首を振る。

「今じゃなくていい。今度聞いて」

「わかった。じゃあ、日曜日まで待てるか」

「うん」

大牙は頷いた。家の中に、子供たちの個室はない。兄弟四人もいるから、それぞれに部屋をあてがうことなどできないのだ。だから、他の家族に聞かれずに話をするのは難しい。ふたりだけで話したければ、日曜日に外に行くしかなかった。

緊急の用件ではなかったらしく、大牙は納得して工場を出ていった。気にはなったが、今考えても大牙の悩みはわからない。日曜日までこの件は保留、ということで片づけた。

そしてその週の日曜日、真壁は大牙を誘って外に出た。他の子供たちもついてきたがったが、大事な話があるんだとぴしゃりと言って黙らせた。大牙を促し、歩き出す。取りあえず、近くの公園に行くつもりだった。

公園には砂場と滑り台、ブランコがあるので、小さい子供が集まっている。真壁も子供たちを連れて何度もここに来た。子供たちを遊ばせる際に坐《すわ》るベンチは、空いていた。そこに大牙と並んで腰かけた。

「で、何があったんだ」

首を捻《ひね》り、大牙の目を見て問いかけた。大牙はその視線を圧力と感じたか、顔を逸《そ》らして「うん」と応じる。

「学校でね、ちょっと困ったことが起きてるんだ」

「困ったこと。なんだ」

大牙が苛《いじ》められていないかどうかには、常に気をつけているつもりだった。真壁に似た次男三男には、そんな心配はまったく不要だが、大牙だけはいじめの対象になる可能性がある。顔や手に傷は見えないが、いじめは怪我をさせられることだけではない。ついにその日が来たかと、真壁は身構えた。

「あのね、クラスでいじめが起きてるんだ」

「いじめか」

やはり、そうか。真壁は大牙の顔から視線を外し、前方を見た。前方には砂場があり、小さい子供たちがスコップでせっせと穴を掘っているが、真壁が見ているのはその光景ではない。真壁は己の過去を見ているのだった。

「苛められてるんなら、おれが学校に怒鳴り込んでやる。それがいやなら、無理に学校に行かなくていい。お前が逃げられる道は、ちゃんと作ってやるから」

最初の子供である大牙が生まれたときから、考え続けていたことだった。苛められている子供には、逃げ道が必要だ。それが、真壁の結論であった。

「ううん、そうじゃないんだ」

だが意外にも、大牙はそんなことを言った。どういうことかわからず、視線を戻す。今度は大牙も、真壁の視線を受け止めた。

「おれじゃないんだよ、苛められているのは。クラスで、苛められてる奴がいるんだ」

「お前のことじゃないのか」

意表を衝《つ》かれた思いだった。それは完全に想定外だった。大牙が苛められているのでないなら、なぜ塞《ふさ》ぎ込んでいたのか。意味がわからず、ぽかんとした。

「おれは苛めても、苛められてもいない。でも、クラスでそんなことがあったら、気分が悪いじゃないか。おれは何もできずに、ただ見てるだけなんだよ」

　大牙はそう続けた。真壁の驚きは、ますます大きくなる。すぐには言葉が浮かんでこないほど、理解に時間がかかった。

　大牙は第三者なのか。それなのに、塞ぎ込むほど悩んでいるのだ。真壁は驚いた自分を恥じた。大牙は視野が狭い父を遥かに超えて、心が大きい男になっていた。そのことを親として喜ぶと同時に、我が身を省みずにはいられなかった。やはり、過去から逃げるわけにはいかなかった。

「いじめって、どんないじめだ」

　まず、確認した。先に、聞くべきことを聞かなければならない。大牙は少し考えて、訥々《とつとつ》と語る。

「そいつ、ちょっと空気が読めない感じなんだ。今は、空気が読めないと嫌われるだろ。例えば学級会で話がまとまりそうになったときに、それまでの議論をぶち壊すようなことをぽつりと言ったりとか、人の間違いを遠慮なく指摘したりとか、ともかく気遣いってのができない奴なんだよ」

　なるほど、それは苛められるだろう。真壁は頷かざるを得なかった。苛める側の気持ちは、よく理解できた。大牙は続ける。

「で、そいつと話をする人がだんだん減って、でもそいつ自身はまるでそんなことを感じてなくて、ぜんぜん態度を改めないんだ。そうしたらそのうち、そいつの意見は無視されるようになった。学級会でも、そいつが発言してもスルーなんだよ。まあ、その程度の頃までは仕方ないかなと思ってた」

確かに、そのとおりだ。空気を読まない者の意見は、取り合ってもらえない。それは何も今に限らず、真壁が子供の頃でも同じだったろう。

「そいつもようやく、自分が無視されていることに気づいたんだ。それなら反省して直せばいいのに、そいつはどうして無視するのかってクラスの連中にストレートに訊《き》いて回ったんだよ。そういうところがうざがられてるって、わからないんだね。直接訊かれたら、『寄るな』とか『うぜえ』とか言いたくなっちゃう奴もいるよ。そうしたら、そいつに対しては何を言ってもいい雰囲気になったんだ」

学校は治外法権の場所だったと、振り返ると思う。社会では許されないことが、学校という閉ざされた空間の中では許されてしまう。他者に汚い言葉を浴びせるのも、学校だからこそ可能なのだ。クラスの雰囲気がそれを容認する方へ傾いていく過程を、真壁はリアルに想像できた。

「ともかく、無視かひどいことを言うか、クラスの人はそいつに対してどちらかしかしなくなったんだ。おれは正直、そいつとは仲良くない。別に親しくしたいと思ったこともなかった。だから今は、無視する側にいることになるよ。いじめとして無視してるわけじゃないんだけど、結果的にいじめに加わってるようで、すごく居心地が悪い」

大牙は肩を落とし、「はあ」とため息をついた。ふだんなら、いっちょ前にため息なんてつくなとからかってやるところだが、今はむろんそんな気にはならない。果たして自分に、大牙に言葉をかけてやる資格があるのかと自問していた。

「暴力は？」

考える材料を得るために、さらに確認した。大牙は首を捻りながら答える。

「この前、そいつが泣きながら教室に戻ってきたことがあった。ニヤニヤしてた連中の言ってたことからすると、たぶんトイレに閉じ込められてたんだと思う。それから、校庭で石をぶつけられてるのは見た。そいつが校庭で、ひとりで泣いてるのも見た」

それくらいか。ならば、まだ初期段階とも言える。だが、いじめはあっという間にエスカレートする。そのことを、真壁はよく承知していた。

「大牙」

覚悟を決めて、呼びかけた。過去をやり直せるものなら、やり直したい。だがそれは不可能なのだから、自分の愚かさを直視するべきである。息子の前で格好をつけて、己を偽るような真似だけは絶対にしてはならなかった。

「父ちゃんは今から、告白をする。お前に軽蔑《けいべつ》されても仕方のない告白だ。でも、おれみたいな奴の言葉だからこそ、お前の役に立つかもしれない。ともかく、聞いてくれ」

いきなりの深刻なトーンに、大牙は面食らったようだった。何も言えず、ただ目を見開いて顎《あご》を引く。大牙はまだ十一歳である。父に幻滅するには、少し早い。そんな試練を与えてしまう自分を、父親失格だと真壁は思った。

「ちょうど大牙と同じ年の頃だ。おれはクラスの奴を苛めていた。名前に菌をつけて呼んで、黴菌《ばいきん》扱いしていた。おれは、いじめっ子だったんだよ」

「えっ――」

小声で、大牙は驚きを示した。息子がどんな反応を示しても、辛い。だがこの辛さは、自分の愚かさに対する罰である。しかも、この程度の罰ではまったく足りない。そんなことは、遥か以前からわかっていた。

「父ちゃんが苛めてた奴は、別に空気が読めないわけじゃなかった。そいつ自身に、悪いところはぜんぜんなかったんだ。単に名前が『均《ひとし》』で、『きん』って読めるから黴菌みたいに呼んだだけなんだよ。ホントに馬鹿なガキがやることだ。大牙のクラスで起きてるいじめより、ずっとひどい」

もう大牙は、反応しなかった。体も顔も硬直してしまい、ただ目を瞠《みは》ってじっと真壁の顔を見ている。大牙の中で父親像が崩れていく音を、確かに聞いた。自分の頭の悪さを恥じたことはなかったが、今初めて、もっと賢く生まれたかったと望んだ。賢ければ、他者を苛めるような恥ずべき真似はしなかっただろう。

「父ちゃんは暴力も振るった。そいつを蹴《け》ったり、突き飛ばしたりした。父ちゃんを真似て、クラスの他の連中もそいつを苛めた。結局そいつは、学校に来なくなった。おれが、学校から追い出したんだ。だからおれは、最低の男だ。大牙に偉そうなことなんて何ひとつ言えない、最低の父親だ」

声に出すと、自己非難の言葉は想像以上に胸に深く突き刺さった。息子の前でこんなことを言わなければならないのが、悲しくてならない。タイムマシンで過去に戻り、馬鹿な自分を殴りつけてやりたかった。人の気持ちがわかるようになるまで、何度でも殴ってやる。子供の頃の自分は、そうされるべき愚かな存在だった。

「大牙、父ちゃんは馬鹿だ。馬鹿だから、今になって反省してる。今頃反省しても無意味なのに、他には何もできないんだ。だからせめて、お前に頼むしかないんだよ。お前だけは、苛められてる子の味方になってくれ。馬鹿な父ちゃんの代わりに、味方をしてやってくれ。ひとりでも味方がいれば、その子もずいぶんと救われるはずなんだ。頼むよ……」

大牙に頼んでも、苦しみを肩代わりさせるだけかもしれない。だとしても、今言えるのはこれだけだった。苛めた側だからこそわかる。苛められている人には、味方が必要だ。大牙には、弱い者の味方をする心を持っていて欲しい。親の勝手な願いではあるが、しかしそれが正しい道であるという確信があった。

「そいつの味方をしたら――」

大牙はようやく、少し震え気味の声を発した。受けた衝撃から、まだ脱し切れていない。感情が落ち着くまでには、時間がかかるだろう。そしてその後は、父を嫌うようになる。避けられない、避けてはいけないことだった。

「そいつの味方をしたら、おれも苛められちゃうよ」

大牙の顔は青ざめていた。真壁の懇願は、大牙にとって厳しいことなのだ。むろん、真壁も承知していた。事態がどのように展開するかは、誰よりも予想できるつもりだった。

「そのときは、父ちゃんが全力でお前を守る。何があっても、守る」

全身全霊の誓いだった。息子に酷《こく》なことを頼むからには、自分もまたすべてを擲《なげう》たなければならない。大牙のためなら、徹底的に戦う。そうでなければ、親でいる資格などないと思った。

「……うん」

大牙は力なく頷いた。決して納得していないだろうし、まだ覚悟もできずにいるのだろう。混乱しているはずの息子の肩に、真壁は手を置いた。大牙とふたりで並んで坐るのも、これが最後になるかもしれない。ならばもう少し、この時間を味わっていようと考えた。

3

大牙からの相談は、ある種の予兆だったのかもしれない。そのニュースを聞いたとき、愕然《がくぜん》としながらも真壁はそう考えた。過去から逃げることはできない。何度でも追いついてきて、かつての罪を突きつけてくる。それが、愚かさの報いなのだと知った。

と眉《まゆ》を顰《ひそ》めただけだった。人は、間接的にでも事件に関わりがなければ、遠い世界の話としてしか受け止められない。臨海地域は距離的にはさほど遠くないが、感覚的にはヨーロッパで起きたテロと大差なかった。

臨海地域での大量殺傷事件には、特に興味を持っていなかった。またこんな事件か、

死亡した犯人の姓名が判明して、頭の中が真っ白になった。正確に言えば真っ白ではなく、一点にだけ意識が集中して他のことはまったく感じられなくなった。テレビのアナウンサーが告げた名前には、確かに聞き憶《おぼ》えがある。真壁の過去の罪の象徴。あの斎木均が、この事件の犯人なのだろうか。まさか、という言葉だけが頭の中で乱舞し、頭蓋《ずがい》を内側から叩《たた》く。周囲の音は聞こえず、網膜に映っているはずの像は脳にまで届かなかった。

同姓同名の別人とは思わなかった。なぜなら、大牙からの相談は間違いなく予兆だったと感じたからだ。大牙の話を聞いて、真壁は斎木のことを思い出した。過去の罪と直面する勇気を奮い起こした。そしてすぐに、斎木の名前を聞いた。これが別人であるはずがない。油を被《かぶ》って自らに火を点けたという男は、真壁が苛め抜いた斎木なのだ。いじめに抵抗できずにいた斎木が、三十年経って多くの人を傷つけ殺す男になったのだった。

そのとき真壁は、工場の事務所で昼のワイドショーを見ていた。土曜日でも、真壁はほとんど趣味として工場で車をいじっている。とはいえ特に急ぎの仕事ではないから、

事務所で休んでいることも多い。同じ発想の父も工場に顔を出すので、ふたりでお茶を飲んでいるところだった。

点いていたテレビから斎木の名前が聞こえて、意識のすべてを奪われた。おそらく、硬直して目を見開いていたのだろう。それを奇異に思ったか、父が「どうした」と話しかけてきた。すぐに我に返ったつもりだったが、実際は三度目の呼びかけでようやく反応したらしい。父は眉根を寄せ、少し厳しい声で問うた。

「どうしたんだ。何があった？」

「いや、なんでもない」

ひと口に答えられることではなかった。父は眉間《みけん》の皺《しわ》を深くし、真壁を睨《にら》む。

「なんでもないことはないだろう。この事件がいったいどうしたんだ」

父は顎をテレビの方にしゃくった。事実を隠すつもりはなかった。一度瞑目《めいもく》し、告白の決意を固めた。

「この東京グランドアリーナの事件、犯人はたぶん、おれの小学校の同級生だ」

「なんだと。確かなのか」

父はそう訊き返す。真壁はきっぱり頷いた。

「ただの同姓同名とは思えない。年格好も合ってるし、間違いないだろう。おれは、そいつのことを苛めてたんだ」

「何？」

父は顔つきを険しくした。父は、自分の息子が学校で同級生を苛めていたとは知らない。今初めて、その事実を耳にしたのだ。おそらく言いたいことは山ほどあるだろうが、口にしたのは現実的なことだった。

「お前、それを人に言うなよ。過去のいじめと、殺人事件はなんの関係もない」

「ああ、そうだろうな」

「従業員にも、お前の子供たちにも言うな」

「うん」

従業員はともかく、大牙には言う必要があるのではないかと考えていた。だが今は、父の言葉に頷いておいた。

「それにしても」

父はそう続けると、頭を下げろと真壁に命じた。言われたとおり、お辞儀をするように低頭したら、ぽかりと拳《こぶし》で殴られた。まるで手加減していないようなので、かなり痛い。子供の頃はよく殴られたが、大人になってからは初めてだった。

「馬鹿野郎」

捨て台詞《ぜりふ》のように言って、父は事務所を出ていった。真壁は頭をさすりながら、苦笑する。最近は年を取って丸くなったように感じていたが、父は父だった。久しぶりに、雷親父の威厳を見せられた気がした。

帰宅し、子供が寝た後に茜にも打ち明けた。茜は不安そうな顔をして、「何も問題ないよね」と確認した。事件の余波が、この家にまで押し寄せてくるのを恐れているのだ。家庭を守る主婦としては、当然の反応だろう。真壁としては「大丈夫だ」と言って安心させてやるしかなかった。

その夜は布団に入っても、ずっと斎木のことを考えていた。あの頃、自分がなぜ斎木を苛めていたのか、振り返ると理由がわからない。斎木のことが憎かったわけではないし、それどころか嫌ってすらいなかった。にもかかわらず苛めていたのは、単に楽しかったからとしか言えない。最低な理由だが、斎木を苛めるのは楽しかったのだ。

猿山の猿と同じだ、と思った。猿たちにも、力関係がある。できるなら誰よりも強くありたいと、猿も考えているのではないか。人間も同じなのだ。力を誇示すれば、気持ちいい。いじめの理由は、ただそれだけだった。我ながら、その単純さが恐ろしかった。子供だから、ではないだろう。大人になっても、職場でのいじめがあると聞く。大人と子供の違いは、それをあからさまにするかどうかだけでしかない。理性の歯止めがなければ、自分の方が上の地位にいると証明したくなるのだ。あの頃の真壁は、理性が身についていなかった。

真壁が火を点けたいじめは、クラス全体に燃え広がっていた。真壁が煽動《せんどう》しなくても、斎木に対するいじめは収まらなかったのだ。いじめは、ブレーキのない車のようだと思う。一度走り出すと、もう停められない。あのときのクラスの雰囲気は、まさにそうだった。

忘れていた記憶が、手繰れば手繰るほど芋蔓式《いもづるしき》に甦《よみがえ》ってくる。実は真壁は、途中から斎木を苛めなくなっていた。いじめには、テンションの高さが必要である。そのテンションが、低くなってしまったのだ。斎木を苛める気がなくなったのは、ある場面を目撃したからだった。

あれはまだ、斎木が学校に来ている頃だったはずだ。最寄り駅の前で、斎木の姿を見かけた。駅前では、制服を着た中学生らしき数人が、手に募金箱を持って立っていた。中学生たちは大きな声で、赤い羽根募金にご協力くださいと口上を述べていた。真壁もその頃には、募金という行為の意味がわかっていた。しかし、小学生にとっては十円でも大金である。一円が落ちていても拾って自分のものにしたいのだから、寄付などできるわけがなかった。寄付は金がある大人がやればいいと考えていた。

しかし、そのとき見かけた斎木は、中学生が持つ募金箱に硬貨を投入しようとしていた。斎木の周りに、大人はいなかった。つまり、親に持たされた金を入れようとしていたのではないのである。そのことに、真壁は愕然とした。

斎木が手にしていた硬貨は、銀色だった。遠目にも、十円ではないのがわかった。色味からして、一円でもない。間違いなく、五十円玉か百円玉のどちらかだった。乏しい小遣いの中から、少なくとも五十円も寄付している。当時は自分の驚きをうまく言葉にできなかったが、今振り返れば、斎木の公共心の高さに真壁は頭を痛打されたのだった。自分と斎木は、見ている世界が違うとすら思った。

斎木の立派さに圧倒された。あの瞬間、真壁の中に理性が芽生えたのかもしれない。これまで自分がしてきたことが、不意に恥ずかしくなった。斎木は他人から苛められるような人ではなかったと、遅ればせながら気づいた。斎木に限らず、誰であろうと他者を苛めていいはずもないが、あのときの真壁にはそう思えた。以後、斎木に対するいじめをぴたりとやめた。

真壁が抜けてもいじめは終わらず、結局斎木を不登校にまで追い込むことになった。斎木が学校に来なくなって、あのときの自分は何を感じただろうか。思い出そうとしても、そのときの気持ちはもうわからない。おれは反省したのだろうか。後ろめたい気持ちを抱いたのだろうか。あるいは、何も感じなかったか。感じなかったなら、人でなしだったと言うしかない。他人を苛めて平気でいるような者は、人ではないのだ。

おれは今、人になれたのだろうか。自問したが、自信を持って答えることはできなかった。眠りはいっこうに訪れてこない。隣にいる茜を起こさないよう、真壁は布団の中でじっと息を潜めていた。

4

犯行動機はなかなか明らかにならなかった。斎木自身が灯油を被って焼身自殺してしまい、遺書も犯行声明もなかったからだ。そのため、動機がわかることは永久にないのではないかと思われている。遺族にとってはたまらない話だが、単独犯行で犯人が死んでしまっては、やむを得ないことであった。

動機が不明なだけで、斎木の現状はどんどん暴かれていった。斎木は独身で、定職にも就いていなかったらしい。そのことを、真壁は少し意外に感じた。小学生当時のことを思えば、自分の方が社会から落伍《らくご》した人生を送ってもおかしくなかった。真壁が知る斎木は、目立ちはしないがその分堅実に生きていきそうな、真面目な奴だった。寄付をする立派さと今回の犯行にはあまりに乖離《かいり》があって、やはり別人なのではないかとすら思えてくる。

とはいえ、心の底に後ろめたさに似た感情があるのは、どうしようもなかった。その後ろめたさは、真壁に行動することを促した。自分に何ができるだろうかと考える。思いついたのは、事件の犠牲になった人たちへの追悼だった。

「明日、みんなで東京グランドアリーナに行こう」

茜に持ちかけた。当然茜は、「なんで？」と問い返す。真壁も気持ちをうまく説明できないので、しようと考えていることだけを伝えた。

「事件の犠牲になった人たちのために、花束を持っていきたいんだ。おれにできることは、それくらいだから」

「ああ……、そう。それで気が済むなら、いいけど」

茜はあまり納得したようではなかったが、ひとまず承知してくれた。もちろん、事件現場に行って帰ってくるだけでは、子供たちもつまらないだろう。その後パレットタウンに行き、観覧車に乗ることにした。あの辺りまで行けば、他にも子供たちが喜ぶものがあるはずだった。

翌日の勤労感謝の日、電車を乗り継いで東京グランドアリーナに向かった。家族全員で出かけるのは久しぶりなので、子供たちは大喜びした。人が大勢死んだ場所に花を置きに行くのだ、と説明してもピンと来ないらしく、道中ずっとはしゃいでいた。大牙だけは、そこに加わらず静かにしている。その後のいじめがどうなったか気になっていたが、家族がいる今は訊けなかった。

駅から少し歩いて、東京グランドアリーナに着いた。まだテレビの報道関係者は来ていて、マイクを持ったアナウンサーが特徴的な建物を背景に喋っている。子供たちはそれを見て、あのアナウンサーの後ろを通ればテレビに映るかな、などと悪だくみをしていた。邪魔しちゃ駄目だぞ、と叱っておいた。

事件現場らしきところには、献花台ができていた。すでに花束がうずたかく積み上がっている。そこに花を置こうとすれば、どうしてもアナウンサーの背後に行くことになる。おとなしくするよう釘《くぎ》を刺し、献花台の前まで進んだ。テレビカメラがあるお蔭《かげ》で、子供たちは神妙な顔をしていた。

手を合わせ、犠牲者たちの冥福《めいふく》を祈った。なぜ斎木がこんなことをしたのか、という疑問が現場まで来てますます大きくなった。この三十年間に何かがあって、社会に対する恨みを溜《た》め込んだと解釈するしかない。それに比べて、自分は幸せだと改めて思った。献花台から離れた後は、東京グランドアリーナの向こうに見える観覧車を目指した。子供たちはまたはしゃぎ始め、それを見ていたら真壁の気持ちも紛れた。予定外の家族サービスになったが、これもまたいいと思えた。斎木にもこのような家族がいれば、こんなひどい事件は起こさなかっただろうにとも考えた。

パレットタウンのフードコートで昼飯を食べてから、観覧車に乗った。子供たちは皆、生涯で最も高い地点から街を見下ろしたことになる。「うわー」「すげー」と大騒ぎしている様は、とても頭がいいとは言えないが、子供らしい素直さに溢《あふ》れていた。真壁も一緒になって、「東京タワーだ」「スカイツリーだ」と眺望を楽しんだ。

観覧車を降りて、トイレに行った。下ふたりの小僧たちに先にさせ、真壁は大牙と並んで用を足した。狙ってそうしたわけではないが、ようやく大牙とふたりきりになれた。その後を尋ねるなら今だと考えた。

「いじめはどうなってる？」

正面を向いたまま声をかけたので、大牙の表情はわからない。大牙は「後で話すよ」と答えた。

大牙には、真壁が苛めていた相手が事件の犯人であることをまだ話していない。話すべきかどうか、結論が出せずにいる。話すとしても、もう少し大牙が成長してからの方がいいかもしれないという判断もあった。これ以上、大牙に重荷を背負わせたくなかった。

トイレの後は、ゲームセンターに行って遊ばせた。とはいえ、金を使わせられないので、見るだけである。それでも子供たちは大喜びし、ゲーム台を次々に見て回った。ゲームセンターを出たときには、疲れた姫華が船を漕ぎ始めた。最後は寝ている姫華を負ぶって、家路に就くことになった。

さすがに真壁も消耗したので、家でひと休みをした。だが他の子供たちが疲れておとなしくなった今は、千載一遇のチャンスである。大牙を誘って、また先日の公園に行った。同じベンチに坐り、促す。

「で、いじめはどうなったんだ」

今度は顔を向けて、尋ねた。大牙はなぜかばつが悪そうに目を伏せ、ぼそりと答えた。

「実は、収まった」

「そうなのか。それはよかった。お前が何かしたのか」

そんなに簡単にいじめが収まるものだろうかと疑問を覚えたが、大牙の言葉を疑うつもりもなかった。大牙が苛められている生徒の味方をしたお蔭でいじめが終わったなら、それが一番望ましいことである。

「うん、した」

大牙は認める。しかし、その内容については話そうとしなかった。大牙にはこうした、口が重い面がある。将来はもっと無口になるのだろうなと予想した。

「何をした？」

「いや、あのね、実は……」

大牙は言い淀《よど》んだ。父親には言いにくいことなのか。察してやろうとしたが、見当がつかない。今度は沈黙で、先を続けるよう求めた。

「父ちゃんの話をしたんだ」

いかにも言いづらそうに、大牙は言葉を口にした。聞いた真壁は、意表を衝かれて思考が止まる。おれの話とは、いったいなんのことだ。意味がわからず、ただ大牙の横顔を見つめた。

「苛めてる奴らに、言ったんだよ。父ちゃんが昔、クラスメイトを苛めてたことを。そのことを今はものすごく反省して、苦しんでるって話を」

ああ、そういうことか。真壁は納得した。父の恥部とも言える過去の振る舞いを、勝手に話してしまったから大牙はばつが悪く感じていたようだ。そのこと自体は、別にかまわない。ただ、そんな話が抑止になったのだろうかと不思議に思った。

「それで、苛めてた連中はいじめをやめたのか」

「そうだよ。だって、大人になっても苦しむなんて、いやじゃん。あいつら、自分が辛くなるかもなんて考えてもみなかったんだよ。いじめなんてしてたらそういうことになるって初めて知って、それでビビってやめたんだ」

「そうか」

自分でも意外なことに、笑いたくなった。嬉《うれ》しいのだ。父の愚かな過去に、大牙は意味を与えてくれた。父の恥をうまく利用して、いじめられっ子を救った。こんな嬉しいことがあるだろうか。真壁自身が、大牙に救われた心地だった。

「すげえな、大牙。お前はすごい奴だ。父ちゃんは誇らしいぞ」

嬉しさのあまり、大牙の頭に右手を置いてガシガシと撫でてやった。大牙は苦笑気味の表情を浮かべ、「やめてよ」と抗議する。そうか、大牙は頭を撫でられて喜ぶ年ではなくなったのだ。息子の成長を、しっかりと感じ取ることができた。

「ありがとうな、大牙」

自然に、感謝の言葉が口から出た。我が子に対して礼を言ったのは、おそらく初めてだ。大牙はなぜ礼を言われるのかわからないらしく、「え？」と言って目を丸くしている。その表情が面白く、もう一度髪をくしゃくしゃにしてやった。

5

斎木の人生は、その後も容赦なく暴かれ続けた。世間の関心が小学校時代に向かうのは時間の問題と考えていたら、案の定、ついにそのときが来た。仕事の昼休みに事務所でテレビを見ると、レポーターが見憶えのある校舎の前でマイクを握っていた。ああ、とうとうばれた、と思った。

「斎木容疑者はこの小学校に通っている当時、同級生から苛められていたという情報があります」

真壁は目を瞑《つむ》り、これから襲ってくるであろうあらゆる感情に耐える準備をした。一番恐れていたことが、テレビで告げられる。事件を知ったときから、このときが来るのを覚悟していた。

「斎木容疑者は、いじめを受けて不登校になりました。その後、中学校にも通えずにいたそうなので、この辺りから斎木容疑者の人生が狂い始めたものと思われます」

そうなのか。中学校にも行けなかったとは、知らなかった。思い返せば、真壁が行っていた中学で斎木を見た記憶がなかった。いないのは別の学区だったからだと考えていたが、小学校に続いて不登校だったのか。己の罪深さを、また改めて思い知らされる。

「就職も、ちょうど就職氷河期に当たってしまい、ままならなかったという情報がすでに伝えられていますよね。そうしたことが長年積み重なり、今回の事件に行き着いてしまったと考えられますか」

スタジオの司会者が、レポーターにそう問いかけた。当然出てくるであろう推測だ。真壁が聞いても、そう考える。

「もちろん、いろいろな推測ができますが、容疑者が死亡してしまった今、真相は闇の中となってしまいました」

レポーターは断言を避けた。いじめが原因で大量殺人に走った、などと断定すれば、今現在いじめ被害に苦しんでいる人たちから猛反発を食らう。テレビとしては、曖昧な言葉で逃げておくしかないのだろう。だが、視聴者に一定の印象を与えたのは確かだった。

わかっていた。無関係の第三者から指摘されるまでもなく、真壁自身がよくわかっていた。真壁が斎木を苛めなければ、あんな事件は起きなかったかもしれないのだ。斎木はまともな人生を歩み、社会を恨むこともなかった。真壁が斎木の人生を曲げ、大量殺人事件を起こすような男にしてしまったのだった。

しかし、と同時に思う。しかし、テレビの配慮は正しいのだ。いじめ被害に遭っている皆が皆、大量殺人事件を起こすわけではない。大多数の人、いや、ほぼ全員が、そんなことはしない。大勢の人を殺したのは、いじめ被害者という一般論で語られる存在ではなかった。斎木というひとりの男が、凶行に走ったのだ。真壁に責任がないとは言わないが、誰が最も罪深いかと言えば、それは間違いなく斎木である。そのことは、どう見ても揺らがないはずだと考えた。

その夜のことだった。居間でテレビを見ていたら、スマートフォンが震えた。取り上げてロック解除すると、フェイスブックに友達リクエストが来ていた。安達という名に心当たりはなかったが、相手のプロフィールを見て思い出す。安達の出身小学校は、真壁と同じだった。

安達のことは、綺麗に忘れていた。だが唐突に、記憶が甦った。そうだ、斎木の下の名前が「きん」と読めると言い出したのが、安達だった。つまりは、安達こそいじめのきっかけを作った人物なのだった。

今の今まで思い出しもしなかったが、ひとつのきっかけがあれば記憶は鮮明に再生されるものだ。安達はクラスの中でも、頭がいい奴だった。そのことを鼻にかけ、周囲を見下していたという印象がある。いやな奴だと思っていたから、ほぼ付き合いはなかった。向こうもきっと、真壁とは反りが合わないと考えていただろう。

そんな男が、このタイミングで友達リクエストをしてくる。用件は、聞く前から明らかだった。今回の大量殺人事件は、自分たちのせいではないと言いたいのだろう。おそらく安達はこの年まで、一度も躓《つまず》かずに綺麗な道を歩いてきたのではないか。それが、思わぬ形で過去の汚点を炙《あぶ》り出されてしまいそうになった。おれたちのせいではないと同調して欲しいのか。それとも、過去のいじめを誰にも言い触らすなと口止めしたいのか。いずれにしろ、ろくな用件でないのは確かだった。

無視しようかと考えた。だが、フェイスブック上の繋がりを切るのは簡単である。一度話を聞いてから、切るかどうかを判断してもいいのではないかと思い直した。あの安達が、斎木が起こした事件をどう受け止めているか、興味があった。

リクエストを受け入れ、何かメッセージを送ろうかと考えた。だがなんと書けばいいかわからず迷っていたら、向こうからダイレクトメッセージが来た。短い文面で、事件の犯人は同級生の斎木ではないかと書いている。そんなこと、確認するまでもなく明らかではないかと思った。現実逃避でもしているのだろうか。

〈このタイミングで友達リクエストが来たから、用件はそれだと思ったよ。犯人はあの斎木だろうな。びっくりだぜ〉

だから、ぶっきらぼうな返事を送っておいた。スマートフォンで文章を書くのは苦手である。他意はなくても、長い文章は書けなかった。

対照的に、安達の返事は早かった。電子機器の使い方には習熟しているようだ。小学校時代の安達からすると、さもありなんと思う。パソコンの使い方がわからずに部下から教えてもらう安達など、とても想像できない。

〈無差別大量殺人だから、社会への恨みが動機ってところなんだろうな。ワイドショーでは、小学校のときにいじめに遭って人生が狂ったなんて言ってたぞ。どう思う？〉

案の定、その点に触れてきた。安達は何を言って欲しいのだろうか。おれが悪いんだからお前は責任を感じなくていい、とでも真壁が言えば満足か。冗談ではない。真壁が悪いなら、安達も同罪だ。自分だけ責任逃れをしようと考えても、そんなことは通らないと教えてやりたかった。

だが真壁は、違う返事をした。誰が悪いかと問われれば、昼に考えたように答えはひとつである。

〈いじめが殺人の原因だなんて、単なる言い訳だ。お前、何が言いたいんだ？〉

安達の接触の意図がわからないので、少し苛立《いらだ》った。自分の本音を隠して、相手にだけ語らせようとするのは、頭のいい人間が使いそうな卑怯《ひきょう》な手である。こちらは頭が悪いから、ストレートに訊いてやる。何が目的なんだ？

しかし安達は、結局何も語らなかった。〈お前の言うとおりだ〉と肯定する返事があっただけで、自分の考えを明かそうとはしない。面倒な奴だな。うんざりして、もう返事はしないことにした。

改めて、安達のタイムラインを見た。安達が一流の都市銀行に勤めていることは、最初にプロフィールを見たときに気づいていた。タイムラインに投稿は少ないが、本社勤務であること、部下との関係が良好であること、幸せな家庭を築いていることが端々から読み取れた。これを斎木に見せてやりたかった、と思った。斎木は安達の人生を見て、どう感じただろうか。殺す相手を不特定多数の人たちにせず、安達個人に絞りたくなったのではないか。

そのように考えるのと同時に、自分もまた一緒に殺されるべき対象なのだという自覚も存在していた。斎木はきっと、安達よりおれの方に嫉妬《しっと》しただろう。なぜならおれも、幸せな人生を送っているからだ。安達のように成功者とは見られなくても、今は充分に幸せである。斎木にしてみれば、まったく納得できないのではないだろうか。

だからこそ、殺されるわけにはいかないのだ。心の中でだけ、真壁は声を荒らげた。おれには家族がいる。従業員もいる。守るべき人たちがいるから、斎木のために死んでやることはできない。人殺しを肯定もできない。斎木の選択こそが悪なのだと、強く強く思った。

スマートフォンを置いて、ダイニングチェアに坐っている茜を見た。茜も自分のスマートフォンに見入っていて、こちらにはなんの注意も向けていない。そのことに安心を覚えると、喉《のど》が渇いていることに気づいた。唾《つば》が出てこない口の中には、苦い味が残っているような気がした。

第三章

1

目が覚めたとき、少し息苦しい気がした。譬《たと》えて言えば、猫が胸に乗っているような感じか。だが安達の家で猫は飼っていないし、実際に乗ってもいない。すぐには起き上がらず、しばらく横になったままでいたら普通に呼吸ができるようになったので、気のせいだったのだろうと考えた。

朝のルーティーンを終えて家を出るときにも、なぜか頭が重苦しいように感じた。風邪でもひいたか。どんなに健康的な生活をしていても、体の調子にはリズムがある。まして安達は家に閉じ籠《こも》った生活をしているのではなく、不特定多数の人がいる電車に乗り、大勢の人が一ヵ所に集まる会社で仕事をしている。どこで風邪をもらっても、不思議ではない。もちろん、インフルエンザでもなければ会社を休むわけにはいかないので、風邪をひくのはただ面倒なだけだった。

とはいえ、熱っぽいわけではなかった。初期症状かと警戒したが、会社に着いて仕事をしているうちに忘れてしまった。帰りの電車がラッシュだったので思い出したが、風邪をうつされることを恐れるよりもうつしてしまう心配をしなければならない。口はできるだけ開けず、浅い呼吸を心がけた。するとまた、息苦しさがぶり返した。物理的に身動きできないほどのラッシュの中、あえて浅い呼吸をしているのだから、息苦しくなるのも当然と考えた。

家に帰り着くと、いつもより疲れていた。玄関先で次女を抱き上げるのすら、少し億劫《おっくう》に感じた。やはり体調がよくないのだと自覚する。夕食前に、葛根湯《かっこんとう》を服《の》んでおいた。

「風邪？　大丈夫？」

美春が気づいて、尋ねてくる。安達は軽く首を振って応《こた》えた。

「大したことないよ」

強がっているつもりはなかった。風邪くらい、年に一度はひく。今回もその程度のこととしか思っていなかった。

ところが、次の日になってみると体調はさらに悪くなっていた。ラッシュの電車の中で、不意に動悸《どうき》がしたのだ。周囲に自分の心臓の音が聞こえるのではないかと思えるほど、激しく鼓動している。かつて経験したことのないそんな変調に、自分で驚いた。たまらず途中駅で下車して、ベンチに坐《すわ》り込んだ。駅のホームも混んでいたが、密閉されていないだけ呼吸が楽になった気がした。空気を貪《むさぼ》るように、何度も大きく深呼吸する。すると動悸は落ち着いてきたが、代わりに不安が大きくなってきた。自分はいったい、どうしてしまったのだろうか。

ただの風邪ではなく、心臓病だったらどうしよう。そうした心配が現実になりそうで、怖くてならなかった。今にも心臓が停止し、命が終わってしまう恐怖をリアルに感じる。もしそうなった場合は、混み合っている電車の中ではなく、ホームにいた方がすぐに救命してもらえるのではないか。そう考えると、電車に乗る勇気が湧いてこない。どうしても立ち上がれず、心臓病ではなく足腰から力が抜ける奇病に罹《かか》ったのではないかという不安も感じた。

会社に行かなければならないのに、電車に乗れない。腕時計の分針が無情に進んでいくのを、ずっと眺めていた。どうすればいいのか本気で考え、ふと名案が閃《ひらめ》いた。そうか、電車ではなくタクシーで行けばいいのだ。それならば、不調を訴えたら運転手が対応してくれるだろう。場合によっては、そのまま病院に運んでくれるかもしれない。それこそがすべてを解決してくれる妙案に思え、すると不思議にも立ち上がることができた。そのまま階段を下りて改札を通り抜け、駅前でタクシーを拾う。タクシーの中では、変な動悸は訪れなかった。始業時間ぎりぎりに到着し、なんとか遅刻せずに済んだ。

次に同じことが起きたのは、午前中の会議が始まる際だった。会議室に入ったときから、心臓がどくどくと音を立て始めたのを感じていた。会議に緊張感は必要だが、もう何度も経験しているので上擦るほど緊張することはない。それなのに今日はなぜか、会議をいやだと感じた。席に着いても、鼓動が大きい。このままではまずいかもしれないと、密《ひそ》かに不安になる。だが、体調不良を訴えて会議を抜けるわけにはいかなかった。この会議は、無理をしてでも出ておかなければならない議題があった。

ただ、実際に会議が始まってみると、議論に参加するどころではなかった。なにやらいやな脂汗が額に浮かび、悪寒もしてきた。直属の上司である部長が気づき、「どうした?」と声をかけてきた。見ただけで、異状がわかるほどなのだろう。強がっても参加者に迷惑をかけるので、体調が悪いと正直に告白した。すぐに医務室に行けと命じられ、席を立たざるを得なかった。一同に頭を下げ、会議室を出る。本社の上層部の集まりから抜けるのは、トップグループから脱落する失墜感があった。

医務室で症状を訴えると、専属の医師は横になって休むよう指示した。薬を出してもらうことを期待していたのだが、そうした処置はしてくれない。単なる疲労とでも考えているのだろうか。もっと大きい病院に行って、検査をしてもらう必要を感じた。

「もし明日も同じような症状になったら、また来てください」

少し休んだら悪寒が治まったので、仕事に戻ろうとした。すると医師は、そんなことを言った。言われなくても、体調が悪かったら来る。もう診察に期待はしないが、ベッドで横になれるだけありがたかった。

その後は特に異状を感じず仕事ができたが、帰りの電車ではやはり息苦しさを感じた。体の不調は明らかだ。美春にはそれを告げざるを得なかった。

「どうも、体調がよくないんだ。息が苦しくなって、悪寒がしたりする。今日の行きの電車の中では変な動悸がして、怖くなって途中下車しちゃったよ。電車に乗れなかったから、タクシーで会社に行った」

「それは大変じゃない。明日、休んで病院に行ったら？」

当然、そう勧めると思っていた。だから言いたくなかったのだ。不調を不気味に感じてはいるが、同時にこの程度のことで休んでいられないという気持ちも存在する。どうしたいのか、自分でもよくわからなかった。ただ、これが日本のサラリーマンの普通の反応だろうとも思った。

「まあ、少し様子を見るよ。本当に駄目そうだったら、無理はしないから」

美春に心配させないために、そう言うしかなかった。とはいえ、ごまかしたつもりもない。様子を見るのが最善の策だと、本気で考えていた。

しかし、翌日は同じことの繰り返しだった。行きの電車に乗っていられず途中下車し、タクシーで会社に向かった。午前中から気分が乗らず、自分の席に着いているのが辛《つら》くなった。また脂汗が出てきて、昼休みを取る代わりに医務室に行った。医師が休憩を取るなら、単に横にならせてもらうだけでかまわないと思っていた。

だが医師は、診察をしてくれた。そして淡々と、思いがけないことを言った。

「安達さん。私は専門ではないから断定はできないですけど、あなたの症状はパニック障害の可能性があります。一度、専門の医者に診てもらった方がいいですね」

「パニック障害？」

そういう病名は知っていた。特に珍しい病気ではないことも聞いている。しかし、自分に関係がある病気とはまるで考えなかった。むしろ安達は、そうした病気には縁がないタイプだと自任していた。

そうではなかったのだ。ここ数日、心が弱っている自覚はあった。体を壊したわけではないのに吐いてしまったのは、明らかに心の変調によるものだ。心に体が支配されてしまった経験は、初めてのことだった。

医師にパニック障害を疑われ、そのことによって逆に、自分が受けたショックの大きさを知った。同時に、変調を来すのも当然と思えた。斎木が引き起こした事件は、ひとりの人間が背負うには重すぎる責任を安達に押しつけてきた。大勢の人が死傷した責任を、どうやって背負えるというのか。押し潰《つぶ》され、体と心が悲鳴を上げるのは、当たり前のことだった。

その自覚と同時に、絶望感も覚えた。斎木の事件がパニック障害の原因ならば、取り除くことはできない。原因はそのままに、病気を治すことはできるのだろうか。斎木がしでかしたことを、いつか忘れられるのだろうか。

医務室を出てコーポレート・ファイナンス部に戻る前に、スマートフォンでパニック障害について調べた。すると、投薬で治る場合もあることがわかった。それに期待するしかない。投薬で治るなら、病院に行くのもやぶさかではなかった。

とはいえ、まだ踏ん切りがつかず、結局翌日もまた同じことを繰り返した。毎朝タクシーで会社に行っては、さすがに経済的に辛くなってくる。三日続けて医務室に行く安達に、上司も眉《まゆ》を顰《ひそ》めた。きちんと医者に診てもらえ、と叱られてしまった。やむなく、明日は有給休暇を取って病院に行くことにした。

2

パニック障害の治療手段が大きく分けてふたつあることは、ネットからの知識で知っていた。投薬とカウンセリングである。しかし、カウンセリングに期待するわけにはいかない。本当のことなど、見ず知らずの人に言えるわけがないからだ。そんなことをするくらいなら、このままパニック障害の症状に耐えている方がずっとましだった。

紹介状を持って大病院に行くと、予想はしていたがとんでもなく長い時間待たされた。この待ち時間だけで、病状が悪化する人が大勢いるのではないかと思えるほどだ。安達も、診察の順番が回ってくるまでにくたびれ果てていた。ようやく医師と対面したときは、気持ちが頑《かたく》なになっていた。

症状を話すと、典型的なパニック障害だと診断された。事前に調べてあったとおり、投薬とカウンセリングという治療法が提示され、何か悩んでいることはあるかと問われる。この質問に対する答えは、事前に準備してあった。仕事にプレッシャーを感じているつもりはなかったが、高いレベルの競争に疲れていたかもしれない。そうしたことを、迷いなく話す。もともと悩みの原因を打ち明ける気はないが、たとえ打ち明けたとしてもこの医師が解決してくれるわけではないのだ。事件の被害者たちが生き返りでもしなければ、悩みの原因は消えない。ならば、正直に話しても無駄である。ともかく、薬を出してくれさえすればいいのだった。

会計でまた長時間待たされた末に、調剤薬局でついに薬を手にした。これを服めば治るのだと、期待に胸が弾む。パニック障害など、気の持ちようなのだ。薬で人為的に気持ちを明るくすれば、すぐ元の生活に戻れるに違いない。

そう考えていたが、残念ながら薬に即効性はなかった。夕食後に服んでみたが、あまり変化は感じられない。継続的な服用が必要なのだと、自分に言い聞かせた。薬を服んでいれば、ひとまず会社には行けるはずだと信じた。

ところが、次の日もまた電車に乗っていられなかった。途中下車してベンチに坐ると、己が情けなく感じられた。会社に行けないなんて、五月病の新入社員か。そう自嘲《じちょう》してみても、足が一歩も動かないのは変わらなかった。こんな自分になってしまったことが悲しいと考えたら、ぼろぼろと涙が出てきた。そのことにまた、心底驚愕《きょうがく》した。

ともかく、這《は》ってでも会社に行きたい。そして、行内では何事もないように振る舞わなければならない。就職氷河期の中で一流企業に就職し、同期の中でも頭角を現して現在の地位を摑《つか》み取ったのである。こんなことでマイナス評価されるわけにはいかなかった。行内での地位向上に、健康は必要不可欠な条件だった。

いつものように、タクシーを拾って会社に行った。メーターの数字が大きくなっていくたびに、それが心に重くのしかかった。大丈夫、収入はそれなりにあるのだから、この程度の額に気を揉《も》む必要はない。そう自分に言い聞かせても、実際はタクシー代が嵩《かさ》み始めている事実をごまかせなかった。このままでは、今月の収入の大半が交通費に消えてしまう。薬が効いて病状が緩和されることを、強く願うしかなかった。

仕事中にも、己に対する情けなさが不意に強く感じられ、涙が出そうになった。慌ててトイレに駆け込み、個室でしばし目許《めもと》を拭《ぬぐ》う。いっそ死んでしまいたい、という発想がぽんと湧いてきて、愕然とした。いや、そんな考えは自分の中にない。死にたいなんて、絶対に思わない。おれは何を考えているのか、と怖くなった。パニック障害は、鬱《うつ》病を併発することがあるらしい。まさか、おれも鬱病になりかけているのだろうか。胸の底にひやりとした異物が生じ、それを吐き出すことはできなかった。

その日はなんとかごまかして仕事をやり過ごし、帰宅した。家では夕食を摂《と》らず、そのままベッドに横たわった。額に手を当てながら、現状をつらつらと考える。もし、薬が効かなかったらどうするか。出された薬を全部服んでも効かなかった場合、別の薬を出してもらえるだろう。ただ、それが効く保証はなかった。むしろ、効かない可能性が高いように思えてきた。

カウンセリングが無駄なのは、改めて考えてみるまでもない。となると、やはり原因をどうにかするしかない。どうにかといっても、どうすればいいのか。斎木のしたことは変えられない。ならば、斎木の代わりに贖罪《しょくざい》すればいいのか。

そんなことで、自分が納得できるとは思わなかった。安達が被害者遺族の家を訪ね、頭を下げるのはどう考えても筋違いだ。先方は戸惑うだろうし、仮に受け入れる人がいたとしても憎まれるだけである。今の弱った心に罵声《ばせい》を浴びせられたら、病状がますますひどくなってしまう。なんの解決にもならなかった。

斎木の人生は、本当に小学生のときのいじめが原因で歪《ゆが》んでしまったのだろうか。ふと、そう考えてみた。いじめが遠因である可能性は否定できない。しかし、直接の理由でないことは明らかだ。むしろ成長の途中で、もっと斎木に影響を与えたことがあったのではないか。斎木が社会を恨むようになる直接的な理由が存在すれば、安達の責任は相対的に小さくなる。最初の雪玉が雪崩に成長したのではない、ダイナマイトの爆発が雪崩を引き起こしたかもしれないのだ。もしそうであったら、安達の自責の念も必ず和らぐだろう。

この考えは、光明《こうみょう》に思えた。いや、ただの責任逃れに過ぎない、という内なる声もある。しかし、今のままでは心も体も壊れてしまう。人間には耐えられる負荷の限界があり、それを超せば壊れるのだ。家族のためにも、壊れるわけにはいかない。ならば、逃げ道を作ることも必要だった。

斎木のことをもっと知りたいと思った。あいつがなぜあのような凶行に走ったのか、その心の動きを知らなければならない。そうすることで初めて、おれの心はバランスを取り戻すだろう。普通に呼吸ができるようになるだろう。息もできない状態で今後何十年も生きていくのは、いやだった。

だが、おれには時間がない。諦念《ていねん》とともに、現実を直視するしかなかった。週に五日会社に行かなければならないサラリーマンに、探偵の真似事をする暇はないのだ。家族サービスを犠牲にして、土日に斎木のことを調べて回るか。気が進まないが、そうするしかなさそうである。日曜日に家族とともにどこかに出かけるのはいい息抜きであり、生き甲斐《がい》でもあったが、しばらくはお預けにするよりないと寂しく考えた。

とはいえ、その週末から動き出す気にはなれなかった。どこから手をつけていいかわからなかったのだ。それよりはむしろ、気晴らしをした方が心の健康にはいいのではないかと考え、家族で芝生のある公園に行って美春手製の弁当を食べた。心が穏やかになり、息苦しい感覚には襲われなかった。こうした休みを過ごしていれば、パニック障害も治るのではないかと期待した。

しかし週明け、反動がやってきた。自宅の最寄り駅の段階で、電車に乗れなくなったのだ。人込みが怖くて、乗り込んでいく勇気がどうしても湧かない。改札口の前でピタッと足が止まってしまい、己の意思では動かなかった。これが心の病気なのかと、自分が自分でなくなる恐怖を感じた。

もう今日は会社を休むしかない。そう結論すると、不思議にまた足が動き出した。家に帰る方向にならば、足が向くのだ。おれはおかしくなっている、そんな悲しい自覚をしながら会社に電話をした。電話口に出た女性社員に、病欠する旨《むね》を告げる。「大丈夫ですか?」と同情する響きの言葉をかけてもらったが、噂《うわさ》になることは避けられないだろうと覚悟もしていた。いや、すでに噂になっているに違いない。安達は出世コースから脱落した、と。

帰宅すると、当然のことながら美春から案じる言葉をかけられた。だがそれも今は煩わしく、きちんと答えずに寝室に籠る。銀行員としてだけでなく、家庭人としてもおれは失格だなと思った。

次の日も、その次の日も、会社に行けなかった。安達もひとつの課の長である。病気で出社できない者にどう対応すべきか、よくわかっていた。だから、部長から勧告される前に自分で決めた。休職するしかない。仕事を休み、しっかりと心を治すのだ。そうしなければ、この先の人生は暗いままだと理解した。

休職の決心は、脱落を受け入れることでもあった。目の前が真っ暗になる落胆がある。ここまで順調に来たのに、まさかこんな蹉跌《さてつ》が待っているとは思いもしなかった。小学生のときの、出来心にも似た愚かな振る舞い。それが今、こんな形で己に跳ね返ってきた。おれもまた、雪玉から育った雪崩に押し潰されたのだ。そう感じざるを得なかった。挫折《ざせつ》を受け入れるのは、あまりに困難だった。己を憐《あわ》れんだ涙が、どうしようもなく湧き出てくる。そのこと自体も情けなく、安達は歯を食いしばって嗚咽《おえつ》をこらえた。自分が惨めでならなかった。

3

仕事を休んでいる間に、斎木のことを調べてみようと思うんだ、と美春に告げた。美春は目を見開いて驚きを示したが、反対はしなかった。

「そうだね。それはいいかも。きっと何か、あんな事件を起こしたきっかけが見つかるはずだよ」

さすが美春は、安達の意図を瞬時に察したようだ。もともと、小学生当時のいじめが直接あんな大量殺傷事件に繫《つな》がったとは考えていなかったのかもしれない。客観的には、おそらくそれが正しいのだろう。だが問題は、安達の主観だった。安達が責任を感じる限り、この病気は治らないのだ。

テレビや新聞の報道は、特に目新しいことを伝えていなかった。犯行動機は社会に対する恨み、と決めつけているかのように、その点を疑う検証はまったくなされていない。ただ救いは、小学生当時のいじめに原因を求める意見もほとんどなかったことだ。あまりに昔のこと過ぎて、いじめのせいと考えるのは牽強付会《けんきょうふかい》に過ぎるからだろう。少なくとも、マスコミがいじめの犯人捜しをすることはなかった。

ネット上でどのように見られているかは、知らなかった。怖くて、〝いじめ〟というキーワードでは検索できなかったからだ。もしかしたら、いじめの犯人を特定しようという動きがあるかもしれない。その結果、安達の名前が炙《あぶ》り出されたら、安達だけでなく美春やふたりの娘の人生も終わる。そんなことにならないよう、ただただ祈るしかなかった。

「自分に対する言い訳だとは思うんだけどね。ただ、少しでも自責の念を和らげないと、この病気は治らない気がするんだ」

どうしても自嘲気味の言葉が口から出てしまう。しかし美春は、安達の考えを認めてくれた。

「そうだよ。周くんは自分に厳しすぎるんだよ。何度でも言うけど、あんな事件を起こした犯人が一番悪いんだから。周くんを責める人なんて、どこにもいないよ」

味方がいるのはありがたいと、しみじみ感じた。だが、安達を責める人がいないという意見には、同意できなかった。そういう人は必ずいるだろう。それも、ひとりやふたりではないに違いない。正義の名の下《もと》に他人を糾弾する人は、世の中に大勢いる。そんな人たちの前に引き出されたら、極悪人扱いされるのは目に見えていた。

「ありがとう。それでも、自分を納得させたいんだよ」

胸の中の思いは口にせず、ただ礼を言った。仕方ないとばかりに美春は頷《うなず》き、続ける。

「で、犯人のことを調べるって、どこから調べるの？」

もっともな質問である。素人が犯人の背景に迫ろうとしているのだ。最初の一歩を踏み出す方向すら、見当がつかないだろう。少し前の安達自身もそうだった。

「うん、まずは斎木のご両親に会いに行こうかと考えてる」

斎木の母親は、テレビカメラの前に引きずり出されていた。涙ながらに、自分の息子の罪を詫《わ》びていた姿が忘れられない。あんなふうにマスコミに群がられたら、同じ場所に住み続けるのは難しいかもしれない。近々引っ越してしまう可能性があるから、早めに会いに行くべき相手だった。

斎木の両親の住所を、安達は知っていた。小学生当時の名簿を保管していたわけではない。ネットに住所が出ていたのだ。近所に住む、義憤に駆られた一般市民が住所を曝《さら》したのだろう。いやな世の中だし、明日は我が身と思うと空恐ろしくなる。

ともあれ、住所がわかるのは今の安達にはありがたかった。しかし同時に、だからこそ早く会いに行かなければならないという焦りもあるのだ。不特定多数の人に住所を知られてしまった斎木の両親は、すでに家にはいないかもしれない。姿を消されたら、人捜しの経験などない安達に見つけ出すことは不可能だ。まだどこにも行かないで欲しい、と祈る気持ちになった。

外に出るのは怖かったが、家にいても病気が治る見込みはないとわかっているので、勇気を振り絞った。ここで行動を起こさなければ、自分は本当に駄目になる。そのことの方がずっと恐ろしく、安達の背中を押してくれた。美春は同行を申し出てくれたが、これは自分自身で解決しなければならない問題だからと断った。

斎木の両親の住所は、世田谷区だった。安達が通っていた小学校の学区ではないから、斎木が卒業した後に区内で引っ越したのだろう。その住所に行くまでには、バスを二本乗り継がなければならない。朝のラッシュ時を外したためか、車内で息苦しくなることはなかった。

小田急線祖師《そし》ヶ谷《がや》大蔵《おおくら》駅前から、バスに乗った。七分ほど揺られて、目的の停留所に着く。この辺りに土地勘はないが、区画が整然としているので迷うことはなかった。スマートフォンの地図アプリを使うと、目指す家はすぐに見つけられた。

そこは小さい一軒家だった。土地の面積は二十坪くらいだろうか。二階建ての家は、築年数がかなり経《た》っている。表札はなく、本来あるはずの場所には矩形《くけい》のくぼみだけが残っていた。

インターフォンはあるものの、ボタンを押しても応じてもらえるとは思えなかった。今は周囲に誰もいないが、つい最近までマスコミ各社や野次馬に取り囲まれていたはずである。家はカーテンを閉め切り、中に人がいるかどうかわからない。外部からの干渉を撥《は》ねつけている雰囲気が濃厚だった。

念のためにインターフォンのボタンを押したが、鳴っている様子はなかった。音が鳴らないようにしているのではないか。やむを得ず勝手に門扉を開け、玄関前に立つ。そして拳《こぶし》でドアをノックした。

「恐れ入ります。私は斎木君の小学校当時の同級生で、安達と申します。どなたかいらっしゃいますか」

大きな声で、そう名乗った。ただの野次馬ではないとわかれば、開けてくれるのではないかと期待している。しかし、反応はなかった。家の中で人が動く気配もない。すでにここを出て、どこかに避難したのだろうか。遅かったか、という思いが込み上げる。

「ごめんください。私は小学校時代の同級生です。ぜひ、お話を伺わせてもらえないでしょうか」

居留守を使っている可能性を考え、再度呼びかけたが、やはり無反応だった。駄目なのか。玄関前を離れ、閉まっているカーテンに隙間でもないかと見渡す。だが、隙間などあるはずもなく、家は固い殻の中に閉じ籠っているかのようだった。

それでもまだ、実は中に人が潜んでいると思いたかった。斎木を知るための行動の、一歩目から躓《つまず》きたくはない。少し時間をおこうと考え、その場を後にした。住宅街に時間を潰せる場所はなかったので、今度は歩いて祖師ヶ谷大蔵の駅に向かった。途中でイートインスペースがあるコンビニエンスストアを見つけたので、そこに入ってコーヒーを飲んだ。無駄な時間を過ごすのが嫌いな安達はこういう場合、ふだんなら本を読むのだが、今はとても集中できない。スマートフォンで、斎木に関する情報を探した。いつもどおり、真偽の定かでない怪しい情報がネット上には溢《あふ》れている。斎木の両親の行方について言及する書き込みはなかった。

一時間後に、また両親の家に戻った。同じように玄関ドアをノックし、中に呼びかける。反応はない。中に人がいると考えるのは、単なる希望的観測だろうか。そうだとしても、まだ諦《あきら》めたくはなかった。

「お話を伺わせてください。私は斎木君が苛《いじ》められているところも見ています。そのお話もできます。どうか、ここを開けてください」

ただの好奇心ではなく、両親にとっても益のある話し合いができるのだと伝えたかった。少し待ったが、家は静かなままだ。先ほどと同じように、少し離れて家の様子を窺《うかが》う。すると、二階の窓を覆っているカーテンが揺れた気がした。気のせいかもと思えるほど、微《かす》かな動きだった。

人はいるのだ。そう信じることにした。カーテンの隙間からこちらの姿を確認したなら、安達の呼びかけで迷いが生じたに違いない。よし、このままここで待とう。そう決めて、門扉の前に立ち続けることにした。しつこいと思われようと、いまさら帰るわけにはいかなかった。

三十分ほど経っただろうか。不意に、玄関ドアが開いた。中から疲れた気配の老齢の女性が顔を見せる。斎木の母親だろう。安達は頭を下げ、改めて名乗った。

「しつこくて申し訳ありません。斎木君の同級生の安達と申します」

「早く入ってください」

母親は囁《ささや》くように言って、玄関ドアを広く開けた。明らかに、周りを警戒している。気持ちが理解できたので、言われるままにドアの内側に飛び込んだ。母親はすかさずドアを閉めると、二重ロックを両方とも回した。その素早さには、はっきりと怯《おび》えが見て取れた。この人も斎木が起こした事件の被害者なのだ、安達はそう感じた。

4

「どうぞ、お上がりください」

母親は靴箱からスリッパを出し、促した。安達は失礼にならない程度に、素早く家の中を見回す。恐れていたような、荒廃した気配はなかった。きちんと掃除や整理が行き届いていて、両親が自暴自棄になっているわけではないことを伝えてくる。ただ、昼間からカーテンを閉め切っているため薄暗いのが、普通ではない点だった。昼だからまだ屋内の様子を見て取れるが、夜になったら本当に真っ暗だろう。

「こちらへ」

廊下の照明も点《つ》けず、母親は安達を案内した。六畳ほどの、こぢんまりとしたリビングルームに入る。そこもまたカーテンが閉め切られているので薄暗かったが、母親はここでも照明を点けなかった。

「おかけください」

ダイニングテーブルを指し示し、母親は言った。自分はそのままキッチンに立ち、なにやら準備を始める。お茶を淹《い》れてくれるつもりらしい。おかまいなく、と声をかけたが、「私が飲みたいので」と応じられた。ならばと、黙って待つことにした。

お湯が沸くまで、母親はキッチンに立ったままだった。まるで、安達と向かい合うのを先延ばしにしているかのようであった。無言のまま、三分ほどが経過する。空気が粘性を帯びているかと錯覚するほど、重苦しい三分間だった。

「どうぞ」

ようやく日本茶を運んできた母親は、湯飲み茶碗《ちゃわん》を安達の前に置いた。礼を言い、ひと口だけ飲む。テーブルを挟んで安達の正面に坐った母親は、俯《うつむ》いたまま音を立てて茶を啜《すす》った。自分から言葉を発しようとはしない。

母親は窶《やつ》れていた。顔に化粧っ気はなく、後ろで引っ詰めた髪は後れ毛が目立つ。年齢は七十前後のはずだが、もっと上に見えた。だが、斎木が事件を起こす前は年相応の外見だったのだろうとも思えた。

「お時間を割いていただき、ありがとうございます」

まずは会ってくれたことに対する礼を口にしたが、その後に続ける言葉に迷った。現状に同情していいものかどうか、判断がつかなかったからだ。どんな言葉も、きっと今はふさわしくないのだろう。言葉の限界があるとしたら、この状況だ。だから結局、何も言わずにおいた。

「均とは何年生のときの同級生ですか」

母親は顔を上げて正面からこちらを見ると、いきなり尋ねてきた。不登校になる前の学年で一緒だったのでは、意味がないからだろう。安達が「五年生です」と答えると、納得したように頷いた。

「では本当に、均が苛められているときにその場にいたのですね」

「はい」

応じつつ、身構えた。次に来るであろう質問によっては、安達はすぐに追い出されるかもしれない。母親はふたたび問うた。

「お伺いしますが、あなたは均を苛めた人ですか。それとも、見ていただけの人ですか」

覚悟はしていたが、質問の内容は予想と微妙に違った。苛めたかどうかだけを問われると思っていたのだ。見ていただけ、というもうひとつの選択肢には、裏に潜む憤りが感じられる。そして、斎木の味方をしたかという第三の選択肢がないことにも、心苦しさを覚えずにはいられなかった。斎木の味方をした生徒がいなかったことを、母親は知っているのだ。

「両方、です」

考えた末に、そう答えた。それが一番正確だと思ったのだ。いじめの原因は作った。しかしその後は、ただ傍観していた。とはいえ、だから罪が軽いというわけでないことはわかっている。この母親は、どう受け取るだろうか。

「そうですか」

母親は静かに応じた。特に怒りは示さなかった。日本社会全体から糾弾されているような今の状況下では、他人に対する怒りを表に出すことができないのかもしれない。出してくれてかまわないのに、と安達は思った。

「両方ということは、均を苛めていたこともあったのですね。どんなふうに苛めましたか」

母親の口調は淡々としていた。こちらが話しやすいようにという配慮ではなく、感情が摩耗したかと思わせる抑揚のなさだった。それがかえって、咎《とが》められている感覚を安達に植えつける。指を突きつけられて糾弾されるより、辛かった。

「渾名《あだな》をつけました」

訊《き》かれたことに正直に答えようと、事前に決めていた。どんなことにも答え、そしてどんな罵倒にも耐える。そう腹を括《くく》っていなければ、今この場にいることはできなかった。

どのような渾名をつけたか。そこに至るまでに、斎木にどんな気持ちを抱いていたか。渾名をつけた後、何が起きたか。斎木がどんな表情をしていたか。思い出せる限り、すべて話した。母親が聞きたくないこともあるかもしれない、とは考えなかった。息子に関することは、たとえ耳を塞《ふさ》ぎたくなることであろうと知りたいはずだと確信していた。

「――いまさら遅いのは、重々承知しています。ですが、お詫びをせずにはいられません。本当に、申し訳ありませんでした」

腿《もも》に手を置き、深々と頭を下げた。第三者が見たら、自己満足と言うかもしれない。しかしそれでも、まずはここから始めなければならなかった。謝罪から逃げている限り、斎木の過去を知る権利はないと思っている。

「……ありがとうございます」

安達の謝罪を、母親は短い言葉で受け止めた。そこにどんな気持ちが隠されているか、安達には察することができない。あまりに複雑で、本人も言い表せないかもしれない。奇妙な関係だ、と思った。斎木の母親は、殺人犯を育てた親として世間から糾弾される身なのである。そんな相手に頭を下げるのは、世の中で安達だけだろう。そのねじれが、母親から多くの言葉を奪っているのだった。

「均の、何が知りたいのですか。小学生の頃のいじめが、今回の事件に繋がったかどうかですか」

母親は核心を衝《つ》いてきた。ありとあらゆることを、すでに考えていたのだろう。母親がどんな結論を出しているか、聞くのが不意に怖くなった。いじめのせいだ、と断じられたら、耐えられるかどうかわからない。

「そう……です」

かろうじて、返事を声にした。母親は頷き、そしてあっさり「わかりません」と言う。思わず、安堵《あんど》の吐息が漏れそうになった。

「なんであんな事件を起こしたのか、私にはとうていわかりません。むしろ、安達さんに伺いたいです。だから、聞いてください。小学校に行けなくなった均が、その後どんな人生を送っていたか」

母親の口振りは、依然として平板だった。しかし続く言葉が、感情の一端を覗《のぞ》かせていた。やはり、安達に対して腹を立てているのだ。母親は睨《にら》むでもなく、眠そうにすら見える眼差《まなざ》しで安達を見据え、こう言った。

「安達さんには、聞く義務があると思います」

「伺います」

安達は腹に力を込めた。真剣勝負とはこういうものか、と考えた。

5

「最初、私は均が学校でどのような目に遭っていたか、知りませんでした。均は何も言わなかったからです」

母親は切り出した。そうであろうと、安達は内心で頷く。小学校五年生にもなれば、すぐ親に頼ろうとはしなくなる。苛められていることを恥と考え、親には打ち明けない。世の中の多くのいじめ事件を報道で見聞きするうちに、自然とそんな知識が身についていた。

「均は怪我をして帰ってくることはありませんでした。怪我をしていても、擦《す》り傷程度で私も気にしませんでした。教科書にいたずら書きはされていたようですが、私は勉強を見てあげなかったので気づきませんでした。均が何も言わないでいたら、苛められていることになんて気づけるわけがなかったのです」

この言葉は自己弁護を図っているかのようにも響くが、おそらくそうではないと安達は察した。自責の念から、自分自身を守っているのだ。そうでもしない限り、我が身を責め苛《さいな》む悔いが辛くてならないのだろう。凶悪犯罪を犯した息子を持った母の気持ちは、第三者にはとうてい推し量れない。他者の想像を遥《はる》かに上回る自責の念に、この母親は耐えているのだ。

「ただ、塞ぎ込んでいることにはさすがに気づいていました。とはいえ、もともとあまり明るい方ではなかったですから、そんなにすごく様子がおかしかったわけではないんです。むしろ変に思ったのは、夏休みに入ったらとたんに生き生きし始めたからでした。本当に楽しそうで、びっくりしたのを憶《おぼ》えています。もちろん私は、息子が楽しそうだからといって心配なんてしませんでした」

しかし、そんな期間は長くなかった。八月も下旬になると、斎木はまた塞ぎ込み始めたという。新学期の始業式が近づいてくるにつれ、心が拒否反応を示し始めたのだ。斎木は体の不調を訴えた。

「お腹を下すようになったんです。朝になると、トイレに籠って出てきませんでした。二学期の始業式の日もそうで、私はなんとか学校に行くよう促しましたけど、駄目でした。私もパートがあるので家を出てしまい、均がトイレから出てくるまで待つことはできませんでした。始業式に行かなかった均は、その後もずっと学校に行けなかったんです」

医者には診てもらったそうだ。だが風邪やその他の病気ではないので、心因性のものだろうと診断された。心因性だろうとなんだろうと、現に症状を訴えているのだから、母親としては無理強いはできない。ただ、お腹を下しているというのは斎木本人の申告であって、本当かどうかは確かめようがなかった。単に腹痛を感じているだけで、実際には下してはいなかったのかもしれない。下痢が止まらなかったにしては、その期間が長かったからだ。

「二ヵ月間、そんな状態が続きました。二ヵ月も学校に行けなければ、大問題です。私も困り果てて、先生と相談してフリースクールに通わせることにしました。均は学校に行けなくなった理由を言わず、先生もクラスでいじめがあったとは教えてくれませんでした。私は親なのに、何も知らなかったんです」

現在であれば、学校がいじめを隠蔽《いんぺい》すれば世間から叩《たた》かれる。だが当時は違った。いじめがあることを学校が隠すのは、ごく普通だったのではないか。安達は担任の顔を思い出してみる。潔《いさぎよ》い対応をする人とは、とても思えなかった。

「千葉の全寮制のフリースクールに、均は行くことになりました。そこでの生活は楽しかったようです。結局一年半通って、小学校には行かないまま卒業しました。中学校は地元の公立に入学しましたけど、通えませんでした。小学校の同級生がいるから、中学には行けなかったんです。この頃には私もうすうす、いじめが原因で学校に行けなくなったのだと察していました」

安達と斎木は、同じ中学に入学していたのかもしれない。それを知らなかったのは、中学校で一度も斎木を見かけなかったからだ。中学に行けなかった理由が斎木を苛めた者たちの存在であるなら、安達も当然責められるべきである。だが母親は、そんな口調では話さない。まるで安達が、無関係の第三者であるかのような口振りだった。

「中学も三年間、フリースクールにいました。均もがんばったんです。一所懸命通って、高校に入学する資格を得て、ちゃんと高校受験もしました。あまりレベルの高い学校ではなかったですけど、高校に入りました。でも結局、その高校にも通えませんでした」

聞くほどに、安達の心は重くなっていく。やはり小学生当時の踏み外しが、後の斎木の人生を狂わせていたのだ。地元の中学に通えなかったのならまだしも、斎木を苛めた者がいないはずの高校にも行けなかったなら、対人恐怖症にでもなっていたのだろうか。他者との接触が、もはやできなくなっていたのかもしれない。無差別大量殺人犯のひとつのパターン、と言ってしまえばそれまでだが、関わりがあった安達としてはそんなふうに類型化して済ませるわけにはいかなかった。

「その頃にはもう、フリースクールにも行かせられませんでした。フリースクールに行かせるには、お金がかかるんです。五年間通わせるのもいっぱいいっぱいだったので、もう限界でした。均は家の中で、ひとりで過ごすようになりました」

それでも目標がない生活は辛いので、大検合格を目指していたそうだ。三年間の独学で見事合格し、大学に入学する。大学には、高校よりは通えたという。しかしそこでも斎木の心を挫《くじ》いたのは、やはり人間関係だった。

「三年間、家の中に閉じ籠っていた均は、友達の作り方がわからなくなっていたんです。最初はお互い知らない同士だったのに、時間が経てば付き合いの輪ができてきます。その中に均はうまく入れず、学校ではずっとひとりだったそうです。それが辛くて、大学も辞めてしまいました」

高校までの不登校は、なんとか挽回《ばんかい》できる。だが大学での脱落は、安達たちの世代では致命的だ。四大を卒業した者でさえ、就職には大苦戦したのである。大学中退では、就職口がどこにもなかっただろう。

「大学を辞めた後は、アルバイトをしていたんですよ。なぜかアルバイトでは、周りとうまく付き合っていられたようです。無口でも、そういうものと受け入れてもらえたんですね。ハンバーガー屋さんで、厨房《ちゅうぼう》で黙々と働いている分には誰からも文句を言われず、居心地がよかったみたいです」

しかしいざ正社員としての就職を目指したとき、斎木の前には大きな壁が立ち塞がった。大学中退では、面接にすら漕《こ》ぎ着けられなかったのだ。履歴書を百枚以上書いても、ほとんどで門前払いを食らった。ずるずるとアルバイトを続けるしかなかった。

「今から思えば、あの頃は就職氷河期だったんですね。均ももう少し遅く生まれていたら、就職であんなに苦労はしなかったのかもしれません。安達さんは、どちらにお勤めですか？」

唐突に、母親は安達に話を向けてきた。この流れでは勤め先の名を言いたくなかったが、とぼけるわけにもいかない。渋々答えると、母親は少し目を見開いた。驚いたのか、それとも腹を立てたのか。

「いいところに就職できたんですね」

感想はそれだけだった。感情が籠っていないので、嫌みとも賞讃《しょうさん》とも判断がつかない。少なくとも、斎木とまったく違う人生を送ってきたことだけは想像がついただろう。これまで安達は、自分の勤め先を誇りに思いこそすれ、引け目に感じたことはなかった。今、初めての経験をした。

「お茶、淹れ替えましょう」

母親はいったん、話を休止することにしたようだ。安達が遠慮する暇も与えず、立ち上がって湯飲み茶碗を下げる。母親はまたキッチンで、お湯が沸くのを待った。粘性を伴った沈黙が、ふたたびやってくる。今度の沈黙は、先ほどのものよりずっと粘り気があるように感じられた。

「どうぞ」

戻ってきた母親は、湯飲み茶碗を安達の前に置いた。一瞬だけ、毒でも入っているのではないかという馬鹿げた考えが頭をよぎった。もちろん、母親は不審な動きをしなかったし、一般家庭に毒など常備してあるはずがない。母親がキッチンに立ったのは、安達の勤め先を聞いて乱れた心を静めるためだったのだろう。母親が冷静でいてくれることを、ありがたく思った。

「均の職探しは、本当に大変だったんです。なんとか面接をしてもらえても、あっさり落ちました。引き籠った十代を過ごしたから人とうまく話せなくなっていたし、見た目もね、テレビや新聞で安達さんもさんざん見たでしょうが、いかにもオタクっぽくて、面接する人に気に入ってもらえませんでした」

母親は椅子に坐り直して、話の続きを始めた。母親が言うとおり、斎木の顔写真は毎日のようにマスコミに登場した。といってもそれは最近の写真ではなく、高校生か中学生の頃の若い顔だった。銀縁眼鏡に幼げな丸い輪郭、決して整った顔ではなく、目を逸《そ》らした瞬間に忘れてしまいそうな凡庸な顔立ちだった。斎木がもう少し、人を惹《ひ》きつける容貌《ようぼう》に生まれていたら、事件を起こさなかったのだろうか。様々な要因が重なり合って、斎木を最悪の方向へと押しやったように思えてくる。

「それでもやっと、一社が均のことを受け入れてくれたんです。そこは冷凍食品の工場で、場所が不便なところにあったものですから、近くに社員寮もありました。均はその寮に住むために、この家を出ていきました。三十過ぎのことです。以来、ここには戻ってきていません」

斎木が両親と同居していなかったことは、報道で知っていた。何をきっかけに家を出たのかと思っていたが、就職だったのか。しかし犯行当時の斎木は、無職だった。せっかく見つけた就職先も、辞めてしまったのだろう。

「就職できたのはいいですが、そこは今で言うブラック企業でした。一日十八時間くらい働かされて、お給料は雀《すずめ》の涙だったようです。あれならバイトの方がずっといいと、一年ほどがんばった末に辞めてしまいました。社会に出て生きていくのがこんなに難しいとは、息子が弾《はじ》き出されるまで私はぜんぜん知りませんでした」

だから社会を恨んで当然、と言いたいわけではないだろう。だが、社会に居場所がなかったためにあの犯行に及んだのだと、この母親も考えているようだ。社会が悪い、ということでいいのか。小学校時代のいじめは、ほんの一要素に過ぎなかったのだろうか。

「ボタンの掛け違い、と言いますでしょ」

どこともつかない方向に目を向けながら話していた母親が、不意にこちらを直視した。安達は緊張を覚え、居住まいを正す。表情を変えず、母親は続けた。

「一度ボタンを掛け違えたら、最初に戻ってボタンを嵌《は》め直すことができないんですね。ずれたままボタンを嵌め続けるしかなくて、最後はこんなことになってしまいました。親としては被害に遭われた方々にお詫びしなければならないんですけど、でも何を間違えたのかぜんぜんわからないんです。あのときこうしていれば、という瞬間がまったく思い当たらないんです。私はいったい、どこで子育てを間違えたのでしょう?」

安達に問う言葉は、ただの質問か、非難か。ボタンの掛け違いというなら、最初の一歩は間違いなく小学校でのいじめだ。普通に学校に行っていたら、斎木はその後もきちんとボタンを嵌め続けていたのだろう。悪いのは社会ではなく安達だと、母親は考えているのか。すべてお前が悪いと言っているのか。

「いつまでも何を喋《しゃべ》ってるんだ！」

突然、怒声が響いて肝を拉《ひし》がれた。リビングルームの入り口に、年老いた男が立っている。この家にいるからには、斎木の父親だろう。不在だとずっと思っていたが、実はいたようだ。立ち上がって、頭を下げた。

「お邪魔しております。私は斎木君の小学校時代の同級生の、安達と申します」

「あんたが均を苛めたのか！　あんたのせいで、おれたちはこんな目に遭っているのか！」

父親はこちらに人差し指を突きつけた。最も言われたくないことを的確に言われ、安達は衝撃を受ける。どうやら、話の一部始終を聞いていたようだ。割って入るタイミングを見計らっていたのかもしれない。

父親の怒りは、八つ当たりと言っていいものだろう。だが人によっては、正当性があると見做《みな》すに違いない。安達もそのひとりだった。おれがこの人たちの人生を狂わせたんだ、と考えた。

母親は、客を罵倒する父親を止めなかった。少なからず、同じ思いを抱いているのだ。静かに語り続けるので、恨まれてはいない気がしていた。そんなはずはなかった。斎木の人生を話して聞かせることそれ自体が、母親の恨み言だったのだ。

「失礼をしました」

この場に居続けることができず、一礼してリビングルームを出た。父親は摑みかかってくることもなく、道を空けて安達を通す。母親は見送ろうとはしなかった。外に出た安達は、そのまま小走りに家を離れた。急いでも、何かが追ってくる気がする。それは、父親が安達に向けた人差し指だった。

6

四つ角を曲がったところで、脚を止めた。駆け足気味だったから、呼吸が荒い。少し落ち着くのを待とうと考えたが、呼吸はいっこうに静まらなかった。それどころか、額にはいやな脂汗が浮かんでくる。まずい、と予感した。

また、パニック障害の発作が起きようとしているのだ。胸に手を当て、目を瞑《つむ》り、もう大丈夫大丈夫と自分に言い聞かせる。瞼《まぶた》の裏には、ちらちらと星が舞った。目を開けば、眩暈《めまい》を起こすだろう。このまま歩き出したら、倒れてしまうかもしれない。何度も深呼吸をして、気持ちを落ち着かせようとした。自分の心が、以前には考えられなかったほど脆弱《ぜいじゃく》になっているのを知った。

人間の想像力の限界を見た気がした。結局、自分で経験してみなければ、想像は及ばないのだ。安達はこれまで、社会の勝者として生きてきた。勝者がいれば敗者がいるのはわかっていたが、視野の中には勝者しかいなかった。だから、心の病がどれだけ辛いかなど考えもしなかった。勝者には無関係のことだからだ。勝者は心を病まないと、無意識のうちに思い込んでいた。

おれは敗者なのか。自問し、すぐに違うと否定した。勝者の定義が間違っていたのだ。心を病めば敗者という認定は、自称勝者が下すものだ。心を病んでも、それは決して人生の敗北ではない。自称勝者に見下される謂《い》われはないのである。かつての傲慢《ごうまん》な自分が、今は厭《いと》わしい。想像力のない者は、決して勝者などではない。ただの、視野の狭い人間だ。

心を病んでも、得るものがある。そう考えたら、少し楽になった。これだけのことで視野が広がったと考えるのは、自惚《うぬぼ》れに過ぎないとわかっている。おれは今、見ようとしていなかった世界の入り口に立っているだけなのだ。勇気を出して、この世界に踏み入っていかなければならない。おれには、その勇気があるはずだ。こんなところで発作を起こしている場合ではなかった。

気づくと、普通に呼吸をしていた。瞼をゆっくりと開いてみる。眩暈は起こらず、周囲の眩《まぶ》しさが目に沁《し》みた。歩ける。たったそれだけのことに、喜びを覚えた。

斎木の母親の話は、予想を大きく超えてはいなかったが、直接聞けてよかったとも思えた。斎木の躓きの原点は、やはり小学生当時のいじめなのである。そのことは、もう間違いなかった。己の罪を認識するために斎木の両親を訪ねたのなら、それは充分に達せられた。

ただ、あまり具体性がなかったのも事実だ。考えてみれば安達も、自分の心情を事細かに母親に話したりはしてこなかった。いい高校からいい大学に進学し、そして現在の勤め先に入ったという履歴を母は承知していても、その都度安達が何を考えていたかはわからないだろう。斎木の母親が語ったことは、単に斎木の履歴である。そこに、斎木当人の思いは感じ取れなかった。

もっと、生の斎木が知りたいと考えた。母親が見た息子ではなく、生きている斎木。何に怒り、何に喜び、何を目的として生きていたのか。斎木を凶行に走らせた、直接のきっかけはあったのか。斎木の母親と話したことで、知りたいことが明確になった。おれは斎木の人生が知りたいのだ。社会の敗者と括られてしまう斎木ではなく、ひとりの人間の斎木を。

逆に辿《たど》るべきなのかもしれない、と考え直した。斎木の躓きの原点はわかったが、知りたいのはむしろその波紋だった。小学生当時のいじめが、斎木にどんな影響を与えたのか。その結果、斎木はどんな大人になったのか。犯行に及んだ斎木を知りたいなら、子供の頃から順を追って人生を辿るのではなく、最近の斎木を知る人に話を聞くべきだった。それで不充分なら少し昔に、まだ足りないならもっと昔にと、現在から過去に遡《さかのぼ》った方がいい。いずれ、斎木の心に悪の芽が生じた瞬間に行き当たるだろう。その結果、もしかしたら小学生時代まで遡ってしまうかもしれない。そうなったらやはり、罪のない人々を殺し、傷つけた原因を作ったのは安達ということになる。それが判明する頃には、安達の中にも覚悟ができているのではないかと想像した。

　斎木は犯行当時無職で、引き籠りのような生活を送っていたらしい。だが報道によれば、アニメファンというわけではなかった。引き籠り同然の生活を送っていて、挙げ句アニコンを襲撃したのだから、アニメに対する愛憎が半ばしていたのではないかという推測が成り立つ。それなのに実際は、アニメを見ていた形跡はなかった。斎木が住んでいた部屋に、ブルーレイやフィギュアの類《たぐい》はいっさいなく、そもそもテレビがなかったそうだ。もちろん今はテレビがなくても、スマートフォンやタブレットで視聴できる。しかし、そうした動画サービスとも契約していなかった。斎木はアニメを見ていなかったと結論するしかなく、襲撃対象は単に、人が大勢集まるという理由だけで選ばれたのではないかと考えられている。

　とはいえ、仕事を辞めて引き籠り生活を始めたのは、この一ヵ月ほどのことらしい。ひとり暮らしなのだから、そんなに長期間引き籠っていられるわけもない。斎木は社会人として働いていたのだ。以前の同僚が、「こんなことをする人には思えなかった」とインタビューに答えているのを安達もテレビで見た。

　その職場のことは、テレビや新聞では報じられていない。しかし、ネットで調べれば判明するのが今の世の中だ。安達もすでに、斎木の最後の職場がどこか知っていた。いずれ訪ねようと思っていたが、その順番を繰り上げることにした。

斎木が勤めていたファミリーレストランは、蔵前橋《くらまえばし》通り沿いにあった。最寄り駅は総《そう》武《ぶ》線の平井《ひらい》駅だが、近くはない。地図で見る限り、平井駅と亀戸《かめいど》駅のちょうど真ん中辺りに位置した。安達は小田急線で新宿《しんじゅく》に出て、JR総武線で平井に向かった。

斎木の母親に会うまでに時間がかかったので、ファミリーレストランに着いたときにはもう夕方になっていた。そろそろ六時という頃合いで、店は混み始めている。話を聞きに来るにはいい時間帯ではなかったと、店内の様子を見て思った。店員に声はかけず、出直すことにした。

自宅に帰り着くと、自分が疲労困憊《こんぱい》していることに気づいた。気力が尽き、上がり框《かまち》に坐り込んでしまう。そこにいつものように美春と娘たちが出迎えに現れ、下の子が背中に飛びついてきた。疲れているから重く感じたが、しかし幸せな重みだった。恵まれた環境にいることを改めて自覚したものの、幸せは想像力を奪うのだなと発見もした。幸せの中にいる限り、不幸な人に思いは及ばない。

食事中に、今日の成果を美春が尋ねてきた。話さなければならないと思うが、今はその気力がない。また今度、と答えたら、美春は「そう」と寂しげな表情をした。心配させてしまっていることが、心苦しかった。

夜は、ベッドに入ってもなかなか寝つけなかった。これからのことが不安で、急《せ》き立てられるような気持ちでいたからだ。このままパニック障害が治らなかったら、どうしよう。あるいは、斎木について調べた結果、すべての責任が安達にあると判明したらどうすればいいのか。そんな不安ばかりが頭をよぎり、眠気はいっこうに訪れない。

やむを得ず、ベッドから出てキッチンに向かった。少しアルコールを体に入れれば、眠れるのではないかと考えたのだ。晩酌をする習慣はないから酒の買い置きはしていないが、以前にもらったいい日本酒があったはずだ。床下収納庫を開けてみたら、やはり箱のまま入っていた。それを取り出し、封を開ける。コップに三分の一ほど注いで、氷をふたつ入れた。大吟醸だから、香りがいい。口に含むと、まろやかな甘みで飲みやすかった。こんないい酒を死蔵していたとは、我ながらもったいなかった。これから毎日飲もうかと考えた。

するすると飲めて、胃の底がぽっと熱くなった。これなら寝られるかもしれないと期待してベッドに戻ったら、今度は輾転反側《てんてんはんそく》することもなかった。朝まで一度も目が覚めず、起きてほっとした。

せっかくだから、下の娘を幼稚園に送っていった。ふだんは仕事に行くはずの安達が送ってくれることを娘は不思議がり、「なんで、なんで」と尋ねた。「仕事はお休みなんだよ」と言っても、あまり納得しているようではない。上の娘は学校に行き、自分も幼稚園に行くのだから、父親だけが休みなのは不思議なのだろう。それでも、いつもとは違うことを単純に喜んでいた。娘が手を振って園の建物に入っていくと、安達の方が少し寂しい気持ちになった。

午後三時半頃にファミリーレストランに着く目安で、家を出た。午前中の方が空《す》いているだろうが、その分店員の数も少ないかもしれない。午後に行けば、斎木について語ってくれる人を見つけやすいのではないかと踏んだ。

しかし、まずは店長だ。店長に当たってみて、必要なら他の店員にも話を聞く。そんな手順を予定したが、そもそも店長が会ってくれるかどうかも心許なかった。こちらはマスコミの記者ではない。いきなり訪ねても、時間を作ってくれる可能性は低かった。その場合はどうすればいいのか。特に策はなかったが、先方の対応によって臨機応変に考えることにした。

ファミリーレストランは予想どおり、満席ではなかった。だが、数えるほどしか客がいないわけでもない。日中のファミリーレストランはけっこう賑《にぎ》わっているものだなと、認識を改めた。初老の女性たち数人がお喋りをしているグループがあれば、サラリーマンらしき風体の人がノートパソコンを広げている。制服を着た男子高校生の集団、ひとりでお茶を飲んでいる中年女性など、様々だ。三十過ぎくらいの女性店員が近づいてきて人数を確かめるので、客ではないのだと断った。

「恐れ入りますが、店長さんはいらっしゃいますか」

「はあ、おりますが、どういったご用件でしょうか」

戸惑ったように、女性店員は問い返す。クレームをつけに来たとでも思われて、警戒されたのかもしれない。安達は言葉を選んで、続けた。

「ご迷惑をおかけするつもりはありませんが、こちらに勤めていた斎木均という人の話を伺わせていただきたいのです」

嘘《うそ》をついて時間を作ってもらっても、話を聞かせてくれるとは思わない。正直に用件を告げた。女性店員は明らかに面食らって、目を大きく見開いた。

7

「少々お待ちいただけますか」

安達の名を尋ねてから、女性店員は奥へと消えていった。まるで逃げるようなのは、斎木の話題がここで働いている人に衝撃を与えるからだろう。客ではないので順番待ち用のソファには坐らず、立ったまま待った。話を聞けるにしても、先方が応じるまでには時間がかかるのではないかと覚悟していた。

だが案に相違して、応対してくれた女性店員はすぐに戻ってきた。その早さに、返答の予想がついた。

「申し訳ありません。そういったご用件ですと応じられないとのことです」

やはり、そうか。正攻法ではこうなる可能性が高かった。だが、搦《から》め手から迫っても話を聞かせてもらえるとは限らない。さてどうするべきかと、次の策を頭の中で練るために時間稼ぎをした。

「そこをなんとか。決して好奇心でお願いしているわけではないのです。お会いいただければ、理由をお話しすると伝えてください」

「いやあ、無理だと思いますよ」

女性店員は、困ったように眉尻《まゆじり》を下《ひら》げた。この人を困らせるのは本意ではない。しかし、粘らないことには活路は拓けないだろう。簡単に諦めるわけにはいかないのだ。

さらに食い下がろうとしたら、なにやら女性店員の挙動がおかしくなった。周りを見回し、こちらに顔を近づけてくる。そして、小声で囁《ささや》いた。

「あたしでよければ、お話ししましょうか」

「えっ、そうですか。それはぜひ」

ほぼ反射的に答えていた。これは予想外の提案だ。女性の真意を推し量ろうとしたら、自分から意図を説明してくれる。

「でも、取材費ってことで少し出してもらえないですかね」

「取材費？　いくらくらいですか」

なるほど、そういうことか。想定していなかったが、充分にあり得ることだった。こうした場合の常識的な金額はわからないものの、一万円までなら許容しようと内心で決める。すると女性も、ずばりその額を提示した。

「一万円でどうですか」

「はあ、けっこうです」

一万円なら悪くない、と自分を納得させた。同時に、今後もこうした申し出があるかもしれないと留意した。捜査権を持たない一般人である安達は、金で解決しなければならない局面に多々出くわす可能性がある。しかし、安達の貯金も無限にあるわけではない。いくらまで、と予算を決めておくべきかとも考えた。

「場所はどうしますか」

おそらく店長や他の店員には内緒で話をするつもりなのだろうから、この店でというわけにはいかないはずだ。女性は小声のまま、答える。

「五時に仕事が終わるので、平井駅南口にあるタリーズで待っててくれませんか」

「タリーズですね。わかりました」

来るときは北口から出たのでタリーズを見ていないが、スマートフォンの地図アプリを使えばわかるだろうと思った。五時ならば一時間以上あるけれど、他にこの近辺に用はない。店に入ってコーヒーを飲みながら、ネットを見て回っていた方が有意義だと判断した。

駅へと戻り、タリーズを見つけた。中を覗くと、空席が目立つ。注文をしてから、いくつか並んでいる丸テーブルの席に着いた。ファミリーレストランの女性店員がこちらを見つけやすいよう、窓側の席に坐った。

安達に続いて店に入ってきた小柄な中年女性が、隣に坐った。他にも席は空いているのにと思ったが、文句は言えない。女性は一度腰を下ろすと、すぐにまた立ち上がってレジに向かう。安達はスマートフォンの画面を見ていたので特に気にしていたわけではなかったが、女性がケーキを追加注文したことは声が聞こえてきてわかった。

女性はケーキが載った皿を手にして戻ってくると、それをテーブルの上に置き、自分は通路側に立ったまま席に坐ろうとはしなかった。少し身を屈《かが》めて、スマートフォンをケーキに向けているのが視界の端で見て取れる。料理やデザートの写真を撮る人は珍しくないが、タリーズのケーキの写真をわざわざ撮るのは変わっている。視線を上げてそちらを見ると、女性と目が合ってしまった。慌てて、視線をスマートフォンに戻す。

以後は女性も、おとなしく坐ってケーキを食べたりスマートフォンをいじったりしていた。安達もそちらから意識を戻し、自分の調べ物に集中した。調べることはもちろん、斎木のことである。ほとんど強迫観念のように、斎木の名前をネットで検索せずにはいられなかった。

しかし、次々と新情報が上がってくるわけもない。特に目新しい話もなく、真偽不明の噂が面白おかしく語られているだけだった。とはいえそれは、悪いことではない。安達が最も恐れているのは、自分の名前がネット上に出ることだったからだ。今のところ、安達の名は斎木と関連づけられていなかった。そのことを確認して、密かに安堵する。

気づくと、そろそろ五時になろうとしていた。一時間近く、ずっとネット検索に集中していたようだ。スマートフォンを置き、ファミリーレストランの女性店員がやってくるのに備える。店内はいつの間にか、空席が少なくなっていた。隣席の中年女性は、まだ店内に残っていた。

店に入ってきた人が、こちらに近づいてきた。視線が合ってようやく、その女性が先ほどの店員だと気づいた。制服から私服に着替えているので、一瞥《いちべつ》しただけではわからなかった。後ろで縛っていた長い髪を下ろしていて、印象が一変している。三十代前半くらいなのだろうが、きちんと化粧をしている今は、充分に若々しく見えた。向こうから見つけやすい場所に坐っていてよかったと、密かに思う。

「お待たせしました。改めまして、アライです」

女性は名乗った。ファミリーレストランで名札を見ていたので、「荒井《あらい》」という表記だとすでに知っている。安達も、名刺を取り出して渡した。会社の名刺だから、もちろん社名が入っている。社名が相手に安心感を与える効果を期待した。

「飲み物、買ってきましょう。何がいいですか」

こちらの用件で来てもらったのだから、飲み物代も持つつもりだった。申し出ると、荒井は遠慮なく「そうですか」と受けて、抹茶ラテが飲みたいと言う。安達もコーヒーを飲みきっていたので、追加で自分の分を注文することにした。待っていてくださいと断り、レジに向かった。

席に戻り、カップを荒井の前に置いた。続けてそのまま、財布から一万円札を抜き取る。金銭の授受は、前もって済ませておいた方がいい。荒井も口が軽くなるだろう。

「ではまず、これをどうぞ」

テーブルの上を滑らせて、荒井の前に差し出す。荒井は「すいませんね」と言いつつ受け取り、すぐにバッグにしまった。後ろめたく感じていることが、その挙措から伝わってきた。

「あたしシングルマザーだから、一万円は大きいんですよ。助かります」

ばつが悪かったか、そう言い訳をする。おそらくそんなところだろうと、安達も見当がついていた。理由はどうあれ、話を聞かせてくれるのはありがたい。情報次第では、一万円を安いと感じるかもしれなかった。

「実は私は、斎木と小学校で同級生だったんです。斎木があんな事件を起こして、本当にびっくりしました。なぜあんなことをしでかしたのかどうしても気になって、最近の斎木の話を聞きたくなったのです」

喋りやすいよう、こちらの事情も打ち明けた。もちろん、どこでどう話が漏れるかわからないから、苛めていたなどというよけいな情報は与えない。同級生だった、という理由だけで一万円も払うのはおかしいのだが、荒井は特に気にしなかった。

「はあ、そうなんですか。そりゃあ、びっくりしますよね」

「ええ、驚きました」

金をもらえるなら、話を聞きたがる理由はどうでもいいのかもしれない。詮索《せんさく》してこないことに、安達は安堵した。いい相手に行き当たったと、幸先《さいさき》のよさを喜ぶ。

「でも、あたしもびっくりしたんですよ。斎木さんがあんなことをするなんて、もう本当にびっくりです」

荒井は何度も、「びっくり」と繰り返した。驚いているのは、嘘ではないのだろう。もちろん、知り合いが大量殺傷事件など起こしたら、普通は驚く。しかし荒井の「びっくり」は、ただそれだけのことではなさそうだった。

「それは、斎木があんなことをしそうな人ではなかったからですか」

別の店員だが、テレビインタビューでそう言っていた。あれが通り一遍の無難な証言なのか、それとも本当だったのか、確かめたいのだった。

「ぜんぜんですよ。無口でしたけど、たぶんそれは争い事が嫌いだからなんです。よけいなことは言わず、黙々と働くタイプの人でした」

言葉数が少ないと、何を考えているのかわからずに不気味と思われることがある。一方でこのように、肯定的に見られている場合もある。他人から見た姿は、見る側の気持ちによって変わる。どうやら荒井は、斎木に対し好意的な印象を抱いていたようだ。

8

「荒井さんは斎木と接することが多かったのですか」

単に遠くから見ていただけなら、あくまで印象に過ぎない。言葉を交わし、性格まである程度把握していなければ、話を聞いても意味がないかもしれなかった。

「そうですね。厨房とフロアだから、すごく接する機会が多かったわけではないです。

ただ、あたしはよく喋ってた方だと思いますよ。斎木さん、優しかったので」

荒井の口調は、凶悪犯について語っている際のものではなかった。斎木が三十年近い時間を経て荒々しい性格になっていた、というわけではなさそうだ。積極的に喋る方ではなく、おとなしく笑っている小学生当時の斎木を思い出す。荒井の話は、あの頃の斎木と直結しているかのようで、違和感があった。

斎木があのままの性格であったなら、大量殺傷事件など起こすはずはないのだが。

「優しかった。具体的に、どう優しかったんですか」

優しい人間は人を殺さない、とは限らない。ドメスティックバイオレンスの被害者が逃げ出せないのは、加害者に優しくされるためだと聞く。優しさと攻撃性は、共存できるのだ。

「よく、子供のことを気遣ってくれました。子供って、急に熱を出すんですよ。で、保育園に迎えに行かなきゃいけなくなったりするんです。そんなときに迷惑をかけちゃうのはフロア係の人なんですけど、あんまり関係ない厨房の人でもいやな顔したりするんですよね。たいてい、男の人です。でも斎木さんは、いやな顔なんてしたことありませんでした。むしろ、次に会ったときに『子供の具合はどう？』って訊いてくれましたから」

子供、という言葉に安達は引っかかりを覚えた。犯行の際、斎木は親子連れを見逃している。そのことを不意に思い出したのだ。斎木は子供好きだったのだろうか。

「つまり、斎木の方から荒井さんに話しかけてくることもあったんですね」

子供好きかどうかよりも、もうひとつの気になる点を確認した。引き籠り同然の生活を送っていたと言われているので、自分からは女性に話しかけられないタイプを想像していた。そうではなかったのか。

「はい、ありましたよ。そんなにしょっちゅうじゃないですけどね。たぶん、あたしに子供がいるから話しかけてきたんだと思います。きっと、子供が好きだったんですよ」

「なるほど」

子持ちなら、話しかける際のハードルが低かったということだろうか。相手が限られているとはいえ、斎木の方から女性に話しかけるとは意外だった。自分の殻に閉じ籠っていたのではなく、それなりの社交性を身につけていたらしい。報道で伝えられることだけでイメージを作ると、実際とは違う姿を勝手に思い描いてしまう。おそらくマスコミは、大量殺傷事件の犯人にふさわしい逸話だけをピックアップして報道しているのだろう。やはり本人を知る人に話を聞かなければ、本当の姿はわからない。そのことを痛感した。

「じゃあ、引き籠りのオタクみたいなタイプではなかったわけですね」

「ぜんぜん違います。本当は違うのに、ああいう事件を起こすと、そんなふうに言われちゃうんですね」

そうだったのか。それは驚きだが、大きな収穫でもあった。小学生当時のいじめが遠因で社会に恨みを抱くようになった、という解釈が成り立たないかもしれないからだ。しかし一方で、ならばなぜ大量殺傷事件など起こしたのかという謎が立ち上がってくる。不明点がある限り、まだ安心はできない。

「斎木に親しい人はいましたか」

職場の人と会話をしていたのはわかった。だが、会えば言葉を交わすのと、親しく付き合うのは別のことだ。斎木に友人と呼べる人はいたのだろうか。

「どうだろう。そんなに斎木さんばっかり見てたわけじゃないから、よくはわからないです。ただ、職場以外にはいたと思いますよ」

「そうですか。それは、斎木本人から聞いたんですか」

「いえ、違います。あたしがそう察したんです」

「察した。例えばどんなところから？」

斎木ばかり見ていたわけではないからわからない、と言う割には、よく観察しているのではないか。助かるので、その矛盾は指摘しなかったが。

「女の人にプレゼントするとしたら、何が喜ばれるか、って訊かれたことがあるので」

またしても荒井は、予想外のことを言った。女か。斎木には付き合っている女性がいたのだろうか。

「で、どう答えたんですか」

「予算を訊いたら一万円くらいでって言うんで、じゃあ化粧ポーチはどうかと答えました。ポーチだったら、あっても無駄にはならないですからね」

「実際に、プレゼントしたんでしょうかね」

「したって言ってましたよ。後でお礼を言われましたから」

ならば、プレゼントをあげる程度には親しい女性がいたのは確かだ。それが交際相手なのか、あるいは一方的に好きになった女なのかはわからないが。

「その相手について、他に何かご存じなことはありませんか」

できれば相手の女性を特定し、会ってみたいと思った。そのための手がかりを求めて尋ねたのだが、荒井は渋い顔をする。

「プレゼントの件とは関係ないかもしれませんけど、斎木さん、お金が欲しいっていつの頃からかぼやくようになったんですよね」

「お金が欲しい？」

なにやら雲行きが怪しい話になってきた。これは耳を貸す価値がある。そう直感した。

「ええ。宝くじが当たらないかなぁとか、株って確実に儲《もう》かるのかなって、世間話みたいに言ってたのは聞きました。それを聞いて、もしかしたらお金がかかる相手と付き合ってるのかなと思ったんですよ。女の人とは関係ないかもしれないですけど」

関係ないかもしれない、と荒井は繰り返した。もちろん、そうかもしれない。しかし、関係がないと断定もできない。犯罪に至る原因は、金や女のトラブルが多いのではないだろうか。両方が絡んでいたのなら、破滅的な状況に陥って自暴自棄になり、凶行に走ったとも考えられた。

「でも斎木は、大金を稼いだりはできなかったわけですよね。その結果どうなったか、聞いてますか」

「いえ、知りません。ただ、切羽詰まってるのかなとは思いました。すごく無理してシフトを入れてましたから。体を壊しちゃうんじゃないかってくらい、働いてましたよ」

女に金を貢いでいたのだろうか。だとしたらなおさら、その女性に会ってみたい。しかし残念ながら、荒井はこれ以上のことは知らないようだ。

「職場で斎木が親しくしていた男性はいませんでしたか」

色恋に関することは、異性には言えなくても同性には話していたりする。職場の人間で、斎木から女について聞いている人がいるのではないかと期待した。荒井は首を傾《かし》げて考える。

「どうですかね。話をする人はいましたけど、親しかったかどうか……。今度、訊いてみましょうか」

「お願いします」

ここで調査が行き詰まってしまうのは困る。また別の人を紹介してくれるなら、ありがたかった。

「斎木は仕事を辞めて、無職の状態でした。金が必要なら、なぜ仕事を辞めてしまったんでしょうね」

改めて、別の角度からの質問を向けた。女と別れて、もう金を貢がなくなったのだろうか。

「それがですね、斎木さんはあるとき突然辞めちゃったんですよ。さっきも言ったとおり、会えば会話をしてたので、少しショックでした。挨拶《あいさつ》くらいはして欲しかったですけど、あんな事件を起こしたことを考えると、何かあったのかもしれません」

荒井は眉根を寄せた。自分が語っている対象が何をしたか、ようやく思い出したようだ。

「きっとそうなんでしょう。何があったか、見当がつきますか」

期待せずに、訊いてみた。荒井は険しい表情のまま、答える。

「辞める直前に、飼っていたインコが死んだとは言ってました。すごくかわいがっていたようですから、落ち込んでましたよ。ただ、そんなことが理由で仕事を辞めたりはしませんよね。もちろん、インコが死んだからってあんな事件を起こすわけはないし」

いくら寂しい生活を送っていて、インコが唯一の心のよりどころだったとしても、その死があれほどの重大事件に結びつくとは思えない。荒井自身も言うとおり、事件とは無関係だろう。

「そもそも、斎木さんがあんな事件を起こしたなんて、未《いま》だに嘘としか思えないんです。いったい何があったら、優しかった斎木さんがあんなことをするんでしょう」

逆に尋ねられた。それをこそ、安達は知りたいのだ。女に振られた、程度のことではないはずだった。

荒井は俯いて、抹茶ラテを口許に運んだ。改めて、斎木の行動を不可解に感じているのかもしれない。だがそれは、安達も同じだった。漠然と思い描いていた虚像よりもずっと、斎木は血肉を備えた人間だった。そんな当たり前のことにも気づかないほど、自分は想像力に欠けていたのだと安達は知った。

9

保育園に子供を迎えに行かなければならないと言う荒井に先に帰ってもらい、安達はそのまま残り続けた。聞いたばかりの話を、頭の中で整理する。いや、混乱してしまって整理するにもどこから手をつけていいかわからずにいる、といった状態だった。マスコミ報道や斎木の母親から聞いた話で、紋切り型の犯人像を作り上げていたのだと気づいた。社会から弾き出された男が、社会を恨んで及んだ犯行だと、無意識に思い込んでいた。そうではなかったと知った今は、かえって斎木の姿がぼやけてしまったようで混乱しているのだった。

しかしその一方で、動機は漠然とした社会への恨みなどではなく、もっと具体的なものだったのかもしれないとも思えてきた。もちろん、それがどのようなものか想像はできない。仮に金がかかる女に入れ揚げていたのだとしても、大量殺人に繋がる理由がわからない。さらに調べてみたいと思った。

コーヒーを飲み終えたので、腰を上げた。トレイを手にし、使った食器を置くコーナーに持っていく。出口の方に向かうと、隣に坐っていた中年女性も立ち上がるのが目に入った。安達は店を出て、すぐ目の前の駅の改札口を通った。

家に帰り着き、家族に迎えられた。娘ふたりは、夕食時に安達が家にいることを喜んでくれる。娘たちがまだ幼く、会社を休んでいる理由を説明しなくていいのが救いだった。子供に聞かせられないようなことをする親は最低だ、とも自虐的に思った。

「ねえ、今日はどんな感じだったの？」

食事の片づけを終え、娘ふたりが寝た後に美春にそう訊かれた。美春は少し眉を寄せ気味の、憂い顔である。心配する気持ちを、じっと抑え込んでいたのだろう。その証拠に、こう続けた。

「言いたくない気持ちはわかるけど、そろそろ何か聞かせて欲しいよ」

「そうだな。ごめん」

素直に謝り、ダイニングテーブルを挟んで斜《はす》向かいに坐った。安達の母親から聞いたことも報告していなかったので、今日の荒井の話も含めて順に説明する。美春は小さく頷きながら、口を挟まずに耳を傾けていた。最後に安達は言った。

「――なんというかさ、一面的な報道でイメージを作るのは間違いだって気づかされたよ。斎木は自分から女性に話しかけることができたし、女性にプレゼントを考えるくらいだから、引き籠ったオタクなんかじゃなかったんだ。四十代独身、無職、アニコン襲撃というフレーズだけで、なんとなく勝手に犯人像を思い描いていたんだよな。そのことがわかっただけでも、話を聞いて回ってよかったと思ってるよ」

「そう。周くんがそう思ってるなら、ホントによかった」

安堵したように、美春はわずかに微笑《ほほえ》んだ。心配をかけてしまっていることを、心苦しく思う。苦悩は、自分だけで抱えていればいいというわけではないのだと知った。

「だったらさ、小学生のときのいじめで人生が狂った、なんてことはないんじゃないの？」

美春は結論を急ぐ。美春にしてみればそう言いたくなるのはわかるが、安達はまだその結論には飛びつけなかった。

「そうかもしれないけど、でもちょっと調べてみたいと思ってるよ」

「あのさ、こういう事件を起こす人のこと、私なりに調べてみたんだよね。あくまでネットの知識だけど」

美春は思いがけないことを言った。なるほど、同種の事件を起こした犯人についてか。安達が知りたいのは斎木個人のことだから、その発想はなかった。美春がどんな知識を得たのか、興味を覚えた。

「犯罪生物学っていうのがあるんだって。かいつまんで言うと、犯罪性向は遺伝するのかとか、体格や顔立ちで犯罪性向を見抜けるのかどうか、って学問。これ、聞いただけで暴論だってわかるでしょ。だからそんな研究がされたのは十九世紀のことで、二十世紀に入ってからはほぼ否定されてるのよ。でもね、今世紀になるとまたこの考えが復活してきてるの。やっぱりDNAに犯罪因子があるんじゃないかって疑われているみたい」

「へえ」

否定された犯罪生物学の話は、二十世紀末期に生まれた人間としてはまったく信憑性《しんぴょう》がないと判断できる。しかしDNAの犯罪因子などと言われると、それはありうるかもしれないとも思えてくる。そんな説が証明されたら、かなり恐ろしいことになりそうだが。

「何が言いたいかというと、こんなひどい事件を起こす人はもともとそういう人だったんだってこと。もちろん、犯人は生まれつき犯罪者だったなんて言ってるんじゃないよ。DNAによって決まるのは、サイコパスかどうかからしいしね。それでも、人はそう変わらないんじゃないかって思うんだよね。いじめによってその人の人生が変わることはあるかもしれないけど、大事件の犯人になるかどうかは別の要因じゃないかって気がする。私たちはどんな目に遭ったって、大量殺人なんか引き起こさないでしょ。大量殺人なんてできる人は、もともと私たちとは違う種類の人なんだよ」

美春の主張は、かなり危うい領域に踏み込んでいた。そういう考え方は間違っている、と論理的に否定することもできた。だが、同じように考える人が世間には少なからずいるだろうことはわかる。大事件を起こす人と自分たちは種類が違う、と思えれば安心できるからだ。安達自身も、己の中に犯罪因子が眠っているとは考えられない。

それに、美春がこんなことを言うのは、間違いなく安達のためだった。安達によって斎木の裡《うち》に犯罪因子が埋め込まれたのではない、と言っているのだ。そのことは理解できる。安達が斎木の人生を決定的に変えてしまった、と考えるのはある意味傲慢なのかもしれない。ただ、人は変わらないという言葉に、ひとつのことを思い出しもした。

斎木は口数が多いわけではないが優しかった、という荒井の話を聞いて、小学生当時の斎木とイメージが重なると思った。そのことに覚えた違和感も、はっきり記憶している。人の本質が変わらないなら、斎木は安達が知る斎木のままだったのかもしれない。だとしたら、犯罪性向を裡に潜ませているとは思えなかった。いったいどういうことなのだろう。やはり、人は変わるのか。仕事を辞めた後に、斎木は変質したのだろうか。

美春が安達の罪の意識を軽くしようとしてくれているのは、本当にありがたかった。そのことには感謝するし、賢い妻がいてくれることのありがたさをしみじみ実感する。ただ、結局は考えが堂々巡りしているのも事実だった。安達の裡には、ひとつの決意がある。それは、絶対に決めつけはしないということだった。断片的な情報で、斎木の心をわかった気になってはいけない。それでよしとするなら、斎木は頭がおかしかったという結論でかまわないのだ。そんなことでは、安達自身がとうてい納得できない。だから、もっと斎木を知らなければならないのだった。

小学生当時の斎木は犯罪性向がありそうではなかった、とは美春に言わずにおいた。

美春に反論するのは厚意を無にすることになるし、そもそも自分の中でも整理がついていない。どうせまだ出社できないからもう少し調査は続ける、とだけ言って話を終わらせた。美春は「そう」と頷いて、アイロンがけをするために二階に上がっていった。

リビングルームにひとり残った安達は、ダイニングテーブルに置いてあるタブレット端末に手を伸ばした。荒井の話で気になった点を、もう一度確認しようと考えたのだ。子供という単語が、頭に引っかかっていた。

斎木は親子連れを見逃している。そのことは、すでに何度も報道されていた。斎木の意図については、様々な意見が噴出していた。残忍な殺人犯でも小さい子供は殺せなかったのだろう、という真っ当な意見もあれば、子供を殺さなかったからといって犯人にも人間性があると考えるのは甘い、という手厳しい見解もある。なぜ親子連れを見逃したかは、おそらく斎木にしかわからないことであり、永遠の謎になるのではないだろうか。

安達はそのときの様子を、もう一度見てみたいのだった。驚いたことに、犯行の一部始終を動画で撮影していた人がいるのだ。勇気があると言うべきか、はたまた単なる無謀か。報道の意義を考えて撮影を続けたはずもないから、何かあったときに動画で残すのは今の若い人の常識なのだろう。事件が報じられた直後から、その映像はテレビで放送されている。テレビ局が喜んで動画を買ったことは、想像にかたくない。もちろん、テレビでは被害者が燃え上がる場面は放送されなかった。だから断片的な映像ばかりで、一応臨場感は伝わってくるという程度でしかなかった。しかし撮影者は、ノーカット版をインターネットにアップしていた。多くの被害者が全身を炎で包まれる様を、何百万という人が見たのだった。

当然のことながら、その動画はすぐに削除された。作り物の映画ではなく、本当に人が死ぬ様子はあまりに惨《むご》たらしすぎる。だが、一度アップロードされたデータは、簡単にはインターネット上から消え去らない。すぐにコピーされ、あちこちに転載された。だから今でも、探せばノーカット版の動画を見ることができる。

事件についての情報を集めているサイトも、いくつか作られていた。そのうちのひとつを、タブレット端末で開く。そこにも動画が収納されているからだ。トップページを見て、指を一瞬止めた。サイトが更新されていたのである。新しい情報が出てきたのか。さほど期待せず、更新情報を読んだ。

更新情報は、動画へのリンクが張ってあった。それをタップし、始まった動画にしばし見入る。やがて安達は、小さく呻《うめ》いた。

第四章

1

視線が自分に集まっている。亀谷壮弥はそう感じた。自意識過剰などではない。間違いなく、キャンパスにいる何人かがこちらを見ていた。それだけでなく、仲間内でなにやらやり取りをしている。そのやり取りは、陰口ではないだろう。むしろ賞讃《しょうさん》の響きがあるのではないか。今や壮弥は、大学じゅうの注目の的となったのだった。

もちろん、凄惨《せいさん》な大量殺傷事件の生き残りとしてだ。単にあの場にいたというだけで、人々は話を聞きたがるはずである。加えて壮弥は、さらにもっと勇気ある行動に出た。犯人の犯行の一部始終を、逃げずに動画で撮影したのだ。その行いは、誉められてしかるべきだった。壮弥が撮影していなければ、犯人がどんな恐ろしいことをしたのか曖昧《あいまい》なままになっていただろうからだ。

理屈ではなく、ただ撮影しなければならないと考えてスマートフォンを構えた。恐怖はあったが、撮影をやめられない磁力のようなものを感じた。おそらく、自分も普通の感覚ではなかったのだろう。冷静な判断をしていなかったことは確かだ。しかし、それがよかった。壮弥が冷静さを欠いたことで、貴重な記録が残った。犯行を撮影していたのは、どうやら壮弥だけだったようだ。だからなおさら、あの動画には価値があった。

ネットにアップするのは当然だと考えた。そうしないなら、撮影した意味がなかった。ユーチューブにアップロードすると、あっという間に視聴回数は三千を超えた。正直、びっくりした。なんの才能もない、容姿に優れたところもない自分が、世界からこんなにも注目を浴びている。なにやら視界が急に明るくなったように感じられた。

それだけではなかった。フォロワー数十二人だったツイッターアカウントに、テレビ局からリプライがついた。ユーチューブにアップしている動画を使わせてもらえませんか。複数のテレビ局が、そう申し出ていた。そのようなオファーが来ることはぼんやりと予想していたが、実際にテレビ局からの接触があると興奮した。自分が大きなことをしたのだと実感できた。

当然無償ではないだろうと考えて金額を尋ねたら、現金での報酬は無理だとどこのテレビ局も言った。その代わり、QUOカードやAmazonのギフト券をくれた。現金とどう違うのかと思ったが、もらえるのならばかまわない。複数の局からもらってけっこうな額になったので、望外の喜びだった。

動画自体は、その日の夕方には削除されてしまった。実際に人が殺されるシーンなのだから、削除されるだろうと思っていた。それでも最終的に、視聴回数は十万以上になった。視聴できたのはほんの数時間だったのに、大変な数だ。自分の行為がそんなにも多くの人を動かしたのかと思うと、誇らしさで胸が張り裂けそうだった。

夕方のテレビニュースで、壮弥の動画は使われた。できるなら全局のニュースを録画したかったが、そうできないのが残念だった。やむを得ず、二番組だけ録画しておいた。どちらも、人が燃え上がるところはカットしてあった。まあ、当然だろう。テレビで流せる映像ではない。だからこそよけい、壮弥の動画は存在意義があるように思えた。

ツイッターで自分が撮影者だと発言したら、こちらもあっという間にフォロワーが増えた。いいねの数もたちまち十万に達した。まるで売れっ子アイドルになったみたいだと感じた。平凡を絵に描いたような人生を送ってきた自分に、まさかこんな日がやってこようとは。一夜にして人生が変わるとはこのことだと、舞い上がった気持ちで考えた。

そして、大学キャンパス内でのこの注目だ。壮弥はネットに顔写真を出していないのに、あれが事件の一部始終を撮影した人だとわかるらしい。ネット上での注目は、しっかり実世界にも反映されていた。男子女子問わず、様々な人がこちらに視線を注いでいる。見られることがこんなに快感とは、知らなかった。だから容姿に優れた人は芸能界を目指すのか。気持ちがわかる気がした。

大教室に入ると、同じクラスの男子学生が近づいてきた。ふだんはほとんど話をしない、あまり気が合いそうにないチャラチャラしたタイプの人である。持ち前の軽い乗りで、「なあなあ」と話しかけてきた。

「あの事件の動画撮ったの、亀谷なんだって？」

「ああ、うん。まあ、そうだよ」

返事に自慢の響きが籠《こも》らないよう気をつけて、あえて曖昧な口調にした。自分の行いを鼻にかけている、などという評判が一度でも立ったら、たちまち叩《たた》かれる。どのように振る舞うべきかは、本能的に察していた。

「すげえな。おれも見たけどさ、ずいぶん近くで撮ってない？　襲われると思わなかったの？」

こちらのやり取りが聞こえたのか、何人かが寄ってきた。顔は知っているが付き合いはない、というレベルの人たちである。それ以外の人たちも、聞き耳を立てているのだと思った。この大教室の中で、自分の言葉が全員の注意を引き寄せているのだ。

「犯人はこっちに来そうになかったから。向かってくるなら、そりゃあ逃げたよ」

本当にそうだったのだが、すごい勇気があったわけではないことを強調しておく。目立ちたいけど、目立ちすぎてはいけない。その匙《さじ》加減こそ大事だった。

「だとしても、よく追っかけたよなぁ。火炎瓶投げられたら、一発で終わりじゃん？　おれなら無理だわ」

相手は素直に感心してくれた。壮弥の自尊心は、大いにくすぐられた。まさか、見るからに気が合わない人にまでこんなふうに誉められるとは。自分でも、あのとき逃げなかった判断を誉めてやりたくなった。

「人が燃えてるのを、近くで見たんだろ？」

別の人が、質問を挟んできた。そちらに顔を向け、「うん」と頷《うなず》く。

「見たよ。怖かった」

「だよなぁ。おれ、そんなの見たら一生トラウマになるわ。平気なの？」

「平気じゃないけど」

「だよなぁ」

言われて初めて気づいたが、実はそれほど人が死ぬところが心に突き刺さっているわけではなかった。撮影した動画が人々からどう見られるかばかりを気にしていた。しかし、そんなことを言おうものなら人でなしだと思われる。だから、つけ加えておいた。

「その場で吐いちゃったよ」

「あー、わかるわー。おれも吐くよ。だってさ、臭いとかもしたわけだろ」

「したね」

「駄目だー。想像しただけで吐きそう」

そう言って、自分の胸を押さえる。だが、言葉とは裏腹に、面白がっているかのような口調だった。

「あの動画ってさ、ユーチューブではもう消されてるでしょ。自分のはまだ保存してあるよね」

さらに別の人が問うた。頷くと、身を乗り出してくる。

「おれ、実はテレビで見ただけなんだよね。あるんなら、見せてくれない？」

「ああ、おれも」

「おれも」

　さらに周囲に人が増えた。こんなふうに自分の席に人が集まるのは、小学校時代まで遡《さかのぼ》っても一度も経験がない。そもそも、壮弥はクラスで人気者になるタイプではなかった。だから、自分を中心に人が群れているというこの状況に昂揚《こうよう》せずにはいられなかった。

　スマートフォンを取り出して、動画を再生しようとした。だがそこに、先生が入ってきてしまった。「なんだよー」と小声で言いながら、壮弥を囲んでいた人たちが離れていく。「授業終わったらな」と何人もが言い残した。注目状態はまだまだ続くのだ。

　頭の中が熱を持ったような状態になっていて、授業がまるで耳に入ってこなかった。

2

　二限目のフランス語の授業が終わった後のことだった。教室を出たところで、女性の声に呼び止められた。振り返ると、同じクラスの女の子がこちらを見ている。何度も授業で一緒になっているので顔は知っているが、名前は思い出せない。なんの用かと訝《いぶか》しんでいたら、相手は少し俯《うつむ》き気味のまま一歩近づいてきた。

「あ、あのう、すみません、アニコンのあの映像、撮ったの亀谷さんなんですってね」

ああ、やっぱりその件か。注目の的になると、誰でも声をかけてくるんだな。壮弥はその瞬間、そう考えた。女の子は地味な存在で、これまでまったく目立つ要素がなかった。だから壮弥も名前を憶《おぼ》えていなかったわけで、そんな子までが話しかけてくることに、注目の度合いの高さを実感したのだった。

「うん、そうだよ」

ただ、女の子に悪い感情を持ったわけではなかった。顔を上げられないでいる相手の様子からすると、かなりの勇気を振り絞って話しかけてきたのだろうと思われる。壮弥も他人に話しかけられないタイプなので、気持ちが理解できた。むしろ、そうまでして話しかけてきたのはなぜだろうと、その点に興味を覚えた。

「すごいですね。すごい勇気だなぁと思いました」

女の子はようやく顔を上げた。奇《く》しくも、同じ〝勇気〟という単語を口にしている。その一致が面白くて、自然に口許《くちもと》に笑みが浮かんだ。その表情のまま、「いやあ」と答える。

「無我夢中でね。あまりあれこれ考えずに、ともかく動画撮らなきゃって思ったんだ」

「私、実はあのときアニコンに行ってたんです」

「えっ、そうなの？」

思いがけないことを言われ、目をしばたたいた。もちろん、アニコンは十万人規模のイベントなのだから、知り合いがあの場にいても特にすごい偶然というわけではない。

ただ、それが同じクラスの人となればやはり驚く。この人も犯行を目撃したのだろうか。

「じゃあ、事件を見てた？」

「いえ、会場内にいたので、ぜんぜん見てません。そもそも、何が起きたのかもすぐにはわからなかったし」

「ああ、そんな感じだったんだ」

あの後、現場はただちに警察に封鎖されたので、立ち去らなければならなかった。壮弥は外にいたから待つことなく電車に乗れたが、会場内にいた人は外に出るのも大変で、帰るのにかなり時間がかかったと聞いた。ゆりかもめにはとうてい乗れなかったから、りんかい線の駅まで歩いた人も多かったという。

「はい。強制的に外に出されて、本当かどうかわからない話が飛び交って、すごい怖かったです。現場を見てない私ですら怖かったのに、犯人を追いかけて動画を撮ったなんて、ホントにすごいなと思って。それで、どうしても話しかけてみたくなったんです。すみません」

女の子は一気に言うと、最後にぺこりと頭を下げた。呼び止めて申し訳ない、ということなのだろう。謝らなくてもいいのに、と思った。

「そうなのか。いや、まあ、被害に遭わなくてよかったね。ええと、確か――」

さすがに相手の名前を知らないままに会話を続けるのが申し訳なくなって、ちょっとど忘れしているかのような振りをした。女の子は察して、名乗ってくれた。

「ニシヤマです。ニシヤマカナ」

「ああ、ニシヤマさん。はいはい。ぼくは亀谷壮弥です」

確か普通に西山という表記だったはずだ。下の名前は、どう書くか知らない。

「はい、知ってます」

西山カナはそう答えて、クスリと笑った。今や誰でも壮弥の名前を知っているのに、わざわざ名乗ったのが面白い、ということなのかもしれない。なんとなく照れ臭かった。

「西山さんも、アニメが好きなんだ？」

アニメはもう、男のオタクだけのものではない。若い女の子のアニメ好きも大勢いる。それでも、壮弥の知り合いの中にはいなかった。アニメが好きなら、今後もたまに話ができるかなと考えた。

「はい、大好きです」

カナは表情を輝かせた。アニメの話をできるのが嬉《うれ》しい、といった気持ちが表れていた。いいな、と思った。アニメ好きを馬鹿にするような人とは、とても会話できない。

「例えば、どんなの？　あ、話が長くなっちゃうね。いい？」

「もちろん！　ぜんぜんかまわないです」

意外な気遣いをされたとばかりに、カナは手を小刻みに振る。ただ、廊下を通る人の邪魔にならないように、端に移動した。

カナはいくつかのタイトルを挙げた。アニメは週に十本以上も放送されているから、同じアニメ好きとはいっても趣味がまるで重ならないこともある。案の定、カナが挙げたタイトルの中で見たことがあるのは一本だけだった。そのことを言うと、カナは「あ、でも」と続けてまたさらに別のタイトルも挙げた。

「けっこうなんでも見ます。私、ストーリーよりもキャラが好きなので」

「ああ、なるほど」

言われてみれば、キャラ人気が高い番組が多い。カナが続けて挙げたタイトルは、壮弥が見ているものも多かった。

「亀谷さんはグッズ目当てでアニコンに行ってたんですか?」

今度はカナが質問してくる。壮弥は頷いた。

「そうだよ。結局、何も買えなくて残念だったけど」

「そうですよね」

アニコンの話題が楽しいことばかりではないと思い出したか、カナの声のトーンが下がった。申し訳なく感じて、話を戻す。

「でも、西山さんは中にいたってことは、買えたんじゃないの?」

「あ、いえ、実は何も買ってなかったんです。買う気はあったんですけど、私、コスプレしてたんで、撮影されてました」

「えっ、そうなんだ? ちょっとびっくり」

カナはかなり平凡な顔立ちだった。大勢の中にいれば間違いなく目立たないし、道ですれ違っても気づかないかもしれない。加えて、こんなことでもなければ絶対に自分から話しかけてくるようなタイプではなさそうなので、コスプレをしているとは意外だった。どれくらいディープなコスプレイヤーなのだろうか。

「だったら、写真あるでしょ。見せて」

気軽に言ってみた。基本的にコスプレイヤーは、見られることを目的に装っている。写真を見せることはいやではないはずだった。

「えっ、ちょっと恥ずかしい」

カナは言いながらも、自分のスマートフォンをバッグから取り出した。画面を開いて、こちらに見せる。

覗《のぞ》き込んで、間違いではないかと思った。画面に表示されている女性は、かなりかわいかったからだ。こんな子がアニコンにいたら、相当注目されたに違いない。写真を撮りたがる男が、たちまち群がっただろう。しかしこの写真の女性は、カナとは似ても似つかない。違う人の写真を表示してしまったのだろうと考えた。

「これ、そうなの？」

だから、やんわりと確認した。あ、間違えた、という返事が来るものと予想していた。だがカナは、そうは言わなかった。

「はい。ぜんぜん別人に見えるでしょうけど」

「えっ、ホントにそうなの？」

目を見開いて、改めて写真を見つめた。青いアイシャドウにピンクの口紅で、かなり濃いめのメイクではある。だが、そういう問題なのだろうか。顔立ちそのものが違うように見えるのだが。

「いわゆる詐欺メイクです。私、もともとの顔が地味だから、メイクで変えやすいんですよ」

「ええっ」

くどく驚いてしまって、失礼だったかと反省した。だが、これは誰でも驚くだろう。写真の女性は水色のウィッグを被《かぶ》り、ゴスロリ系の制服を着ていた。どのアニメの登場人物か、壮弥はわかった。単に顔が別人のように綺《き》麗《れい》というだけでなく、かなり忠実な再現度だった。コスプレイヤーとして、カナはレベルが高いのだと写真だけで見て取れた。

「すごいね。他にはないの？」

「ありますよ」

カナは言って、画面をフリックして別の写真を表示させた。今度は一転、黒髪で戦闘服を着た男装だ。これもまた、どう見ても美人だった。目《め》尻《じり》が吊《つ》り上がり、顔の彫りが深い。鼻の高さも違う気がするのだが、そんなところまでメイクでどうにかなるのか。コスプレイヤーってすごいなと、素直に感嘆した。

気づけば、鼓動が高鳴っていた。写真の女性に惹《ひ》きつけられているのだ。壮弥はもともと、三次元の女性にはあまり興味が持てず、二次元の女の子の方が好きだった。だから現実世界で、自分から女の子に話しかけようとは思わなかった。ところがこの写真には、二次元のキャラクターが三次元化して存在していた。しかも、アニメ内の設定のように現実離れした美人だ。これを好きにならずにいられようか。壮弥は目の前のカナではなく、写真のコスプレをした女性に恋をしたのだった。

他には、他には、と次々と別の写真を見せてもらった。昼休みで昼食を摂《と》る時間のはずだったが、空腹感などまるで覚えなかった。

3

以来、カナと会うと言葉を交わすようになった。壮弥が恋をしたのはあくまでコスプレをした女性なので、まるで別人に見えるカナには気軽に話しかけられた。カナの方も、同じ趣味の人と知り合えて嬉しいのか、特に気兼ねがなさそうである。カナの名前の表記は〝果南《かな》〟だと教わった。

「カジュアルにアニメを見てる人はけっこういるけど、コスプレまでしてるって言うと引かれることが多いよ」

同じクラスに所属していて同じ年なのだから、敬語はやめてくれと果南に頼んだ。果南は最初、話しにくそうにしていたが、すぐに慣れた。昼休みにキャンパス内のコンビニで会ったので、そのまま昼食を買って一緒に食べている。ベンチに並んで坐《すわ》っているのだが、異性と隣り合わせている緊張はほとんど感じなかった。

「あ、そう。そういう人には写真を見せれば、感心してもらえるのに」

あれなら誰でも感心するはずと確信して答えたのだが、果南は苦笑した。

「そうでもないよ。詐欺メイクにまたドン引きされる」

「うそ。あんなにすごいのに」

「それは亀谷くんがアニメ好きだから、そう思ってくれるんだよ」

「そんなもんなの？　信じられないなぁ。ぼくなんて、写真だけじゃなくて実物を見てみたいと思ってるのに」

「亀谷くんはいい人だよねー。じゃあ、今度イベントに参加するから、見に来る？」

「えっ」

いずれコスプレした姿を見る機会があるかもしれないと淡く期待していたが、そんなにすぐチャンスが来るとは思わなかった。ふたつ返事で答えてしまう。

「行く行く。いつ？」

「来週の日曜だよ。タイミングよかったね」

本当にそうだ。内心で深く頷いた。こんな幸運があるだろうかと浮かれたら、とてつもない幸運というわけではないとわかった。

「たいてい、月一くらいでどこかでイベントをやってるからね。私、他に趣味はないから、だいたい参加してるのよ」

「そうなのかー。楽しみだなぁ」

本気で言った。果南も悪い気はしないらしく、イベントの詳細を教えてくれる。参加するのはコスプレイヤーだけでなく、コスプレイヤーの写真を撮りたい人も多いらしい。記念撮影程度なら参加費を払う必要はないが、本腰を入れて撮影するなら有料だそうだ。壮弥は果南の写真をできるだけたくさん撮りたかったから、もちろん参加費を払うことにした。

場所は東池袋《ひがしいけぶくろ》で、撮影スポットはワールドインポートマートビル内のイベント会場の他、サンシャイン広場や東池袋中央公園だそうだ。そんなに広域でやるイベントなのかと驚いた。単に会場内で完結しているものと想像していた。

「それだけじゃなく、コスプレしたままサンシャインシティ内のお店とか、近くの映画館とかゲームセンターにも入れるんだよ。面白いでしょ」

「へえ」

アニメファンではあるが、コスプレには興味がなかったので、そんなイベントがあるとはまるで知らなかった。　当日が楽しみになってきた。

　大学からの帰りの電車内で、イベントのホームページを開いた。参加に当たっての注意事項を熟読し、過去のイベントの写真を見てみた。そして、スマートフォンを操作する指が止まった。果南の写真があったのだ。

そのときの果南は、かなり露出度が高い格好をしていた。女戦士なのだろうが、服は上下に分かれていて、しかも胸元が大胆に開いている。その胸元の谷間は、驚きで目が釘《くぎ》づけになるほど深かった。果南はそんなに胸が大きく見えないのだが、着痩《きや》せしているのだろうか。不思議でならなかった。

果南がこの写真を見せてくれなかったのは、おそらく恥ずかしがっていたからだろう。しかし、この写真をホームページに掲載した人の気持ちはわかる。他のコスプレイヤーと比較しても、果南は存在感が際立っていた。こんな子がいたら、写真を撮ってホームページに載せたくなるのも当然だと思った。

壮弥はその写真を保存し、家に帰り着くまでずっと眺めていた。自分が見ている人が、今日気軽にお喋《しゃべ》りをした女の子だとはまったく思っていなかった。

次に大学で会ったとき、ホームページに写真がアップされてたでしょと指摘した。すると果南は、たちまち顔を赤くした。

「ああ、やっぱり見つけたんだ」

「こういうのは先に教えてよ。すごいいい写真じゃん」

「だって、あれは露出度が高かったから……」

「そうだよね。びっくりしたよ」

「夏で暑かったから、私だけじゃなくて露出度高めの人が多かったんだよ」

なるほど、毎月イベントがあるなら、季節によって何のコスプレをするかも変わってくるのだろう。今度の日曜日に果南がどんなコスプレをするのか期待が膨らんだが、当日の楽しみとするためにあえて訊《き》かなかった。

「あのさ、当然疑問に思ってるだろうから、先に白状するね。あの胸の谷間は、作ったんだよ。本当はあんなに大きくないよ」

「えっ」

内心を見透かされたようで恥ずかしかったが、驚きの方が大きかった。メイクで顔が別人のようになるだけでも信じられないのに、スタイルまで実物とは違うのか。

「男の人は知らないだろうけど、胸の谷間は作れるんだよ。レイヤーの人って、けっこう胸元開いてる人が多いでしょ。そういう人はたいてい、胸の谷間を作ってるの。本当に大きい人は、あんまりいないんじゃないかな」

「そうなのか……」

呆然《ぼうぜん》とした。聞かなければよかったかもと思うし、自分の知らない世界の奥深さに唖《あ》然《ぜん》とする気持ちもあった。果南と知り合ってからこちら、未知の世界への扉が開いたかのように感じている。それは、決して大袈裟《おおげさ》な感想ではなかった。

「いや、胸の谷間とか関係なく、ホームページに載ってる人の中で一番かっこよかったよ。お世辞じゃないよ」

助平心で見ていたと思われたくはないので、慌てて取り繕った。胸元が気にならなかったとは言わないが、顔の方が大事なのは事実だ。コスプレメイクをした果南は、誰よりも美人だと思う。一番かっこいい、ではなく、一番綺麗と言いたかったが、さすがにそんなことを堂々と口に出せるほど図太くはなかった。

「ありがと。知り合いにコスプレしたところを見られると恥ずかしいけど、亀谷くんは誉めてくれるから見せてもいいって気になる」

果南はそう言って、本当に嬉しそうに笑った。こちらも嬉しくなるような笑みだった。

イベント当日は、会場で待ち合わせた。果南は準備に時間がかかるから、コスプレが完了した後に会った方がいいと言われたのだ。コスプレイヤーは家から着替えては行かず、会場で着替えるのがマナーだそうだ。参加費を払えば、更衣室が使える。忘れ物をした人のために、コスプレ用の物販コーナーまであるそうだ。

待ち合わせはサンシャイン広場の、池袋側の階段辺りということにしてあった。壮弥はＪＲ池袋駅で下車し、サンシャイン通りを歩いて向かった。コスプレをしたまま入れる映画館やゲームセンターはこの通り沿いにあるらしく、ちらほらとコスプレイヤーの姿が見受けられる。皆、ゲームやアニメからそのまま抜け出してきたかのような、かなり力が入った変身ぶりだった。壮弥もアニコンでコスプレイヤーを見たことはあるが、普通に道路を歩いているのは非現実的で、つい目で追ってしまった。

キャリーケースを引いて歩いている人は、おそらくコスプレイヤーなのだろうと見当がついた。キャリーケースの中に、着替えやメイク用品一式が入っているのだ。それに気づいて観察してみると、キャリーケースを引いている人の数はかなり多かった。こんなに大勢が参加するイベントだったのかと、改めて驚いた。

その驚きは、東池袋中央公園が見えてきてさらに大きくなった。公園内に、たくさんのコスプレイヤーがいたからだ。数えられる程度の人がいるくらいだろうと想像していたが、まったく違う。むしろ、密集していると表現した方が正しいほどの混雑ぶりだ。決して小さい公園ではないのに人で溢《あふ》れ返っているから、百人以上はいるのではないだろうか。そのうちの半分くらいの人が、架空世界の服を着て濃いメイクをしている。アニメの世界が突如として街中に現出していた。

道を通る一般の人は、何事かとばかりに公園内に目を向けていた。面白いのは、外国人が多いことだった。外国人は堂々とスマートフォンやカメラを向けて、コスプレイヤーたちを撮影している。ハロウィンでもないのに仮装している人たちがこんなにいるのは、きっと物珍しいだろう。日本人の壮弥にとっても、この光景は壮観だった。

早く受付を済ませなければ、と焦りを覚えた。参加費を払えば、カードが発行される。コスプレイヤーは撮影していいかと申し出られた場合、相手がそのカードを持っているかどうかを確認するようにとイベントのホームページには書かれていた。見たところ、そうしたやり取りを省くためにか、カメラを手にしている人は首からカードホルダーを下げている。壮弥は果南しか撮影する気はないのだが、それでもカードなしにスマートフォンを構えるのは気が引けた。公園前を通り過ぎ、サンシャインシティの中に入っていった。

受付はワールドインポートマートビル内にあり、公園側からは遠かった。並んだ末にようやく受付を済ませ、サンシャイン広場の階段を目指す。少し早めに家を出てきたから、待ち合わせの時刻には余裕があった。時間ぴったりでなくても、果南はずっと広場か公園にいるとのことだったが、一秒でも早くあのコスプレ姿の実物を見たかった。

ワールドインポートマートビルから、直接サンシャイン広場に出た。広場に来たのは初めてなので規模がわからなかったが、予想よりずっと大きかった。公園と同様、ここにもコスプレイヤーが蝟集《いしゅう》している。そして、そんなコスプレイヤーたちにカメラを向ける男たちも大勢いた。通り抜けながら観察して気づいたが、男たちはたいてい、かなり立派なカメラを持っていた。あれが一眼レフというやつだろう。それだけでなく、助手のような人がレフ板を持って、モデルになっている人に光を当てている光景も多く見られる。アニコンにも撮影目当ての人はいたので、いい機材を使っている様子を見たことはあったが、それは例外的な存在だと思っていた。このコスプレイヤーの集いでは、本格的に写真撮影を行う人の方が普通のようだ。スマートフォンでの撮影しか考えていなかった自分が、いかにも初心者に思えてきた。

幅が三十メートルくらいある階段にも、人が大勢立っていた。ここはいい撮影スポットのようだ。その中に、カメラマンの行列を見つけた。撮影の順番待ちをしているらしい。広場を横切ってくる途中にも順番待ちをする人を見たが、列になるほどのモデルはいなかった。まさか、と思いながら近づいていくと、壮弥の予想は的中していた。カメラマンの前でポージングをしているコスプレイヤーは、果南だった。

4

今日の果南は、比較的おとなしめな格好だった。露出が少なく、長袖《そで》長ズボンである。白い服は上下一体になっていて、手足の裾《すそ》が広がっていた。頭には、緑の長いウィッグを被っている。ひと目で、なんのキャラクターかわかった。古いアニメだが、最近になって続編の映画が作られた。言ってみればタイムリーなキャラだった。

だから撮影希望の人が列を成しているのかもしれないが、壮弥は違うと考えた。果南のコスプレぶりが見事で、かつ美しいからだ。この姿を写真に撮りたくなる人の気持ちを、壮弥は完璧《かんぺき》に理解した。他のコスプレイヤーにカメラを向けている人は、こんなすごい人がいるとは気づいていないだけだと思った。気づいていたら、全員がここに並ぶはずだ。

果南の顔は、やはり別人のようだった。アニメのキャラクターがかわいい系なので、今回は凛々《りり》しさはない。しかし目が大きく、頤《おとがい》が尖《とが》った顔立ちはかなりアニメに近い。元の顔を知っているだけに、なぜこんなに変われるのかどうにも不思議だった。整形手術をした、と言われた方がまだ納得できた。

声をかけるのは憚《はばか》られたので、カメラマンの後ろに回り込んだ。すると果南は気づいて、目で合図をしてきた。だが反応はそれだけで、声は出さない。どうやら果南の写真を撮りたいなら、壮弥もこの列に並ばなければならないようだ。こんなことになるとは、想像もしていなかった。

おとなしく最後尾に並び、順番が回ってくるのを待った。撮影にあまり時間をかけないのが暗黙の了解なのか、ひとり二、三分ほどで終えている。このままなら、すぐに壮弥の番になりそうだった。

順番待ちをしているカメラマンは、自分の番が回ってくると、カードホルダーをちょっと掲げてから「撮影お願いします」と果南に声をかける。果南は笑って、「はい、お願いします」と応じている。どの人でも、だいたい同じようなやり取りだった。

しかし、壮弥のふたり前の人は少し違った。最初に「果南ちゃん」と呼びかけたのだ。知り合いだったらしい。

「今日もかわいいね。最高に目立ってるよ」

「ツチハシさんこそ、今日も口がうまいですね」

果南は照れたりせず、軽口を返した。それが壮弥には意外で、思わず果南の顔を凝視してしまった。果南の笑みには、気安い人に向ける親しみが表れているように見えた。ツチハシと呼ばれた人は何者なのかと、少し列からはみ出して後ろから覗き込んだ。

ツチハシは壮弥や果南より年上のようだった。二十代後半ではないだろうか。すると、社会人か。手にしているカメラは、安物ではなさそうだった。

ツチハシはこざっぱりした印象だった。アニメオタクというより、写真好きといった雰囲気である。きちんと刈《か》り揃《そろ》えてある髪は清潔感があり、服装にオタク臭は皆無だ。壮弥はファッションに疎いから判定できないが、おしゃれと言ってもいいのかもしれない。黒ベースで揃えた服は、少なくとも壮弥が着ているものよりずっと格好良く見えた。壮弥の服は、母親が近所の安売りの店で買ってきたものをそのまま着ているだけである。ツチハシはおしゃれな店で自分で選んでいそうだった。

ツチハシはカメラを果南に向け、「いいねえ」「かわいいよ」「そうそう、そんな感じ」とまるで本物のカメラマンのようなことを言いながらシャッターを切っていた。素人がプロの真似をしていて滑稽《こっけい》だと言いたいが、様になっていた。見ているうちに、本職なのかもしれないと思えてきた。ネットには企業が運営しているゲームやアニメのホームページもある。そういうところから派遣されたカメラマンかもしれないと推察した。だとしたら果南はすごいな、と思った。プロのカメラマンと顔馴染《なじ》みで、どうやら何度も撮られているようなのだ。これだけハイレベルのコスプレなら当然と感じたが、同時に果南が遠くなったような気もした。いや、果南ではなくこの目立っているコスプレイヤーが、だ。果南とは会えば言葉を交わすようになったが、このコスプレイヤーは壮弥とまるで接点がない人なのである。自分も親しくなりたい、と望んだ。

ツチハシは撮影を終えると「ありがとう。最高だったよ」などと言い、最後に聞き捨てならないことをつけ加えた。

「後でね」

後でね、とはどういう意味か。後で会うことになっているのか。なぜ果南がツチハシと会うのか。ふたりはどんな関係なのか。ツチハシのひと言を聞いただけで、様々な疑問がいっぺんに湧いた。ツチハシが階段を下りていくのを、目で追ってしまった。

壮弥のひとり前の人が撮影を終え、ようやく順番が来た。果南は「お待たせ」と言ってくれる。聞き憶えのある声のはずなのだが、なぜか今日はアニメ声優のように響いてかわいらしく思えた。目を合わせづらく感じた。

「さっきの人って、知り合い？」

果南のコスプレを誉めるより先に、いきなり尋ねてしまった。果南はきょとんとした顔で、「えっ？」と訊き返す。

「さっきの人？　知り合いじゃないよ」

「違う違う。ぼくの前の前の人」

「ああ、ツチハシさん。うん、知り合い。いつも撮ってもらってるんだ」

「そう……なのか」

そんなことはやり取りを聞いていればわかっていたのだが、それでもショックを受けた。ショックを受けるのはおかしいとわかっていても、衝撃を覚えるのはどうしようもなかった。

「後でって言ってなかった？」

気がかりな点を質《ただ》さずにはいられない。こんなことを訊く権利は自分にはない、ともうひとりの自分が囁《ささや》くが、止められなかった。

「うん、写真をもらうから」

「ああ……」

今になって、ようやく気づいた。果南が持っていたコスプレ姿の写真は、自撮りではなかった。誰かが撮ったものなのだ。その誰かは、ツチハシだったのかもしれない。心の底にイガイガとした感情が芽生えて、苦しくなった。その感情の正体を、壮弥はうまく見極められなかった。

「ええと、まだ待ってる人がいるから――」

果南は言いづらそうに、壮弥の背後に目をやった。写真を撮るなら早くしてくれ、と言いたいのだろう。壮弥は我に返って、スマートフォンで手早く果南の姿を撮影した。ツチハシのように気の利いたことは言えず、ポーズの指定もできず、果南が慣れた様子でポージングするのに任せた。扮《ふん》しているのがあまり笑わないキャラクターなので、表情が乏しい。キャラを演じているのはわかっていたが、それでも壮弥は自分が拒絶されているように感じてしまった。

「ありがとう。ぼくも、後で会えるかな」

スマートフォンを下ろして、思い切って言った。果南は無表情を演じるのをやめ、微笑《ほほえ》む。

「もちろん。私が誘ったのに、たったこれだけで帰しちゃったら申し訳ないよ。でも、しばらく待ってね。他のレイヤーの写真も撮らせてもらいなよ」

屈託なく、そんなことを言う。壮弥は他のコスプレイヤーにはまったく興味がないのだが、「そうだね」と応じておいた。場所を後ろの人に譲り、少し離れたところで果南を見守った。

果南の前の列は、なかなか途切れなかった。長蛇の列というほどではなかったのだが、ひっきりなしに次から次へと人が並ぶのである。カメラを持った人たちは会場を回遊し、これというコスプレイヤーに撮影を申し込むのだ。果南が自分で打ち切ってようやく、撮影タイムは終わった。

「待っててくれたんだ。ごめんね。長くかかっちゃって」

かれこれ一時間ほど、果南はずっとポーズを取っていた。さすがに疲れたのだろう、休憩させて欲しいと言って終わりにしたのだ。並ぼうとしていた人には、また後でと声をかけていた。カメラマンたちはまだしばらく会場にとどまるようだから、そのときに撮影を再開するのだろう。

「坐ってお茶飲みたい。行こう」

果南は荷物を手にして、壮弥を誘った。そのままサンシャインシティに入っていく。果南は慣れているようで、有名チェーン店には目もくれずに地下に下りていった。ついていくと、席が空いている店が見つかった。果南はタピオカミルクティー、壮弥はアイスココアを注文し、席に着く。

「あー、疲れた。甘いもの飲みたい」

喉《のど》が渇いていたのか、果南は一気に四分の一ほどストローで吸い上げた。店にいた他の客たちが、果南に好奇の目を向けている。果南が扮しているキャラクターの名前を呟《つぶや》く声や、「すごいね」「かわいいね」という感想も聞こえてきた。周囲の目を惹きつける人と一緒にいることが壮弥は誇らしく、そして恥ずかしくもあった。当人の果南にとっては特別なことではないらしく、何も気にせずにミルクティーを飲んでいる。

「みんな見てるね」

顔を寄せ、小声で話しかけた。果南は頷き、「そりゃあ見るよね」と言う。

「私はもう恥ずかしくないけど、亀谷くんは恥ずかしいでしょ」

言い当てられて、困惑した。だが口では、「そんなことないよ」と言っておく。

「注目されて、すごいなと思う」

「ありがと。私が注目されるのなんて、コスプレしてるときだけだから」

特に感情を交えず、果南の声は淡々としていた。その認識を、否定はできない。大学にいるときの果南は、確かに注目される存在ではないからだ。ついこの前まで、果南の名前すら憶えていなかったことを壮弥は思い出した。

「私って、人に誇れるところが何もないのよ。見た目も平凡だし、頭もすごくいいわけじゃないし。リーダーシップもない、話が面白いわけでもない、親が金持ちでもない、何もかも平凡なのよね」

果南の自己評価は、そのまま壮弥にも当て嵌《は》まった。まさに、ふだんから考えていることばかりであった。あらゆる面で中くらい。悪目立ちすらせず、なんのドラマもない人生を送ってきた。果南もそうなのかと、共感を覚えた。

「でもだからこそ、小さい頃から変身願望があった気がするんだ。アニメでも特撮でも、変身ものが大好きだった。変身して、こんなつまらない私とは違う人になりたかった。コスプレのことを知ったときは、絶対やりたいと思ったんだ。それで、こんなにメイクがうまくなったのよ」

「わかる。すごいわかる」

心から頷いた。変身したいと望み、現実に別人のように変身した果南はすごいと思った。変身願望なんて、そう簡単に叶《かな》えられるものではない。果南が羨《うらや》ましくなった。

だがすぐに、見られる喜びなら自分も味わっていると気づいた。アニコン襲撃の動画をアップしたことで、壮弥は大学内で注目の人となった。そうか、あの快感を果南も今味わっているのだ。誰の目にも留まらなかった自分が、大勢の人から見られている。特別な存在になれた喜びは、とても他人には説明できなかった。だからこそよけいに、果南とは心が通じるように思えた。

「見事に変身してるよ。ぼくが知っている西山さんじゃないみたい」

賛美したつもりだった。果南の気持ちを完璧に理解していると伝えたかった。しかし果南は照れたのか、「詐欺メイクだからね」と言って苦笑した。そんなことないとも言えず、うまく受け答えできないコミュニケーション能力の欠如がもどかしかった。

5

店を出てサンシャイン広場の階段に戻ると、すぐにカメラを持った人たちが集まってきた。また撮影が始まったので、壮弥は距離をおく。本当は見守っていたかったが、ずっとつきまとったら鬱陶《うっとう》しがられるかもしれないと思い、階段を上って他のコスプレイヤーたちを見て回った。見事なコスプレをしている人は少なくなかったが、それでも壮弥の目には果南が一番に見えた。

果南とこの後の約束をしているわけではないが、きちんと別れの挨拶《あいさつ》をしていないので、また合流できるのだろうと考えていた。だからしばらくしてから階段に戻ってみたものの、撮影は続いていた。仕方なく、今度はサンシャインシティ内の書店に入って時間を潰《つぶ》した。コスプレイベントの雰囲気は楽しいが、写真を撮りたい相手がひとりだけなら時間が余ってしまう。今度イベントに参加するときは、本格的に果南の写真を撮りたかった。一眼レフのカメラを買おうと心に決める。

雑誌にパラパラと目を通していたら、スマートフォンが振動した。取り出してみると、果南からのLINEだった。〈土橋《つちはし》さんとお茶飲んでる〉と書いてある。その一文を見ただけで、壮弥の心がかっと熱くなった。果南とお茶を飲む相手は自分であるべきなのに、と腹が立った。

先ほどと同じ店だろうか。後先を考えず、そちらに向かった。エスカレーターを駆け下り、地下階を通り抜ける。先ほどの店が見えてきたところで、ふと我に返った。店に乗り込んで、いったいどうしようというのか。

同席して、三人で楽しくお喋りなどできそうになかった。そんな如才なさは身についていないし、果南には来てもいいとは言われていない。土橋にどう思われようとかまわないが、果南にいやがられるのは絶対に避けたかった。やむを得ず、遠目から店の中を窺《うかが》ってみることにした。

店は吹き抜けに面している。吹き抜けの中央には大きな階段があった。そこの陰に隠れると、ガラス張りの店の中がよく見えた。捜すまでもなく、すぐに果南が目に入った。

土橋はこちらに背を向けているので、果南の顔だけが見えた。果南は嬉しげに笑っていて、何かを喋ったり、頷いたりしている。壮弥とお茶を飲んでいたときは、どうだっただろうか。あんな表情をしていたか。思い返してみても、今の表情の方が楽しそうな気がした。ますます心が波立ち、ここにいるのが辛《つら》くなってきた。

踵《きびす》を返し、そのまま池袋駅方面に向かう地下通路を歩き出した。壮弥はこれまで、現実の女性にあまり興味が持てずにいた。壮弥が好きになるのは、いつも物語の中の女の子だった。だから、嫉妬《しっと》という感情を経験したことがなかった。物語の中で女の子が誰かと恋愛関係になっても、そこには生々しさが伴っていないので、嫉妬は湧き上がってこなかったのである。今感じているこの不愉快な気持ちこそ、嫉妬というものなのだろう。果南に土橋のような知人がいることなど、知りたくなかった。

電車に乗って少し経《た》つと、頭が冷えてきた。断りなく帰ってしまえば果南が心配するだろうと思い、〈疲れたから先に帰るね〉とLINEしておいた。絵文字もつけたから、こちらが気分を害したとは受け取られないだろうと思う。夕方になって、〈今日はありがとうね〉と返事が来た。〈写真は大学で会ったときにちょうだい〉とも書いてあり、そのくだりを読んだだけでたわいもなく気分が上向く。大学にいるときはまた平凡な姿の果南に戻っているのだから、あの特別な果南をもっと見ておくべきだったと自分の短慮を少し悔いた。

口実を向こうが作ってくれたから、明日の昼休みに会おうと堂々と誘えた。キャンパス内のコンビニでお昼ご飯を買い、一緒に食べることにする。約束を取りつけて満足したが、特にわくわくはしなかった。次に果南がコスプレをするのは一ヵ月後かと思うと、早くも待ち遠しかった。

翌日、またコンビニで顔を合わせた。特に示し合わせていなくても、時間割の都合でこの時間はここで会う可能性が高いのだ。「昨日は楽しかったね」と挨拶をしてから買い物を済ませ、外の空いているベンチを探す。昨日の姿が嘘《うそ》のように、今日の果南の顔は平板だった。まさに変身だな、と思った。

「土橋さんって人とは、付き合い長いの？」

土橋の名前など出すべきではないのかもしれないが、訊かずにはいられなかった。果南は買った総菜パンの封を開けながら、「うん」と答える。

「私がコスプレを始めた頃からの知り合いだから、かれこれ三年くらいかな」

「そんなに」

三年もの長きに亘《わた》ってコスプレ姿の果南を撮影しているとは、土橋が羨ましくなった。またしても、嫉妬の炎が心の底をちりちりと焼く。三年も付き合いが続いているなら、親しくもなるわけだ。自分はかなり出遅れていると自覚した。

「私がまだぜんぜんコスプレがうまくなかったときに声をかけてくれたから、すごく嬉しかったのよ。他のレイヤーを紹介してくれて、付き合いが広がったし。そのお蔭《かげ》でコスプレがうまくなったから、土橋さんには感謝してるんだ」

「そう」

やはり訊かなければよかったと思った。言ってみれば土橋は、コスプレイヤーとしての果南が誕生したときから見守ってきたのだ。土橋の立場に取って代わるのは、とうてい無理だ。何か別の手段で、自分の存在を果南にアピールしなければならない。自分には何ができるのかと、壮弥は考えた。

「それより、昨日はありがとうね。ちょっと怖かったから、来てもらえて頼もしかったんだ」

土橋の話を簡単に打ち切り、果南はそんなことを言った。怖かったという言葉の意味がわからず、当惑する。果南はすぐに自分の気持ちを説明した。

「だってほら、アニコンであんなことがあったばっかりだから、また同じようなことが起きないかって」

「ああ……」

犯人はすでに死んでいるし、まったく別のイベントなのだから、アニコンと関連づけて考えてはいなかった。しかしそれは壮弥が鈍感なだけで、怖がっていた人は多かったのかもしれない。壮弥はいつもの違和感を覚えた。

違和感とは、世界に対するものだった。壮弥にとって世界は、常にディスプレイの中の出来事のように思えるのだ。何もかも、リアリティーが伴っていない。だから濃い人間関係が作れなくても孤独を覚えないし、辛いことも悲しいこともさほど深刻に受け止められない。目の前で大量殺傷事件が起きても、フィクションを見る感覚とさして違わなかった。そのため、ずっと撮影を続けることができたのだった。

自分は感受性が鈍いのかもしれない、と思っている。あるいは発達障害なのか。ゲームやネットのやり過ぎなのか。おそらくその辺りに理由がありそうだが、どうでもよかった。そもそも、生きていく上でのパワーが不足しているのだ。感情が大きく揺さぶられると、疲れる。疲れることはしたくない。

「亀谷くんはぜんぜん怖くなさそうだったね。亀谷くんは強いよね」

果南は感心してくれた。いや、感情の振れ幅が狭いんだ、心の中でそう答えたが、口には出さなかった。自分の感覚が鈍いのを、わざわざ他人に教える必要はない。強いと思ってくれるなら、その状態のままにしておきたかった。

「あの事件はもう終わったことだから、関係ないと思ってたんだよ」

これは事実だ。とはいえ、模倣犯の可能性を考えなかったのは、ただ鈍いからでしかない。果南はきっと、感受性が鋭い人なのだろう。

「そう考えられればいいけど、私が心配性なだけなのはわかってるけど、でもアニコンの事件は犯人の動機がわかってないじゃない。だから、今でも怖いのよね」

「犯人の動機？　社会に対する恨みじゃないの」

マスコミではそんな論調で報じられているし、それ以外の動機などあり得そうもない。だから、まるで深く考えなかった。考える必要も覚えなかった。

「犯人がどんな生活を送ってたのか、けっこういろいろ言われてるじゃない？　ちゃんとした就職ができなくて、ずっと経済的に恵まれない生活をしてて、とか。下流中年だった、とも言われてるよね」

果南は総菜パンを手に持ったまま、それを口に運ばずに語り続けた。壮弥はただ、

「そうだね」と相槌《あいづち》を打つ。下流とは、なんともいやな言葉だ。だが、現実にそうした生活を送っている人は少なくないと、知識として知っていた。

「私たちってさ、こうやって大学にも通えてるくらいだから、親は下流じゃないでしょ。別にお金持ちではないけど、生活に困ることはないじゃない。就職も、きっとどこかの

会社には入れるよね。犯人が社会に出たときみたいな就職氷河期じゃないから、百社以上受けて内定が一個もないなんてことはないと思うんだ。だからね、犯人が生きていた世界と私たちがいる世界って、ぜんぜん違う気がするんだよね」

「世界が違う？」

それは少し大袈裟な気がした。同じ言語を話す同じ日本人だし、住む地域が分かれているわけでもない。日本における下流の人は、海外の本当の貧困層のように食べるものに困るほどではないはずだ。住む世界が違うと言ってしまうのは、相手を見下しているような響きがあって、賛同できなかった。

「うーん、なんか表現が悪いかも。こちらからは向こうが見えてないというか、向こうの苦しみを私たちは理解できてないというか」

どうやら果南には言いたいことがあるみたいだが、言葉にするのが難しいようだ。こちらと向こう、と分けてしまうのもまだいい表現ではない。ただ、果南には犯人を見下す気持ちがなさそうなので、なんとか意図を伝えて欲しかった。果南が何を言わんとしているのか、壮弥にはまだ見当がつかない。

「人ってさ、結局は自分の周りのことしか知らないんだよね。いくらネットでいろんな情報を仕入れても、それはあくまでデジタルの情報でしかないから、現実感がないというか。私は自分が生きてる世界しか知らないから、中年になってもちゃんとした職に就けない人がどんな人生を送ってきたのかわからない。ネットで調べても、実際の辛さは絶対に想像できない。なんて言うか、その想像力のなさに、犯人は腹を立てたのかなって思う。たいていの人は、自分が他人のことを想像できてないとも思ってないでしょ。自分に関係ない人のことを想像する必要なんて、ないもんね」

現実感がないという言葉に、ドキッとした。自分の心情を見透かされたように感じたのだ。壮弥は今も、火炎瓶をぶつけられて炎に包まれ死んでいった人の気持ちは想像できない。想像しようともしていない。被害者は知り合いではないからだ。自分が被害に遭ったわけではないからだ。そのことを、果南に咎《とが》められている気がした。

「私がこんなふうに思うのは、犯人が何を考えていたかわからなくて怖いからなの」

果南はなおも続ける。まだ、本当に言いたいことに達していないようだ。

「動機が社会に対する恨みだったとしても、どうしてアニコンだったのかなって考えてるんだ。アニコンが今の日本社会を代表してるとは、とても思えないでしょ。それなのにアニコンを襲ったのは、何か意味があるのかもしれないって気がするのね。その意味がわからない限りは、他のイベントもいつか襲われるかもって怖さが残っちゃうんだ」

「意味？　意味なんてあるのかな。だって犯人は、アニオタですらなかったんでしょ。襲うならどこでもよかったんじゃないの？」

果南が物事を深く考えようとする姿勢は立派だと思うが、頭がおかしい犯人の行動に意味を見いだそうとするのは無駄ではないかという気がした。犯人は、悪人だった。それで終わりで何も問題はないだろう。

「だってさ、場所は東京グランドアリーナだよ。行きやすい場所じゃないから、どこでもいいなら選ばないんじゃない？　銀座《ぎんざ》の歩行者天国を狙ったり、東京証券取引所に刃物持って乱入したりする方が、よっぽど社会に対する恨みを晴らしてる感じがする。わざわざ火炎瓶を運んで投げつけてることとか、自分も油を被って焼身自殺したこととか、なんかすごい怒りが感じられるように思うんだけど、そんなことない？」

「怒りか」

そう言われて、あのとき見たことを思い返した。仁王立ちのまま、叫びながら死んでいった犯人。確かにあの様は、何かに対する怒りの表明のようにも思えた。そうか、これが想像するということか。この目で見ていたのに、自分は何も想像しなかった。犯人はこうした無関心さに怒っていたのか。

「そうかもしれない。ぼくは何も感じなかったよ。西山さんはすごいね」

素直に感心した。とても果南のように考えることはできなかった。皆が果南みたいに想像できていれば、事件は起きなかったのだろうか。犯人は社会を恨むこともなかったのだろうか。

「ううん、すごくなんかないよ。ただ臆病《おくびょう》なだけ」

果南はそう答えてから、少し口を窄《すぼ》める。そして、胸につかえた思いを吐き出すように、一気に言った。

「犯人がアニコンに対して怒ってたんだとしたら、私たちが浮かれてたからなのかなと思った。お金がなくて毎日の生活にも困ってる人たちがいるのに、アニメグッズを大量に買ったり、コスプレして撮影してもらってたりして、楽しそうにしてたから腹が立ったのかもしれない。もしそうなら、コスプレイベントを襲う人が他にも出てくるかもしれないでしょ。それが怖いのよ」

なるほど、果南の恐れが理解できた。しかしもし本当に犯人の動機がそうだったとしても、こちらが卑屈になる必要はないと考えた。そんな動機、ただの言いがかりだとしか思えなかった。

「犯人がそういう理由でアニコンを襲ったなら、それは犯人がおかしいよ。だって、楽しそうにするのを咎められる理由はないじゃん。アニメグッズ買うのが駄目なんて言うなら、世の中にはもっとお金を使ってる人がいるよ。それこそ株を大量に買ってる人とか、美術品に大金を払う人とか、そういう人を狙うべきだよ。襲われて死んだ人たちは、きっとそんなにお金持ちじゃないよ。それなのに恨まれて殺されたら、たまったもんじゃないよ」

果南に言い返しても仕方ないとわかってはいるが、なにやら理不尽な話を聞いた気がして、言わずにはいられなかった。今頃になってようやく、犯人に対する怒りが込み上げてくる。初めて、犯人を許せないと思った。

「そうだよね。私も別に、犯人に同情してるわけじゃないのよ。犯人はひどい人だと思うし、アニコンは襲われても仕方なかったなんて絶対に考えない。ただ、犯人の本当の動機が知りたいだけなの。社会への恨みってことで決めつけちゃって、誰も犯人の気持ちを考えようとしてないみたいだから……」

「ああ、そうだよね。ごめん」

口調が強くなっていたことを詫《わ》びた。果南は俯き気味に「ううん」と言って、首を振る。あの事件が果南と近づくきっかけを作ってくれたが、事件そのものはしこりとなって果南の心の底に残っているのだと知った。やはり、犯人を憎まずにはいられなかった。

6

果南の不安を聞いて何も感じなかったわけではないが、大勢の人を殺して自分も死ぬような男の気持ちがわかるわけないとも思った。それより気がかりなのは、土橋の存在だった。死んでしまった犯人のことなどより、目障りな土橋の方がずっと大きな問題である。嫉妬という感情がこれほど落ち着きをなくさせるとは、壮弥は初めて知った。

果南にとって、大事な男になりたい。そう、強く望んだ。土橋以上に大事な存在になるには、どうすればいいのか。果南に一番喜ばれるのは、写真の腕を磨くことだろう。土橋以上にいい写真を撮れるようになれば、認めてもらえるはずだ。しかしそれは、現実的ではなかった。壮弥はカメラすら持っていない、写真の素人である。今から腕を磨いても、土橋の域に達するのはいつになるかわかったものではない。

ならば別の道を探すしかないが、それが見つからなかった。壮弥自身もコスプレをやり、共通の話題を増やそうか。そんなことまで考えた。

悶々《もんもん》とした思いを抱えていたときに、大学で面識のない男性に話しかけられた。痩せ気味で髪の長いその人は、壮弥が大教室での授業を終えて廊下に出たときに話しかけてきた。きっとアニコン襲撃の話が聞きたいのだろうと、反射的に考えた。

「亀谷くんだよね？　ああ、ようやく会えたよ」

長髪の男性は、そんなことを言った。ずっと壮弥のことを捜していたのか。注目を浴びるのは快感だが、状況には慣れてきた。正直、またかという思いは拭《ぬぐ》えなかった。

「ぼくは二年のサワタリっていうんだ。沢を渡るで沢渡《さわたり》ね。よろしく」

二年生ならば先輩だが、自分の方が立場が上と主張する威圧感は皆無だった。物腰が柔らかく、中性的である。同類の匂いを嗅《か》ぎ取って、印象は悪くなかった。用件はなんだろうと、ぼんやり考える。

「キミさぁ、アニコン襲撃の様子を撮影してた人だよね」

予想どおり、沢渡は問いかけてくる。相手の物腰に合わせ、こちらも丁寧に答えた。

「ええ、そうです」

「捜したよ。学年も学部も違うから、苦労しちゃった」

そんなことを言って、沢渡は微笑んだ。壮弥も曖昧に笑ったが、内心では疑問を感じていた。そうまでして捜したからには、ただの好奇心ではなさそうだ。しかし、その理由には見当がつかない。

「この後、何か用はある？　少し、坐って話せないかな」

午後はまだ授業があるので、コンビニで弁当でも買おうと思っていた。話の内容にもよるが、五分くらいなら時間を作ってもかまわないと思った。

「いいですよ。その辺りのベンチでいいですか」

「ありがとう」

沢渡は礼を言い、先に歩き出した。ついていき、一階ホールのベンチに坐る。沢渡は少し身を捩《よじ》って、こちらに顔を向けてきた。

「あの動画、すごい話題だよね。大学でも、人気者になったそうじゃない。嬉しい？」

「はあ、まあ、嬉しいです」

密《ひそ》かに浮かれていたことを見抜かれたようで、ばつが悪く感じた。沢渡は穏やかな微笑を口許に刻んだまま、続ける。

「ぼくさぁ、興味あるんだよね、ああいう事件。犯人は何を考えてたんだろうねぇ。いっぺんに何人も殺すって、どんな気分なんだろう」

少し上の方を見て、沢渡は歌うように言った。あくまで口調はゆったりしているので、違和感がある。同類の匂いを感じたつもりだったが、違うかもしれない。もしかしたら、危ない人なのか。

「知りたいと思わない？　キミも知りたいから、犯人のことを撮影したんでしょ？」

「いえ、そういうわけじゃないです。なんというか、ただ無我夢中だっただけで」

同意を求められても、困惑するだけだった。注目を浴びる存在になれば、いろいろな人が接近してくる。中には変わった人がいても不思議ではないと、いまさら気づいた。

「そうなのか。でも、今は知りたいでしょ？　だってキミは、当事者だもんね」

押しつけがましいことを言われたが、第三者がそう考えるのも当然かもしれなかった。現にあの場にいた果南は、犯人の動機を知りたがっていた。興味を持たなかった壮弥の方がおかしいという自覚はある。別に知りたくない、とは言えなかった。

「はあ、そうですね」

「だよねぇ」

沢渡は我が意を得たりとばかりに、顔を近づけてきた。そして上目遣い気味にこちらを見て、唐突に脈絡のない話をした。

「ぼくのお兄さんは、スカウトをやってるんだ」

「は、スカウト？」

何を言い出したのかわからなかった。声をかけられたとき、時間がないと言って相手をしなければよかったという気持ちになってくる。ベンチを立って話を終わらせるきっかけを摑《つか》みたかった。しかし、つい話を合わせてしまう。

「スカウトって、芸能人になれそうな人に声をかけてるんですか？」

「ううん、そういうスカウトじゃなくって、女の子をキャバクラとか風俗に紹介する仕事」

「えっ」

いきなり思いもかけない告白をされ、ただ面食らった。会ったばかりの人に堂々と言える職業ではない気がするが、沢渡はまるで恥じている気配がない。職業に貴賤《きせん》はないという理由で毅然《きぜん》としているのか、あるいは自分自身もそちらの世界に浸《つ》かっているのか。なんとも摑み所がない人だ。

「ああいう仕事って横の繋《つな》がりがけっこうあるから、いろいろな情報が入ってくるんだって。でね、それで聞いたんだけど、アニコン事件の犯人が通ってたキャバクラがあるらしいよ」

「えっ、キャバクラ？」

思わず目を丸くして、繰り返してしまった。犯人は引き籠りのオタクだと、なんとなくイメージを作っていた。オタクはキャバクラには行かない。水と油のようなものだからだ。キャバクラという単語には、心底驚いた。

「面白いでしょ。なんかね、お気に入りの子がいて、それで通ってたんだって。でもそういうのってさ、たいていうまくいかないよね。キャバ嬢と付き合える人は、金持ちだけでしょ。バイト暮らしの人がキャバ嬢に入れ揚げたって、ろくなことにはならないよ。事件の動機は、その辺りにあるんじゃないかなぁ」

「はあ、なるほど」

逃げ腰になっていたことも忘れ、頷いてしまった。あまりに思いがけない話を聞かされ、俄《にわか》に興味を覚えた。こんな話はまだマスコミに出ていないし、ネットでも噂になっていないのではないか。壮弥が犯行の様子を撮影して注目されたからこそ、向こうからやってきた情報なのだ。

「ぼくはさぁ、犯人がどんな女の子を好きになって、それがどういうふうに大量殺人に発展したのか、すごい知りたいんだよねぇ。キミもそうでしょ？　でもさ、だからって自分で調べるのは面倒臭くてね。お兄さんはぜんぜん興味なさそうだし。だから、キミならこの話を面白がってくれるかなぁと思ったんだ」

なるほど、そういうことか。沢渡の意図はわかった。確かに、行ったことのない人にとってキャバクラは足を踏み入れにくい場所だ。キャバクラで女の子を捜すよりは、大学内で学生を見つける方がずっとハードルが低い。つまり、調査を壮弥に肩代わりさせようとしているのだ。その考えは、理解できるものだった。

もちろん、壮弥にとってもキャバクラは縁遠い場所である。わざわざ金を払ってまで行きたいとは思わないし、行ったところでまったく楽しくないだろう。しかし壮弥の頭の中には、ひとつの連想が生じていた。

果南は犯人の動機を知りたがっていた。それを壮弥が突き止めたら、喜んでくれるのではないか。喜ぶだけではない、大いに感心してくれるだろう。そのことをきっかけに、果南との距離を縮められるかもしれない。

そしてこれは、土橋とは別の方法で果南の心に入っていく方法でもあった。改めて考えてみれば、壮弥にはこれしかないのだ。何も取り柄がない壮弥が、犯行の一部始終を撮影したことで注目の存在になった。果南がコスプレをして写真を撮られるように、壮弥もまた変身をしたのだ。しかし果南とは違い、壮弥の変身はいっときのことでしかない。今後も注目され続けたいなら、新しい材料を投下する必要がある。犯人の動機に迫ることができれば、それは新たな材料になるだろう。その上で果南にも認められるなら、まさに一石二鳥だった。

「面白いです。そのキャバクラがどこにあるか、知ってるんですよね」

意欲を示した。自分以外の人に、先を越されたくなかった。沢渡はニヤッと笑い、頷いた。

「調べてくれる？　だったら教えるよ。店の場所だけじゃなく、女の子の名前もわかるよ。源氏名だけだけどね」

「教えてください」

壮弥は頼んだ。

7

もちろん、沢渡が教えてくれたキャバクラには行ってみるつもりだった。だが、なんの準備もなく行っても収穫はないだろう。当然、キャバクラ潜入の様子は動画に撮る。写真だけでは、注目してもらえないからだ。とはいえ、動画ならなんでもいいわけではない。アニコンのときは、手ぶれだの距離だのを考える余裕もなく動画を撮影したが、だからこその臨場感があった。次はそうは行かないので、再生回数を稼ぐためには見やすい動画を撮らなければならない。どんな映像を撮るか、事前に考えておく必要があった。

それと、撮影の方法が問題だ。堂々とスマートフォンを構えて店に入るわけにはいかないだろう。席に着いた後でも、撮影は咎められるのではないか。ならば、隠し撮りをするしかない。隠し撮りにはどんな手段があるか、ネットで調べた。

その結果、眼鏡型のカメラがいいのではないかと結論した。黒縁眼鏡の、ブリッジの中央にレンズが搭載されているものがあったのだ。これならば、話をする相手の顔を正面から撮影できる。向かい合ったらレンズの存在に気づかれるのではないかと心配したが、ネットにあった眼鏡の画像を拡大してみても、レンズを見つけることはできなかった。おそらくキャバクラの店内は、それほど明るくないだろう。この眼鏡が盗撮用であることを見破られる心配はなさそうだった。

さっそくネット通販で注文をした。一万円もしなかったので、思いの外《ほか》安い。すぐに商品が届き、まずは装着してみた。鏡で自分の顔を見たが、この眼鏡にカメラ機能が搭載されているとはまるでわからない。どう見ても、普通の眼鏡だ。これならば大丈夫と思うと同時に、怖い世の中だとも感じた。どこで誰に映像を撮られているか、わかったものではない。

キャバクラのシステムや客の作法も、ネットで学んだ。ともかく、その種の店に行きたいという欲求がまったくない人間にとって、飲み屋はハードルが高い場所なのである。自分のような物慣れない若造が行っても、キャバ嬢に馬鹿にされるという恐怖があった。せめて事前に、学習できることはしておきたかった。

沢渡に教えてもらった店のホームページも見た。ドレスを着て、髪を高く結い上げたキャバ嬢たちの写真がトップページに出てくる。それを見ただけで臆する気持ちが湧いてきたが、ここに行かなければならないのだ。まずは、キャストと書いてあるキャバ嬢たちの一覧ページを開いた。

女の子たちの写真が並んでいるが、目指す名前はそこになかった。この他にもたくさんの女の子が在籍しています、と書いてあるから、一覧に出ているのは顔を出していい子だけなのだろう。沢渡に聞いた名前の女性は、顔を出したくないらしい。

ただでさえあまり女性と話をするのがうまくないのに、こんな派手な人たちとどんな会話をすればいいのか。考えるほどに憂鬱になるが、会話を盛り上げるのは向こうの仕事だと割り切ることにした。キャバ嬢もプロなのだから、うまく話題を見つけてくれるだろう。アニメ好きの子に当たれば、会話を楽しめる自信はある。当たって砕けろと、開き直るしかなかった。

行く日を決め、覚悟を固めた。目指す店は、営業開始が夜八時からだった。ここだけが遅いのかと思いきや、錦糸町《きんしちょう》の他のキャバクラも似たようなものだった。同伴出勤しやすいように、開店時刻が遅いのだろうか。

軽く食べてから、ＪＲ総武線で錦糸町駅に着いた。〈Ｅｌｌｅｙ〉というその店は、駅から歩いて数分のところにある。駅の改札を出たときから、壮弥の体は緊張で強張《こわば》り始めた。できることなら行きたくないが、果南に認めてもらうためには避けて通れないことなのだと己に言い聞かせた。

スマートフォンを取り出し、動画を撮影し始めた。いきなり核心の映像をネットにアップするのではなく、前振り部分を作ろうと考えたからだ。せっかくのスクープ映像を、一回だけですべて公開してしまうのはもったいない。人々の注意を惹けるよう、何段階かに分けて動画をアップするつもりだった。

「さて、これから撮影するのは大変な映像です。なんと、東京グランドアリーナ事件の犯人には、意中の女性がいたらしいのです。今からその人に会いに行きます」

壮弥は独り言を呟いた。もちろん、これはナレーションだ。周囲の人に聞かれないよう小声だが、耳に装着しているワイヤレスイヤフォンのマイクが拾っている。何度か試し撮りをして、どれくらいの声量なら録音されるか確かめておいた。今のワイヤレスイヤフォンは優秀で、ほんの囁き程度でもきちんと音を拾っていた。

「犯人の斎木に好きな女の人がいたなんて話、どこにも出てないですよね。実はぼくは、ある筋から極秘の情報をキャッチしたんです。これはぼくが犯行現場の動画を撮ったからこそ、入ってきた情報なんです。もしかしたらこれは、斎木の犯行動機に繋がるかもしれない大スクープですよ」

この動画の価値をアピールしたが、誇張とは思わなかった。斎木が執着していた女性の存在は、本当に犯行動機を明らかにするかもしれない。警察が女性のことを知らないはずはないが、一般に公開することで新しい情報が届く可能性もある。壮弥の行動によって犯行動機がわかれば、果南も感謝してくれるだろう。

駅前のロータリーを回り込み、ビルの間に入っていく。新宿の歌舞伎町《かぶきちょう》や池袋の北口とは違い、猥雑《わいざつ》な気配はさほどなかった。無個性なオフィスビルの間に、店舗が点在している。それでも夜八時過ぎなので、派手なネオンサインが目立った。

目指すビルの前には、客引きの類《たぐい》はいなかった。今は客引きをしてはいけないのだったか。ここに来る途中でも他のキャバクラがあったが、強引に呼び止められたりしなかったのでほっとした。客引きがいたら、堂々とスマートフォンを構えての撮影はできなかった。立ち止まり、スマートフォンを上に向けた。

看板を捉《とら》え、ズームする。ビルの五階には、〈Ｅｌｌｅｙ〉という店名が見えた。スマートフォンでの撮影は、ここまでだ。締《し》め括《くく》りのナレーションをつけた。

「はい、ここがその女の人が勤めているお店です。つまり、女の人はキャバ嬢なんですよ。驚きですね。斎木はどうやら、キャバ嬢に入れ揚げていたようなんです。そのキャバ嬢は、いったいどんな人なんでしょう。潜入取材してみたいと思います」

撮影を終え、スマートフォンやワイヤレスイヤフォンをしまった。代わりにカメラ搭載の眼鏡を取り出し、かける。ツルの部分にある電源ボタンを長押しして、再度撮影をスタートした。なおも逃げ出したい気持ちがあったが、己を叱咤《しった》してビルのエレベーターに乗った。すぐ五階に着き扉が開くと、「いらっしゃいませ」との声が浴びせられた。

「おひとり様でしょうか」

黒服を着た若い男が近づいてきて、尋ねる。こちらを上から下まで品定めするように見られたら居たたまれないと思っていたが、黒服はそんなことはしなかった。壮弥は震えそうな声で、「はい」と応じた。

「ご指名はございますか？」

そう訊かれることは、事前に調べてわかっていた。訊かれなくても、指名をするつもりだった。目指す女性以外とお喋りをしても、意味がない。

「レナさんをお願いします」

沢渡の情報が古くなければ、レナというキャバ嬢が在籍しているのは間違いないのだが、今日出勤しているかどうかが問題だった。事前に電話で確認することも考えたものの、答えてくれるかどうかわからないし、そもそも電話する勇気なんてない。レナがいないなら、三十分ほどで帰るつもりだった。

「レナさんですね。かしこまりました」

だが幸い、黒服はレナが休みとは言わなかった。いるのか。二度手間をかけなくて済んだと、密かに安堵《あんど》する。心臓は未《いま》だ、鼓動が耳に届きそうなほど高鳴っていた。

案内されて、ソファに腰を下ろした。開店早々だから、他の客はまだ少ない。キョロキョロと周囲を見回したいところだったが、そんな動きをすると映像がぶれて見づらくなってしまう。顔を動かすときは、ゆっくりとでなければならないのだ。不自然にならない程度に、首を少しずつ回した。

「いらっしゃいませ」

すぐに、女性がやってきた。つい、慌てて顔を上げてしまう。目の前に立っていたのは、水色のドレスを着た茶髪の女性だった。この人が、レナなのか。壮弥はぎこちなく、「どうも」と挨拶をした。

「お隣、坐っていいですかぁ？」

駄目と言うわけもないのに、そう確認してきた。「どうぞ」と応じると、「失礼しまーす」と鼻にかかった声で言う。そして、手にしていた名刺を差し出した。

「レナです。よろしく。ご指名いただいたみたいですけど、初めての方ですよね」

「う、うん。前に友達が来て、かわいい子がいるって聞いたから」

指名をする理由は、事前に考えてあった。嘘だとばれても、詮索《せんさく》はされないだろうと予想している。果たしてレナは、信じたのかどうかわからないが素直に喜んだ。

「えーっ、そうなんですかぁ？　実物見てがっかりじゃなかったらいいんですけど」

そんなことを言うが、レナは充分かわいい顔立ちだった。丸顔で垂れ目で、癒《い》やし系の顔である。少し狸《たぬき》っぽいが、こういう顔が好みの男は多いだろう。見るからに美人、というタイプでは気圧《けお》されてしまうので、壮弥にとっても好もしかった。

「ぜんぜんがっかりじゃないよ。むしろ想像以上」

自分でも意外なことに、言葉がすらりと出てきた。相手が癒やし系の顔だから臆する気持ちがなくなったのもあるが、なんとなく既視感を覚えるのだ。なぜだろうと考え、キャバ嬢はコスプレイヤーに似ていると気づいた。非日常的なドレスに、濃いメイク。ふだんは絶対にしていないだろう、高く結い上げた髪型。どれも、コスプレイヤーと共通している。そんな目で改めて見てみたら、キャバ嬢は魔法少女みたいだと思った。これで杖《つえ》でも持っていたら完璧だ。

「えーっ、嬉しいっ。お客さん、お上手ですね」

レナは目を大きく見開き、両手を胸の前で握り合わせた。胸の大きさはそこそこだが、谷間は見える。谷間は作れるのだと言った果南の言葉を思い出した。きっとこれも、作った谷間なのだろう。

「もしよろしかったら、お名刺をいただけますか？　もしかして、学生さんですか？」

今後の指名に繋げるためにキャバ嬢は連絡先を知りたがると、ネットで調べて知っていた。もちろんこちらの連絡先など教える気はないが、そもそも名刺は持っていない。

「うん、学生。だから名刺はないんだ」

「そうですか。じゃあ、LINEを交換しません？」

提案され、少し焦った。名刺はないと言えば引き下がると思っていたのだ。こちらから指名しておいて、LINEのIDを交換しないのは不自然だろう。やむを得ず、互いに友達として登録した。LINEは本名でやっていないし、もし面倒なことになったらブロックすればいい。瞬時にそう判断した。

「学生さんなら、何を勉強してるんですか？」

飲み物を頼んでから、レナは会話を繋ぐ。さすがはプロだ。答えながらも、壮弥はレナの顔をなるべく見続けた。眼鏡のカメラが逸《そ》れないようにしているのだ。頷く際も、首は振らない方がいい。

だから気づいたのだが、レナは第一印象ほどには若くなさそうだった。童顔ではあるものの、壮弥と同年代ではない気がする。二十代半ばから後半くらいではないだろうか。もちろんそれでも充分に若いが、年上の女性なのだと認識を改めた。

「大学ではサークルに入ったりしてるんですか？」

レナは話題を広げた。客の仕事や趣味を訊いて、話のとっかかりを見つけるのが基本的なテクニックなのだろう。相手がサラリーマンなら服や時計を誉めるという手もあるようだが、壮弥は誉められる物など身に着けていない。趣味の話は無難だよなと思った。

「特に入ってない。オタクなんだ」

「オタク？　なんのオタクですか？」

「アニメ。最近、コスプレイヤーの友達ができたから、この前はイベントに行ったんだよ。面白かった」

アニメの話をするのは際どいかと危ぶんだが、アニコンではなくコスプレイベントに話題を持っていった。動画を公開するに当たって、少しは視聴者が喜ぶ場面を作っておく必要がある。アニメの話は、しないわけにはいかなかった。

「へーっ、コスプレイヤー。いいなぁ。あたしもコスプレしてみたい」

「この格好がコスプレみたいだよね。まるで魔法少女だよ」

思ったことをそのまま口にすると、レナはコロコロと笑った。

「そんなこと、初めて言われました。お客さん、面白いですね」

大袈裟に反応しているのかもしれないが、演技臭くはなかった。言葉を交わしていてこんなふうに笑ってもらえると、嬉しくなる。なるほど、こういう会話を求めて男はキャバクラに行くのか。少し気持ちがわかり始めた。

「アニメならあたしもちょっと見ますよ」

レナはそう言って、タイトルをいくつか挙げた。どれも、どちらかといえば低年齢の子が見るアニメだ。もっとも、長寿アニメが多いから、自分が子供の頃に見ていたということなのかもしれない。壮弥も子供の頃に見ていたから受け答えはできたが、アニメオタクが見るものとは違った。無理にこちらに合わせてくれているのかなと思った。

「レナさんは、他に本業を持ってるの？」

こちらが質問されるばかりでは、いい動画にならない。タイミングを見計らって、尋ねた。レナは首を振る。

「ううん。キャバだけです。昼職はなかなかいい働き口がないですからね」

「今はそうだよねぇ。ぼくも、就職が心配だよ」

派遣や非正規雇用で働くより、キャバクラ勤めの方がずっと稼ぎはいいだろう。かわいく生まれた女性は、そういう道があるからいいよなと内心で考えた。正規の職に就けず、長く底辺の暮らしをしていると、斎木のようになってしまうのだ。斎木はレナを羨んだだろうか、と想像した。

「ちゃんと大学に行ってる人は、大丈夫なんじゃないですか。あたしなんて、将来がなくて絶望感でいっぱいですよ」

思いがけず、レナは暗いことを言った。癒やし系の顔でよく笑うから、明るい性格なのかと思っていた。人は、一面的な見方では理解できないのだなと、改めて感じる。明るい印象は、営業用の顔なのだろうか。

「絶望感って、すごいこと言うね。お金持ちと結婚すれば、一発逆転じゃん」

斎木のようなアルバイト暮らしの男は、相手にする気がないに違いない。核心は衝《つ》かなくても、じわじわと周辺を攻める質問ができている。自分の意外な才を発見した思いだった。

「そんなお金持ちがいるなら、紹介してくださいよー」

レナは気分を切り替えるように、笑った。しかし先ほどまでとは違い、少し無理をしているると感じられた。

三十分ほど話していたら、レナは呼ばれて他の席に行った。「また戻ってきます」と去り際に言ったが、動画としてはもう充分だった。延長料金は払いたくないので、この辺りで帰ることにする。ただ、もう少しレナと話をしていたかったという気持ちがあるのは否定できなかった。

斎木が通い詰めた理由が、わかった気がした。

8

家に帰って、映像を確認した。キャバクラ店内は暗かったが、撮影対象との距離が近かったから、充分に使える映像が撮れていた。レナの顔かたち、喋り方がよくわかる。間違いなく、これを公開したら大反響を呼ぶはずだった。

とはいえ、いきなりレナの映像を出す気はない。動画の注目度は、いずれ下がると実感しているからだ。実際に人が殺される動画ですら、時間が経てば注目されなくなる。人々の注意を惹き続けたければ、出し惜しみが必要だった。

そのために、駅から店まで歩く動画も撮影したのだ。まず最初にその動画を公開し、数日おく。人々の注目度が充分に高まったところで、レナの映像をアップするつもりだった。それも最初は、レナの顔にモザイクをかけた方がいいかもしれない。少し編集には悩もうと思った。

駅から店までの動画を、タイトルやテロップ、最後の引きの言葉のスーパーなどを入れて仕上げた。ツイッターで事前に、〈東京グランドアリーナ事件についての新情報を入手しました！〉と煽《あお》っておいた。〈えっ、なんですか？〉〈なになに〉などのレスがいくつかつき、いいねは百以上になった。事件から時間が経ち、フォロワー数は徐々に減っていたが、これでまた盛り返すだろうと考えた。

ツイッターでの告知から三日後、最初の動画をユーチューブにアップした。犯行の動画はすぐに削除されてしまったが、今度は大丈夫だろう。再生回数が増えていくのが楽しみで、五分おきに確認してしまった。公開後、数字は尻上がりに伸びていた。

コメント欄には、〈ここで終わり～？〉〈もったいつけんなよー〉といった言葉も並んだが、〈これ、本当にスクープですね〉〈次が楽しみです〉などの肯定的な反応も少なくなかった。ふたたび注目が集まっている。それを実感できて、壮弥は昂揚した。これが、変身の快感だと思った。

動画を公開した次の日だった。昼休みにキャンパス内のコンビニエンスストアに行ったが、果南の姿はなかった。今日は友達とご飯を食べるのかなと考え、自分の食料を確保してから店を出た。すると、横から声をかけられた。

「亀谷くん」

果南だった。どうやら少し授業が早く終わったようだ。壮弥と入れ違いで、先にコンビニを出ていたのだろう。

「ああ、西山さん。今日はコンビニじゃなく、他の店に行ったのかと思ったよ」

「ちょっといい？」

果南は壮弥の言葉には応《こた》えず、硬い表情だった。しかし壮弥はさほど深刻に受け止めず、どうしたのかなと思っただけだった。

「いいよ。また一緒にご飯食べる？」

そう言ってから、果南がコンビニの袋を手にしていないことに気づいた。先に買い物を終えていたのではなく、これからなのか。ならば少し待つか、と考えた。

「私はいい。話だけ」

だが、果南の反応は硬かった。なんかいつもと違うな、とようやく感じ始めた。

「じゃあ、どこか坐ろうか」

ぎこちなく答え、空いているベンチを探した。すぐに見つかり、並んで腰を下ろす。果南は最初から斜めに構えて、顔をこちらに向けていた。果南の態度に圧され、昼食を摂るどころではなかった。

「あのさ、新しい動画公開したでしょ。あれ、何？」

果南の口振りは詰問調だった。あの動画に怒っているのか。だが、どうして果南が怒るのかわからない。果南が喜ぶと思って撮影した動画だったのに。

「何って、東京グランドアリーナ事件の犯人が好きだった女性を突き止めたんだよ。犯人の本当の動機がわかるかもしれないじゃん」

言わなくてもわかるはずなのにおかしいな、と内心で思いつつ説明した。果南は表情を変えないまま、すっと息を吸う。

「何言ってるの？　そんなこと、警察の仕事でしょ」

それを聞き、ああそうかと理解した。ぼくが危険なことをしたから、怒っているのだろう。アニメでもこうしたシーンはよくある。無謀なことをした主人公を、ヒロインが本気で怒るのだ。もちろん、主人公の身を案じてのことだ。果南の怒りは、壮弥を心配するからこそなのだと察した。

「そうだけどさ、広く世間に公開した方が、情報が集まってくるかもしれないじゃん」

危なくなんかなくむしろ楽しかった、とつけ加えたかったが、言えなかった。レナとの会話を楽しんだことは、口が裂けても果南には言えない。

「そのためなら、犯人に好かれていた人はどうなってもいいと思ってるの？」

「えっ？」

一瞬、果南が何を言っているのかわからなかった。果南はぼくを心配しているのではないのか。果南は誰のために怒っているのだろう。

「どこまで公開するつもりだったの？　まさか、その女の人の顔や名前も明かすつもりだった？」

果南は壮弥を責めているのだった。ここに至り、果南の怒りの理由を取り違えていたと悟った。果南はレナのために怒っているのか。しかし、なぜ？　果南が怒る筋合いではないだろうと思った。

「いや、だって、女の人の素性を明かさないと、情報は集まらないだろ」

しどろもどろになって答えた。果南の険しい顔つきは変わらない。

「そんなことしたら、その女の人は生きていけなくなっちゃうよ。世間からバンバン叩かれて、追い詰められて、仕事はできなくなるだろうし家にも住めなくなるかもしれない。そうは思わなかったの？」

「え、そんな大袈裟な。だって、その人が悪いわけじゃないなら叩かれないし、悪いなら叩かれてもしょうがないんじゃない？」

「しょうがないなんてことないでしょ。たとえその人が事件の原因を作ったんだとしても、生きていく権利を奪われていいことにはならないよ」

果南との間には、どうやらかなり認識のずれがあるようだった。ネットで叩かれても、生きていけなくなるわけではない。果南はネットと現実を混同しているのではないだろうか。

「だから、それは大袈裟だって。ネットで叩かれたって、死ぬわけじゃないんだし。ネットなんて熱しやすくて冷めやすいんだから、少し経ったらみんな忘れるよ」

現に壮弥は忘れられかけていたからこそ、次の行動に出たのだ。みんなが壮弥の英雄的行為を忘れずにいてくれたなら、レナを捜したりしなかった。

「忘れないかもしれないでしょ。むしろ、ネットに一度公開したら、永久に残るんだよ。その人は日本のどこに逃げても、誰かに気づかれちゃうかもしれないんだからね」

「もしそうなっても、自業自得じゃない？　その人が事件の原因を作ったんじゃないなら、そこまで追い詰められることはないだろうし」

「私はそうは思わない。その人がぜんぜん悪くなくても、世間は叩いて追い詰めるよ」

果南は眉《まゆ》を顰《ひそ》め、唇を真一文字に結んだ。そして、わずかに詰問調を緩めた。

「亀谷くんはネットの怖さを実感してないのよ。私くらいでも、ネットで露出すると叩かれるんだよ。ブスとか不細工とか、コスプレやめろとか、誰だかわからない人から理由もなく叩かれるんだから。なんのためにそんなこと言うんだろうって不思議だし、そういうことを平気で言っちゃう自分がいやにならないのかなと思うけど、他人にひどい言葉を浴びせられる人は世の中にものすごくたくさんいるのよ。ましてそれが、自分は正義だと信じてたら、歯止めが利かないんだから。私はネット上の負の感情が怖い。人間って、こんなにひどい生き物なんだって悲しくなる。それでもコスプレ続けてるのは、誉めてくれる人がいるからなんだよ。きっと貶《けな》す人より、誉めてくれる人の方が多いはずなんだ。そう信じてるから続けてるけど、でも心に突き刺さるのはひどい言葉なんだよね。百回誉められても、一回貶されたらすごく暗い気分になる。たった一回でもだよ。だから、ひどい言葉が万単位で降りかかってきたら、生きていけないと思う。そんな危険性があることも想像できないなんて、亀谷くんのことが信じられない」

壮弥を責めるというより、悲しい事実を切々と訴えるといった口調だった。それを聞いているうちに、自分がよくなかったと思えてくる。だから詫びようと構えていたら、最後に突き放されてしまった。驚いて、慌てて果南の気持ちを引き留めようとした。

「そうだね、西山さんの言うとおりだ。ぼくが間違ってた。もうあの続きの動画は公開しない」

「うん、そうして」

果南は頷いた。許してもらえたかと胸を撫《な》で下ろしかけたら、そこにまた言葉を浴びせられた。

「前に、世間の人の想像力のなさに犯人は腹を立てたんじゃないかって言ったよね。私、自分の考えは当たってると思う」

果南は壮弥と目を合わせずに、呟くように言った。壮弥は頭の中が真っ白になり、ひと言も言い訳できなかった。呆然とする壮弥を置いて、果南は立ち上がる。そしてそのまま、何も言わずに去っていった。

言葉が心に突き刺さると、果南は言った。それはこういうことか、と壮弥は実感していた。

第五章

1

リンク先の動画は、事件の際に一部始終を撮影していた人が撮ったものだった。どこから情報を得たのか知らないが、犯人である斎木が好きだった女性を見つけたというのである。動画はJR錦糸町駅から始まり、ただ歩いている過程を撮影していた。どこに行くのか見当がつかずに見ていたら、キャバクラの前で止まった。キャバクラの看板を見上げるようにカメラは動いたものの、肝心の店名にはモザイクがかかっている。しかも、動画はそこで終わりだった。潜入取材する、と言っているから、後日第二弾がアップされるのだろう。もったいをつけられ、安達はもどかしさを覚えた。

この情報が本当かどうか、判断する手がかりはない。だが撮影者は、自分が犯行現場の動画を撮ったからこそ情報が入ってきたと言っていた。そういうこともあるかもしれない。以前と違い、今はなんの繋《つな》がりもない人同士がネット上で簡単に接触できる。情報を持つ人が撮影者に話を持ち込んでも、決して不思議ではなかった。

加えて、安達が持つ情報との合致も信憑性《しんぴょう》を高めていた。斎木には好きな女性がいて、金を必要としていた。そのふたつの情報と、恋愛対象者がキャバクラに勤めていると指摘する動画は、矛盾しない。むしろ、パズルのピースが嵌《はま》ったかのように納得できた。この動画は、信じていいのではないだろうか。

そう結論して次の動画を待っていたら、続報どころか動画自体が削除されてしまった。今度は犯行の一部始終の動画とは違い、ユーチューブに削除されたわけではないだろう。個人のプライバシーに踏み入ろうとはしていたが、まだ顔どころか名前も明かしていない。削除されたのではなく、撮影者自身が動画を取り下げたと考えるしかなかった。何があったのだろう。撮影された女性から、抗議されたか。それは大いにあり得るが、安達としては落胆せずにはいられなかった。労せずして斎木の思い人に辿《たど》り着けるかと期待したのに、そううまくはいかなかった。

ならば、自力で捜すしかない。幸い、削除された動画はすでにあちこちで保存されている。この動画を手がかりにすれば、女性が働く店までは辿り着ける。問題はその先だった。

いきなり訪ねていって、斎木の馴染《なじ》みの女性は誰だと訊《き》いたところで、教えてもらえるとは思えない。場合によっては、店を叩《たた》き出される恐れもあった。

しかし一方、ファミリーレストランに行ったときのように、金次第で情報を提供してくれる人が見つかるかもしれなかった。目指す女性と仲が悪いキャバ嬢でもいたら、むしろ積極的に教えてくれる可能性もある。ともかく、店に行ってみないことには道は拓《ひら》けないだろう。

動画を再生しつつ、グーグルマップで道順を確かめた。動画の時間は、ほぼ五分くらいだ。グーグルマップ上にも、キャバクラが表示される。〈Ｅｌｌｅｙ〉という店だった。

そのまま、キャバクラのホームページを開いた。錦糸町の飲み屋には行ったことがないので、この店がどれくらいのグレードなのか見当がつかない。だが少なくとも、ホームページに顔を出している女の子たちは粒ぞろいだった。銀座や六本木《ろっぽんぎ》には劣るとしても、二線級の店とは思えない。もっとも、女の子たちの顔写真は修整が施されているのだろうが。

出かけてくる、と美春に断り、家を出た。美春は心配そうな顔をしたが、引き留めようとはしなかった。パニック障害からの回復を目指すなら、行動するしかない。そのことは、美春もよくわかっているのだった。

東京メトロ半蔵門《はんぞうもん》線を使い、錦糸町駅に着いた。キャバクラの開店時刻は午後八時だったので、決して出遅れてはいない。グーグルマップで道を確認しながら、〈Ｅｌｌｅｙ〉を目指した。動画のとおり、五分で到着した。

この種の店に、まったく足を踏み入れたことがないわけではなかった。だが、好きで通ったりはしていない。付き合いで行ったことがあるだけなので、回数は十回にも満たないだろう。店で働く女性を見下しているのではなく、美春がいればそれで充分だからだった。

経験が少ないので、入店の際は少し緊張した。寄ってきた黒服に、特に指名はないと告げる。店内の内装は革張りのソファや豪華なシャンデリアなど、六本木の店にも負けていなかった。料金が安い分、こちらを好む客もいそうだった。

「いらっしゃいませ。初めましてですよね」

まだ店内が混み合っていないためか、女の子はふたり来た。一対一の方が話しやすいのだがなと思いつつも、拒否はできない。両側に坐《すわ》った女の子たちは、それぞれに名刺を差し出してきた。こちらの名刺も欲しがるので会社のものを出すと、勤め先を見て「すごーい」と声を上げた。型どおりの反応なのだろうが、金離れのよさを期待されたかもしれない。

「お勤め先は大手町なのに、どうして錦糸町に来たんですか。いつも銀座に行くんじゃないんですか」

思いの外、遠慮のない質問をしてきた。せっかく来てくれた客に、どうして来たのかと問うのはタブーではないのか。それでも訊きたくなるほど、大手町勤務の者が来るのは珍しいのかもしれない。答えを用意していなかったので、瞬時に思考を巡らせた。

「銀座の子は少しお高く留《と》まってるから、疲れちゃってね。もう少し気さくな子の方がいいなと思って」

口が軽くなるよう、相手をいい気分にさせる必要があった。そのための返事である。

果たして、女の子たちはふたりとも喜んだ。

「それは正解ですよー。私たち、ぜんぜん気取ってないですよ」

「そうそう。親しみやすさが錦糸町の売りですから」

左右から言葉を浴びせられる。なるほど、そうなのだろう。ふたりとも、変なプライドはなさそうだった。

女の子たちの顔立ちは、まあまあかわいいといったところだった。ホームページに載っていたような、美女然としたタイプではない。しかしそういう子もいるのは銀座でも同じで、接客業は顔よりむしろ頭の回転の早さが大事だと聞いた。この子たちは、頭の回転が早いのだろうか。何も考えずに、ぺらぺら喋《しゃべ》ってくれた方がありがたいのだが。

「今日はお仕事お休みなんですか」

右の子が訊く。平日なのにスーツを着ていないからだろう。ここは正直に話すことにした。

「実はパニック障害になってしまってね。出社できないから、休職中なんだ」

「ええっ、それは大変」

「苦労なさってるんですね」

同情してくれた。己の愚かさのせいだ、とまで明かす気はなかった。

「自分では強いつもりでいたんだけどね。意外と自分のことはわからないようだよ」

「そうですよねー。大企業にお勤めだと、気づかないうちにストレスを抱えてるんじゃないんですか」

「ここのお客さんでも、ストレス発散しないとおかしくなりそうだから来るって人は多いですよ」

意図せず、話がいい方向に向かい始めた。慎重に、言葉を選ぶ。

「それはわかるなぁ。だからぼくも来たんだよ」

「癒《いや》されてってくださーい。私たちが癒してあげますね」

「ビールの次は何にしますか？　違うものにします？」

会話の中にも、きちんと仕事を織り込んでくる。苦笑したくなるのを抑えて、応じた。

「せっかくだから、ボトルを入れようかな。君たちも飲むでしょ？」

「いただきます。ありがとうございます」

ボトルを入れてもまた来るとは限らなかったが、好印象を与えるためだった。金を惜しんでは、口を開いてくれないだろう。

「やっぱりぼくみたいに、心の病気を抱えている客って多いの？」

話を強引に戻した。こんなふうに水を向ければ、斎木のことを知っているなら真っ先に思い浮かべるはずだ。だがふたりとも、特に連想した様子もなかった。

「どうですかねー。お客さんみたいに正直に話す人ばっかりじゃないし」

「むしろ、言わないよね。おかしくなりそう、って言ってる人は、たいてい平気そう」

「そうねー。病んでる人は、あんまりこういうところには来ないんじゃないですかね」

当てが外れた。ふたりとも、とぼけているようではないから、斎木がここの常連だったことは知らないのか。あるいは、斎木が惚《ほ》れていた女の子はここに在籍していても、他の店から移ってきたのかもしれない。斎木が通っていたのは以前の店なら、この子たちが斎木のことを知らなくても不思議はなかった。

「そうなの？　ほら、この前東京グランドアリーナで起きた事件、あの犯人もキャバクラ通いをしてたって噂《うわさ》だけど、知らない？」

やむを得ず、賭《かけ》に出た。具体的に事件のことに言及すれば、なんらかの反応があるだろうと考えたのだ。案の定、女の子たちの顔は強張《こわば》った。

「あっ、あの動画を見て来たんですか。あれ、嘘《うそ》ですからね。犯人はこの店に来たりしてなかったですよ」

「そう、ひどい迷惑ですよ。なんの嫌がらせなんだか」

ふたりとも、声のトーンが落ちた。営業モードではなくなったようだ。距離をおかれたことが、はっきりと感じられる。どうやら賭に負けたようだ。

「嘘なの？　じゃあなんで、あんな動画をアップしたんだろうね」

どうせ警戒されたなら、取り繕っても意味はなかった。開き直って、さらに質問を重ねる。しつこく訊けば、斎木が惚れていた女の子を特定する手がかりが得られるかもしれないと考えた。

「知りませんよ。嫌がらせか、勘違いか」

「あのう、変な好奇心で来たお客さんなら、出ていってもらうことになってるんですけど。ボーイさん呼びますよ」

予想以上に、女の子たちの態度は強硬だった。まさか、追い出すとまで言われるとは思わなかった。これ以上は無理か、と諦《あきら》める。なんの収穫もなく、残念だった。

「そうじゃないんだけど、そんなふうに言われたら楽しくないな。じゃあ、帰るよ。さっきのボトルはなしにしてくれ」

「わかりました。お会計お願いします」

女の子は黒服を呼び、指示をした。金額が出てくる前に、ふたりとも立ち上がって離れていく。これほどまでに冷たくあしらわれるのは、斎木が通っていた事実があるからか、あるいは単に風評被害を恐れているのか。女の子たちの態度は後者のような気がしたが、ふたりとも演技に長《た》けているのかもしれなかった。

ぼったくられることはなく、料金は至って常識的だった。現金で払い、店を後にする。女の子たちは送ってくれなかった。

ビルの外に出て、店を見上げた。あの動画が、店に対する嫌がらせとは思えない。しかし、斎木の思い人がここにいるのだとしても、安達には特定するすべがなかった。素人の限界を感じ、もどかしさが募った。斎木の真意がわかる日など来るのだろうかと、弱気にならずにはいられなかった。

簡単に考えていたわけではないが、探偵の真似事は思ったよりも難しかった。知識も技術も人脈もない者が、いきなり他人の過去を調べようとしてもうまくいくわけがない。相手の口を割らせる技術が自分にあれば、キャバクラで情報を摑《つか》めたのだろうか。あそこに手がかりがあるとわかっているのに、何も得られずにすごすごと帰ってきた己が情けなかった。

2

素人が頼りにできるのは、インターネットだけだった。ネットには、写真に写ったほんのわずかな情報から、場所や人物を特定する人が少なくないという。そうした人たちが力を発揮し、斎木の思い人を見つけ出してくれないかと期待した。勤め先まではわかっているのだから、あと一歩なのだ。ネット民の好奇心を、大いに刺激しているはずだった。

とはいえ、一日じゅうパソコンに向き合っているわけにもいかない。そんなことをしていても、気鬱《きうつ》は晴れない。外に出たくない気持ちはあるが、それに負けてはパニック障害からの回復は望めないだろう。外界を怖がる自分を叱咤《しった》してでも、外に出て調査を続ける必要があった。

斎木の履歴は、断片的にだが暴かれている。斎木がかつて働いていた先は、あのファミリーレストラン以外にも明らかになっているのだ。ネットの情報によれば、それは亀戸のパチンコ店だった。五年前のことである。五年も前ならもう斎木を知る人はいないかもしれないが、自分の足で調査をするために行ってみることにした。

安達はこれまで、パチンコをしたことがなかった。ギャンブルの類《たぐい》には、まったく興味がないのだ。ギャンブルで身を持ち崩す人の気が知れない。自分が理解できない楽しみが世の中に存在するのは想像できるが、想像力はもっと別のことに使いたかった。

そんな安達が訪ねていったからか、パチンコ店の対応はけんもほろろだった。知らない、の一点張りで、ろくに話を聞いてくれない。一応食い下がってはみたが、無駄な努力だった。本当に誰も斎木を知らないのか、あるいは関わり合いになりたくなくて何も言わないのか、どちらともわからなかった。

手詰まり感があった。斎木の母親と荒井に話を聞けただけでも、運がよかったのかもしれない。しかし、その運は早くも尽きたようだ。このまま中途半端に終わってしまい、パニック障害が完治した実感もなく会社に復帰するしかないのかとも考え始めた。

そんなときに、LINEの通知が来た。誰からか見当がつかずに開いてみて、思わず目を瞠《みは》った。送り主は荒井だったのだ。

〈先日はありがとうございました。あのときお願いされていた、斎木さんとたまに話をしていた男性、ご紹介できます〉

そのほんの短い文章を読んだだけで、ぱっと気持ちが明るくなるかのようだった。すぐに落ち込み、ちょっとしたことで気分が上向くのは、パニック障害のせいなのだろうか。八方塞《ふさ》がりの感があったので、なおさら嬉《うれ》しかった。

〈ただ、私のときみたいに、情報料を払ってもらえますか？　それなら安達さんにお会いすると言ってます〉

続く言葉には苦笑した。それは仕方ないだろう。金を使わないことには何も話してもらえないと、安達も肌で感じている。素人が情報を得ようとしたら、結局は金に頼るしかないのだった。

〈ご連絡ありがとうございます。ぜひご紹介ください。情報料のことも承知しました。どこへなりと出向きますので、日時と場所をご指定いただけますか〉

返事を送った。荒井はさほど待たせず、〈では相談して、またご連絡します〉と答える。翌日に再度やり取りし、すぐにも会うことになった。場所は、荒井と待ち合わせたタリーズにした。

荒井は立ち会わないとのことなので、先方がこちらを見分けられるよう、大振りの手帳を持っていった。手帳ケースが革製の、高級感がある品なので、目印になるだろう。約束の時刻の二十分前に着き、テーブルに手帳を置いておいた。前回と同じように、相手が来るまでネットを見て待つ。

荒井が紹介してくれたのは、若い男性だった。斎木とは違い、アルバイトではなく正社員のコックとして働いているという。年齢や待遇に差があっても友情が成立したのだろうかと、安達は反射的に疑問を覚えた。斎木とたまに話をしていた男性、と荒井はLINEで書いていた。その表現は的確で、今から来る正社員は斎木の友人ではないのかもしれなかった。

ほぼ約束の時刻に、三十前後の男が店に入ってきた。明らかに人を捜している様子なので、腰を浮かせて注意を惹《ひ》いた。すると手帳に目を留めたらしく、近寄ってくる。

「安達さんですか」と大きい声で確かめた。

「今岡《いまおか》です。荒井さんに紹介してもらった」

「わざわざありがとうございます。安達です」

名乗ってから、飲み物をどうするかと尋ねた。コーヒー、と今岡が言うので、代わりに買ってくると応じる。今岡は悪びれることなく、「じゃあ、お願いします」と答えた。「Lで」とつけ加える辺り、遠慮がないタイプのようだった。

レジで会計を済ませ、紙コップを載せたトレイを運んだ。トレイをテーブルに置いて腰を下ろし、向かい合う。不躾《ぶしつけ》にならない程度に、今岡を観察した。

コックだけあって不潔感はないが、取り立てておしゃれな印象もない。作業着に見えかねないカーキ色のジャンパーを羽織り、髪は無造作に短くしている。細面だがいい男ではなく、尖《とが》った顎《あご》がむしろ小ずるそうにも見えた。口許《くちもと》に浮かべている微笑が、冷笑っぽいせいかもしれない。

「どうして斎木さんのことを調べているかは、訊かないでおきますよ。なので、まずは情報料いただけますか」

またしても、今岡はまるで悪びれなかった。訊かないでおくと恩着せがましく言うのは、何かを察しているからだろう。情報料というより、口止め料だなと内心で考えつつ、財布を取り出した。

「どうぞ」

小声で言って、一万円札を差し出す。今岡は「どうも」と応じ、にやりと笑った。

「太っ腹ですね。荒井さんに一万、おれにも一万。いや、大変な事件を起こした同級生のことは、気になりますもんねぇ」

よけいなことを言わせないための、金のつもりだった。早くも今岡と顔を突き合わせているのが不快になってきたので、さっさと情報を出して欲しかった。

「斎木について、何かお話しいただけるとか」

「ええ、まあ」

今岡はそう応じたものの、すぐには口を開かず、のんびりとコーヒーを啜《すす》った。こちらを焦《じ》らして楽しんでいるわけでもないだろうが、安達は苛立《いらだ》ちを覚えてしまった。相手のペースに呑《の》まれては駄目だと、自分を戒める。

「おれはコックですが、コーヒーの味にはこだわりがないんですよね。だから、こういう店のコーヒーでも充分に旨《うま》いと思うんですよ」

こちらが望んでいないことはわかっているだろうに、悠々と世間話をする。すぐに口かもしれないのか。あるいは、その逆ではないかとも思えた。

にするのはもったいないほど、いい情報を持っているのか。あるいは、その逆ではないかとも思えた。

「斎木とはどんな付き合いだったんですか」

無駄話を無視して、訊きたいことを尋ねた。今岡は苦笑気味に眉根《まゆね》を寄せると、仕方ないとばかりに答える。

「職場の同僚ですね。向こうはバイト、こちらは正社員のコックですが、同じ厨房《ちゅうぼう》で働いていたからよく顔を合わせていましたよ」

「友達ではなかったわけですね」

「職場の同僚は職場の同僚で、友達ではないですよね。それは相手が斎木さんに限らず、他の人でもそうですよ。もっとも、あんな事件を起こした人のことなら、本当に友達でも友達じゃないって言うでしょうけど」

確かにそうだろう。しかし、この男は斎木の友人ではなかったのだと理解した。友情を感じていた相手を語る口振りではなかった。

「斎木は職場で、どんな人だと思われてましたか」

荒井が話した斎木像とは、また違うのだろうと予想していた。今岡は簡単に答える。

「暗い人でしたねぇ。無口で、自分から何かを言うタイプじゃなかったですよ。他の連中が話で盛り上がっていても、そこに加わってくることもなかったし」

「厨房内で、バイトは斎木だけだったんですか」

前提条件を確認した。他が皆、正社員なら、話の輪にも加わりにくいかもしれないと考えたのだ。

「違いますよ。他にも何人かいます。でも、斎木さんほど年食ってるのはいないですけど」

他のバイトは若い人なのか。ならば、どちらの輪にも加われずに無口にならざるを得ない立場が想像できる。だから、厨房外の荒井とは話がしやすかったのかもしれない。

もうひとつ、気になる点もあった。今岡の口調には、斎木を侮る気配が感じられたのだ。おそらくこれは、気のせいではない。侮られている本人ならば、より強く感じられたことだろう。

「斎木は、浮いてたんですか？」

これを確かめるのは、胸が痛んだ。小学校で苛《いじ》められていた斎木が、四十を過ぎても職場で浮いていたと聞かされるのは辛《つら》い。荒井の話でほっとしたのは、斎木が普通に他者とコミュニケーションを取っていたと知ったからだ。小学生当時のまま何も変わっていなかったのなら、絶望的な人生を想像してしまう。斎木には、生きていて楽しいことがあったのだろうか。

「うーん、浮いていたと言えば浮いていたかもしれないけど、そもそもみんなで仲良くお喋りしてるような職場じゃないですからね。おれたちは他人様《ひとさま》の口に入るものを作っているんで、ぺちゃくちゃ喋ってるわけにはいかないですから」

それはそうだ。少し胸を撫《な》で下ろす。コックたちが厨房でお喋りに花を咲かせているような店は、安達も行きたくない。

「そうですか。では、怒ると急に人格が変わるとか、意外と暴力的な面があったとか、そういうことを感じたことはありますか」

「ああ、それね。当然、訊きたいですよね。でも、そんなことはなかったですよ。ただおとなしくて陰気な人としか思ってなかったんで。とはいえ、あんなことをするとは思いませんでした、なんてことは言いませんよ。人間、何をするかなんてわかんないじゃないですか」

やはり、荒井とは違う意見が出てきた。もっとも、ただの一般論なのかもしれないが。要するに、今岡は誰でも言えるようなことしか言っていないのだ。今岡は斎木と親しくはなかった、だから性格もよく知っているわけではない。そんな人の話を聞いても、得るものがあるのかと疑問に思える。荒井はなぜ、こんな人を紹介したのだろう。

「荒井さんがわざわざ今岡さんを紹介してくれたのは、今岡さんしか知らない話があるからなんですよね」

気を使った物言いをするのも、面倒になった。出し惜しみしているなら、さっさと言えという気持ちだった。

今岡は黙り込んだ。こちらが満足していないと気づき、気分を害したのかもしれない。やがて、いかにも渋々といった体《てい》で口を開いた。

「荒井さんは、斎木さんに女がいたかもしれないって考えてるんですよね。それ、たぶん当たってますよ」

「なぜ、そう思うんですか?」

「斎木さんのスマホに、女からLINEが来ているのを見たからです」

それは有益な情報だ。斎木に思い人がいたこと自体はもう確定と見ていいが、相手の名前がわかるなら前進である。思わず前のめりになった。

「女からLINE。相手の名前は憶《おぼ》えてますか?」

「いや、名前まではちょっと」

だが今岡は、気まずそうな顔をして首を振った。昂揚《こうよう》感が、一気に萎《しぼ》む。その程度では、大した情報とは言えない。今や、斎木が好きだった女の勤め先までわかっているのだ。女からLINEが来ていたというだけでは、特に驚きでもない。馴染み客になら、営業LINEくらい送るだろうからだ。

「じゃあ、今岡さんが知っていることは、それだけですか」

失望のあまり、持って回った言い方はできなかった。これでは一万円の情報料に見合わないぞ、と文句を言いたかった。

3

今岡はむっとしたようだった。しかし言い返す言葉もないのか、腕を組んで椅子の背《せ》凭《もた》れに寄りかかる。自分でも、一万円に値する情報ではないと気づいたのかもしれない。この程度のことを新情報だと思っていたなら、ネットに出ていた動画のことは知らないのだろう。

「安達さんがなんで斎木さんのことを調べるのか、当ててみせましょうか。負い目を感じてるんでしょう？　違いますか」

何を思ったか、今岡は急に話を変えた。斎木が小学生当時苛められていたことは、さんざん報道されている。安達が斎木の小学校時代の同級生であることも、荒井から聞いているのだろう。ならば、こちらの意図を見抜くのは難しくない。勝ち誇ったような今岡の顔が、不快だった。

「だったら、どうだと言うんですか」

開き直って、問い返した。怯《ひる》むところを見せたら、おそらく今岡のような男はつけ上がる。毅然《きぜん》としていなければならなかった。

「負い目を感じるのも当然ですよ。あなたは一流の銀行に勤めている、ばりばりのエリート。一方斎木さんは、まともに就職もできずにバイト暮らしのまま年だけ取った下流中年ですからね。あまりに違いすぎて、申し訳ないとも思うでしょう。でもね、本当は負い目じゃないはずですよ。本音を直視することから逃げてるんだ」

「どういう意味ですか」

言い返しはしたが、今岡の言葉は胸に刺さった。反射的に、今岡は正しいことを言おうとしていると予感したからだ。今岡は腕組みを解き、顔を近づけてくる。

「おれの話をしましょう。おれは斎木さんとは友達じゃなかったですよ。だって、見下してましたからね。就職氷河期だかなんだか知らないけど、あなたのように優秀な人はきちんと一流企業に就職してるんだ。あの世代の人たちって、自分に甘いんですよね。悪いのは全部自分以外だと思ってやがる。うまくいかないことの理由を探すのが、無茶苦茶うまいんですよ」

毒を孕《はら》んだ言葉を、今岡は淡々と口にする。その正直さに、安達は驚かされた。就職氷河期に世に出た人に同情する言辞は耳にしても、こんな剝《む》き出しの本音は聞いたことがない。だから、遮ることもできずに続きを待ってしまった。

「もちろん、運はなかったんでしょう。でも運って、努力もせずに摑めるものじゃないんじゃないですか。安達さんなら、おれなんかよりもっとそういう意識を持ってますでしょ。運がないなら、さらに努力しなきゃいけなかったんだ。大した努力もしないで、時代が悪いだの社会が悪いだの、そんな泣き言言ってるから運が巡ってこないんですよ」

悔しいことに、今岡の主張に反論はできなかった。常日頃、安達が思っていることでもあったからだ。自分が運に恵まれている自覚はあるが、その運を自力で呼び込んだとも思っている。運も実力のうち、という言い回しは本当にそうだと考えていた。

しかしだからといって、自分と他人を比較して考えてはいなかった。運がない人は努力が足りないせいだとは、決して考えていない。そのつもりだった。

「おれもファミレスのコックに過ぎないけど、それでも調理師免許は持ってますよ。この程度で終わらないで、一流レストランで働きたいって夢を持ってますからね。想像つくでしょうけど、調理師免許を取るのは簡単じゃないですよ。努力の結果だ。おれは斎木さんより努力して、斎木さんよりいい待遇を得ているって思ってます」

ファミリーレストランの厨房で正社員として働くのに、調理師免許が必須《ひっす》なのかどうかは知らない。だが、努力したと言う今岡の言葉はそのとおりなのだろうと思った。だから斎木と待遇差があったと言われたら、それも当然と認めるしかなかった。

「そりゃあ、斎木さんを見下すでしょう。努力がまったく実を結ばないほど、そこまでひどい社会じゃないと思いますよ、日本は。死ぬ気でなんとかしようとすれば、なんとかなるはずなんだ。どうにもなってないのは、なんとかしようとしてないからなんですよ。それなのにマスコミとか良識派の人たちが、セーフティーネットがないだの、社会の犠牲者だのって甘やかすから、斎木さんみたいな奴が出てくるんです。社会の犠牲者だったら、人を殺していいんですか？　そんなことないでしょう。あんな人の気持ちなんて、考えてやる必要ないんですよ」

辛辣《しんらつ》だが、引き込まれる力強さがあった。安達は斎木の事件を知ってからこちら、価値観が揺らいでいる。だからこそ、ここまで言い切る今岡に羨《うらや》ましさすら覚えた。今岡ほどの強さがあれば、きっとパニック障害になどならなかったのだ。

「どうです、安達さん？　こんなことを考えてるのって、おれだけですかね。おれはそうは思わないなぁ。みんな言わないだけで、内心で同じこと考えてるんでしょ。他人を見下すのはよくないって理性があるから、本音を隠してるんだ。ねっ。安達さんだって、あの人を見下す気持ちはゼロだって言い切れないんじゃないですか」

ついに、最も聞きたくないことを言われてしまった。斎木の事件を知ったときからずっと、この問いに直面するのを避けていた。それだけは、決して表に出してはいけないと思っていたからだ。心に思い浮かべることすら、してはいけないと考えていたからだ。

「だからね、あなたが抱えているのは本当は負い目じゃないんですよ。自分は他人を見下すような人間じゃない、って思いたいからなんですよ。社会の弱者を理解しようとしている自分、でいたいんでしょ。別に、悪くないと思いますよ。安達さんはいい人なんです。大丈夫ですよ」

何が大丈夫なのか、と訊き返したかった。まるで大丈夫ではない。脳の中で、どくどくと血流が速まっているのを感じる。狭い世界に閉じ籠《こも》っていたい。自分と境遇が違う人のことなど、いっさい想像したくなかった。

「なんか、安達さんが不満そうだから演説してみました。これで、一万円分にはなりますかね」

今岡は勝ち誇ったようにうそぶいた。安達は何も言い返せなかった。

4

その後の今岡とのやり取りは、ぼんやりとしか記憶に残っていない。何か思い出したら連絡すると言うので、メールアドレスを教えたのは憶えていた。だが今岡が先に店を出ていくと、パニック障害の発作に襲われた。心臓が急に高鳴り、どくどくという鼓動が店じゅうに響き渡るかと思えた。眩暈《めまい》で視界が白くなり、目を開いているはずなのに何も見えない。悲鳴を上げてしまいそうで、自分の口を手で押さえた。このままではまずいという考えがかろうじて働き、もう一方の手でバッグを漁《あさ》った。精神安定剤を捜したのだ。見つけ出し、目の前にあるコーヒーで服《の》み下した。コーヒーで薬を服んではいけないのかもしれないが、水を汲《く》んでくる余裕がなかった。その後はテーブルに突っ伏し、声を上げてしまうのを必死にこらえた。

ぽろぽろと涙がこぼれた。悲しいのか、ただの発作なのか、あるいは今岡の言葉に心を強く揺さぶられたからなのか、考えることもできない。それでも、大の大人がひとりで泣いていたら不審な目で見られる、という判断だけはできた。嗚咽《おえつ》を嚙《か》み殺し、涙が止まるまで突っ伏していた。

発作が治まるまで、どれくらいかかったのか判然としなかった。動く気力すらなかったが、ともかく家に帰りたかった。その帰巣本能だけを頼りに、なんとか電車に乗って帰り着く。ひどい顔をしていたのか、出迎えた美春は息を呑んで目を瞠ったが、何があったか説明する余力はなかった。

夕食も摂《と》らず、風呂《ふろ》にも入らず、そのままベッドに逃げ込んで寝た。美春は話しかけたいだろうに、「お休み」以外の言葉はかけてこなかった。部屋が暗くなると、安堵《あんど》の息が漏れた。隣に横たわる美春が泣いているような気がしたが、確かめることもできなかった。

次の日からは、外に出ていけなくなった。外界に対する恐怖があまりに強くなり、玄関に近づくこともできない。パニック障害は治るどころか、悪化してしまった。何もかも、裏目に出る。これまでの人生が運に恵まれていたのだとしたら、もはや運に見放されたのは間違いなかった。

幸い、無気力に陥ったわけではなかった。むしろ、無為の状態が辛かった。そこで、電子書籍を買った。格差社会や、中流から転げ落ちた人々について論じた本だ。ベッドに寝転がったまま、それらの本をひたすら読んだ。こんなことがなんの役に立つのかと思いはしたが、斎木の気持ちを理解するためにできることは他に思いつかなかった。本を読んで勉強するのは、安達にとって最も馴染みのある行為であった。

本で論じられているのは、ちょうど安達が社会人になる時期のことだった。いわゆる、就職氷河期である。しかし本に書かれているのは、安達自身がリアルタイムで経験したことなのに、まるで別世界の出来事に思えた。大学を出るあのタイミングでしくじると、その後はこんな人生を送る羽目になるのか。下流に転落した人が周りにいなかったから、まったく見えていなかった。「見えない貧困」というフレーズが、当を得ていると思った。

一方で、読み進めながらも頭蓋《ずがい》の裏にびっしりとフジツボのようにへばりついているのが、今岡の指摘だった。誰でも皆、下流に落ちた人を見下している、と今岡は言った。今岡の言葉を否定できたなら、どんなに堂々としていられただろう。しかし少なくとも、安達は否定できない。下流に転落するような奴だから大事件を起こすのだ、という結論をどこかでずっと探していた気がした。

苦しい生活をしている人の実例が、本にはいくつも挙がっていた。それぞれに、同情すべき点がある。いくらがんばっても浮上できない社会の壁があるように読める。だがその一方、努力すべきときに努力を怠っていたのではないかとも思えてしまった。例えば、新卒で就職した先を辞めて以降、ずっと正社員になれずにいる人の事例があった。やり直しが利かない社会の現実が語られているが、なぜ最初の就職先を辞めたのかは書かれていない。そこで踏みとどまる努力をしなかった当人の責任は、本の中では問われていない。

下流に落ちた原因を当人に帰するのは、傲慢《ごうまん》な発想なのだろう。そうした良識は、安達にもある。しかし、国民全員が平等でいられる社会などあり得ない。能力に差があるなら、競争は当然必要だ。その結果の差は、否定されなければならないものなのだろうか。

自分は努力をした、と今岡は胸を張った。安達も、努力をしたという自負がある。この自負は、他人を見下す気持ちに繋がっているのか。ならば、競争で勝った者は負けた者に負い目を抱き続けなければならないのか。それもおかしな話に思える。

思わずマーキングをしてしまった一文もあった。「絶望は、人を極端な行動に走らせる」。まさにそのとおりだと頷《うなず》いた。斎木の行為は、絶望の結果だったのだろう。斎木は何に絶望したのかと、ずっと考え続けた。

読書に疲れると、いつもどおりネットを見て回った。期待するのは斎木の思い人が特定されることだが、そう都合よくはいかない。新情報はなく、事件現場で動画を撮った人のツイッターも停止したままだった。無駄を承知でこの人にダイレクトメッセージを送ってみたが、案の定返事はない。知らない人からのダイレクトメッセージは受け取らない設定にしてあるのかもしれなかった。

引き籠り生活を始めて三日目のことだった。パソコンのディスプレイを見ていた安達は、息を呑んだ。そのまま呼吸が止まり、吐き出すこともできない。目を見開いたまま、ディスプレイに表示される文字列に見入った。

いつも見ている、事件の情報をまとめているサイトだった。そこに、〈犯人を小学校時代に苛めた人特定か?〉と書いてあった。ついに、来るべきときが来たか。顔からさーっと血の気が引いていくのがわかる。体からも力が抜け、このまま床に倒れ込んでしまいそうだった。悪夢に追いつかれた、と思った。

いや、まだわからない。なんとか己を奮い立たせようとした。特定などされていないかもしれない。特定されたのだとしても、それは真壁や他の人かもしれない。自分の名前が世に出てしまったと絶望するには、まだ早かった。

リンクをクリックすると、見たことのないブログに飛んだ。事件に言及するサイトやブログはできる限り見て回っているから、おそらく最近作られたものなのだろう。書き込みはいくつかあったが、取りあえず最新のエントリーを読んだ。そして、己の思考に集中した。

エントリーの中で、斎木を苛めていた人物はＡと書かれていた。このＡは、匿名のＡか。それとも、イニシャルか。どちらの可能性もあるが、全文を読んで自分のことだと判断した。フェイスブックから、Ａを捜し出したと書いてあったからだ。

失敗を悟った。斎木が小学校時代に苛められていたと報じられたときに、フェイスブックのページを削除しておくべきだった。少なくとも、非公開にしなければならなかったのだ。自分の履歴を誰でも見られるようにしてあったのは、致命的なミスだった。

すぐにフェイスブックに飛び、設定を変えた。しかし、もう遅いだろうと思う。安達のページはスクリーンショットを撮られているはずだからだ。告発が目的なら、証拠が消えるのをみすみす放置しておくわけがない。

敗北感いっぱいのまま、ブログに戻った。そもそもこのブログの書き手は何者かと、疑問を覚える。予想したとおり開設されたばかりのブログだったから、エントリーはまだ少ない。今度は最初から、すべてのエントリーを読んだ。

ブログの書き手は、事件の被害者の家族だった。身内が事件に巻き込まれ、亡くなったという。犯人に復讐《ふくしゅう》したいが、自殺されてしまった。この気持ちをどう処理すればいいのかと苦しんでいたら、犯人が小学校時代に苛められていたと知った。犯人を苛めた人もまた、事件の加害者である。そう考え、苛めた人を捜している。そのような内容を、整然とした文章で綴《つづ》っていた。

被害者家族か。安達は凪《な》いだ心で受け止めた。被害者の家族が、斎木を苛めた人を憎むのは当然のことだ。安達自身が責任を感じているのだから、逆恨みとは思わない。もし自分が同じ状況に置かれたら、やはり犯人を苛めた人を憎むだろう。できれば、責任を取らせたいと考えるのではないか。安達にも家族がいるからこそ、さほど想像力を巡らせなくても気持ちは理解できた。

しかし、と思う。しかし、咎《とが》を安達だけが負うのであればいい。現実には、そうはいかない。累は安達の家族にも及んでしまう。世間の正義感に溢れた人々は、家族の名も暴き立てて曝《さら》すだろう。安達は職を失い、家族は人目を避けて生きなければならなくなる。絶望的な未来が、すぐそこに控えていた。

わずかな救いは、ブログの書き手が安達をAとしか書いていないことだった。出し惜しみをしているのか、あるいはまだ確たる証拠がないからか。フェイスブックで安達が斎木の同級生だと知っただけでは、いじめの加害者と断定はできない。もしかしたら、その段階でとどまっている可能性もあった。ならばまだ、打つ手があるかもしれない。

ディスプレイをじっと見つめたまま、考えた。いや、考えは一瞬のうちにまとまっていた。決意を固めるのに、わずかな時間を要したのである。結論は、ひとつしかない。

その結論を、悲しみとともに受け入れた。

5

自室を出て、一階に下りた。美春はリビングで、タブレット端末を操作していた。安達が下りてきたことに気づき、顔を上げる。わずかに微笑んで、話しかけてきた。

「お茶にする？」

「ああ、そうだね」

美春はこの三日間、安達が何にショックを受けたか訊こうとしなかった。あえて何も起きていないかのように振る舞っている。そうすることが安達にとって最もいいと、わかっているのだ。その配慮には、心から感謝していた。その分、美春も辛いだろうことは想像がついていたが。

美春はコーヒーを淹《い》れ、お茶請けのチョコレートを冷蔵庫から出した。礼を言ってマグカップを受け取り、ひと口啜る。そして、美春が使っていたタブレット端末を指差した。

「あのさ、今から言うブログを見て欲しいんだけど」

口で説明するより、まず問題のブログを読んでもらった方が早い。美春は少し戸惑ったようだが、理由は訊かずにタブレット端末を起動した。一瞬、美春が見ていたサイトが目に入る。美春はパニック障害について説明するサイトを読んでいたのだった。ずっと心配をかけどおしでいることを、心苦しく思う。

ブログのタイトルを検索してもらった。美春は表示されたページを見て眉を顰《ひそ》めたが、そのまま読み始めた。五分ほど、美春が読み終わるのを待つ。美春は頷いて、タブレット端末を置いた。

「このAが、周くんとは限らない」

いきなり言った。おそらく、安達が言おうとしていることはすでに察しているのだろう。それでも、言葉を重ねなければならなかった。

「フェイスブックでAを見つけたと書いてある。間違いなく、おれのことだろう」

「だとしても、まだ名前を出してないのは周くんが苛めた人と確信が持てていないからかもしれないよ。早まったことを考えちゃ駄目」

やはり、安達の決意を美春は見抜いている。打てば響く相手は話していて楽なはずだが、こう先回りされては苦笑するしかなかった。

「名前が出てからでは遅すぎる。今なら、まだ間に合う」

「いやだ。絶対いや」

美春は断固として言い切った。しかし、いやで済む話ではない。安達と美春だけの問題ならそれでもいいが、娘ふたりの将来にも関わるのだ。

「子供たちはどうするんだ。子供たちには、辛い思いをさせたくない」

「両親が離婚したって、子供たちは辛いよ」

安達より先に、美春が「離婚」という言葉を口にした。安達が考えたのは、自分の名前がネットに出る前に離婚することだった。離婚していれば、美春や娘たちの名前までは知られずに済むだろう。それしか手はないと思っていた。

しかし、美春の言葉ももっともだった。反論ができず、安達は黙り込む。美春は身を乗り出した。

「かもしれない、ってレベルの話に怯《おび》えるなんて、ススキを見て幽霊だって怖がる人と同じだよ。この程度のブログのために離婚するなんて、ぜんぜんあり得ない。もう少し、対応策を考えようよ」

「対応策。例えば？」

安達も考えたつもりだった。だが、結論にすぐ飛びついたことは否めない。他の対応策などあるだろうか。

「例えば、そうね、このブログの書き手を捜すとか。もし向こうが名前を出してきたら、直接交渉できるように」

「ブログの書き手を」

それはまったく思いつかなかった。確かに、雲を摑むような話ではない。事件で死亡した人は、八人だった。何十人も殺されたわけではないから、見つけ出すのは不可能ではないかもしれなかった。

「そうか、なるほど」

思わず、腕を組んで唸《うな》った。美春の頭のよさは理解していたが、改めて感心する。衝撃のあまり安達は思考停止していたのかもしれないから、美春の知恵こそ頼りにすべきだった。

「ねっ。離婚なんてしなくたって、解決手段は必ず見つかるよ。指摘するけど、周くんはいつもの周くんじゃないよ。こんなこと、いつもの周くんなら簡単に思いついてるはずだもん。いろいろあって、極論に走りがちになってることを自覚した方がいい」

論されてしまった。おそらく、そのとおりなのだろう。やはり、美春には頭が上がらない。美春の方が、自分よりずっと頭がいいと思う。

「わかった。じゃあ、当面の目的はブログの書き手捜しにする。そのためにも、外に出ないとだな。外に出られるよう、がんばるよ」

「無理はしないで。素人ができることには限界があるんだから、場合によっては探偵事務所を使えばいいし」

「探偵事務所か」

素人の限界は、安達自身が強く感じていた。結局、金を使わないといけないことも実感している。ならば、探偵事務所を使うのも手だろう。またしても、美春に知恵を授けられた。

「そうだな。何もかも、美春の言うとおりだ」

「でしょう。なんでも相談してよ」

美春はおどけた調子で、胸を張る。もちろん、こちらに負担をかけさせないためにだ。追い詰められたときには、できた妻のありがたみが身に沁《し》みる。これまでの半生が運に恵まれていたのだとしたら、美春と結婚したことが最大の幸運だった。

このまま、今岡に指摘されたことを話してしまいたかった。だが、まだもう少し時間がかかる。口に出すのも怖いからだ。今岡に賛同する気持ちと、それを醜いと感じる自分が、未《いま》だにせめぎ合っていた。

しばらくコーヒーを飲みながら、雑談をした。どうということのない会話が、今は貴重に思える。前にこんなふうに美春とお喋りをしたのは、いつだっただろう。生活が一変してしまい、遥《はる》か昔のことに思えた。

下の娘を幼稚園に迎えに行くこともできないから、現状は美春に生活のすべてを面倒見てもらっている状態である。さすがに気が引けたので、今夜の夕食を作ることにした。たまにしか料理はしないが、やればそこそこうまい。子供たちもおいしいと言って食べてくれるから、自信がないわけではなかった。

子供たちが喜ぶハンバーグを作ることにして、美春に迎えと買い物を頼んだ。子供とともに帰ってきた美春から材料を受け取り、調理に取りかかる。手伝おうかと美春に言われたが、全部自分ひとりでやることにした。キッチンに立っている間は、よけいなことを考えずに済んだ。もっと前から、こうしておくべきだったと思った。

その夜は久しぶりに明るい気分でベッドに入り、そして翌日、またブログを見た。新しいエントリーがアップされていて、その中身に愕然《がくぜん》とする。今度は、写真がアップされていたのだ。夜道を歩く男を、背後から撮影した写真である。この人物がAだと、ブログには書かれていた。

写真の人物は、安達だった。夜道の写真ではあるが、鮮明に写っている。最近のスマートフォンは光量が少ない夜間でも、綺麗《きれい》に撮れる。そうしたナイトモードを使っているから、被写体が着ている服も見分けられた。間違いなく、自分が持っている服だった。

尾行されていたのだ。そのことに、底知れぬ恐怖を覚えた。ブログの書き手は単にフェイスブックで安達の名を割り出しただけでなく、動いている安達本人を捕捉《ほそく》していた。より恐ろしいのは、周辺の風景がこの付近のものだということだ。つまりブログの書き手は、この家の場所も突き止めているのだろう。尾行されているとは夢にも思わず、自分を尾《つ》ける者を自宅まで案内してしまったのだ。あらゆる意味で、安達は無警戒すぎた。

叫び出したくなるほどの後悔の念に襲われた。自分の思慮不足が、腹立たしくてならなかった。個人情報を守るのが困難になった世界を、安達は生きているのだ。その自覚が、あまりに足らなかった。考えが足りないせいで、家族を危険に曝している。悔いても悔やみきれない失態だった。

恐怖に衝《つ》き動かされ、立ち上がった。レースのカーテンをわずかに捲《めく》り、窓の外を見る。今も誰かが、この家を見張っているのではないかと恐れたのだ。幸い、誰もいなかった。しかし、何者かが見ているという感覚は意識の底にべったりと貼りついた。この感覚は、むしろ忘れるべきではなかった。

ブログの書き手を見つけるのは、急務だ。もはや、素人の手に負えることではない。美春が言うとおり、探偵事務所を使うべきであろう。斎木の真意を探っている場合ではなく、自衛のために動くべきときだった。

6

これまでの人生で、探偵事務所を使わなければならなくなる局面などなかった。だから、相場もシステムもいっさいわからない。まずはネットで、探偵事務所を検索した。トップに出てきたのは大手のようで、ホームページの作りはしっかりしている。初めての依頼でも戸惑わないよう、説明も丁寧だったので、じっくり読み込んだ。

最初は匿名で電話相談もできるとのことなので、安心した。そもそも、安達が抱えている困難に対応できるのかどうか、それを確認しなければならない。そしておおよその料金を見て、唸ってしまった。決して手軽な価格ではなかったからだ。

当たり前と言えば、当たり前の話である。一万円や二万円で、しっかりした調査を期待できるわけがない。しかし問題は、調査が一件では済まないことだ。最多で、死亡した被害者の家族全部を調べてもらわなければならない。その場合の金額は、とうてい払えないと手を上げるしかない数字になりそうだった。いくら危険が迫っているかもしれないからといって、貯金をすべて吐き出すレベルの出費にはためらいを覚える。そうまでしてブログの書き手を特定したとしても、安達の名が出てしまうことを防げないかもしれないのだ。とても現実的とは言えなかった。

ならば、どうすればいいのか。ひとりで考えても、美春に「極論」と言われた結論にしか至らない。今は自分が冷静な判断力を欠いている自覚があるので、また美春に相談した。だが今回は、さすがの美春もたちどころに名案を捻《ひね》り出すというわけにはいかなかった。ふたりであれこれ検討したが、解決策は見つからなかった。

話し合いの途中で、何度か窓の外を見た。自分が神経質になっているのがわかる。しかし、心配しすぎとは思わなかった。相手は間違いなく、この家を特定している。こうなったらむしろ、姿を見せてくれた方がありがたい。見えない相手だからこそ、怖いのだ。現実の人間として目の前に現れてくれたなら、話し合いができる。早く監視に来てくれ、と願った。

午後三時過ぎのことだ。二階の自室にいるときに、また窓の外を見た。すると、路上に立っていた人と目が合った気がした。相手はすぐに目を逸《そ》らしたが、明らかに二階を見上げていたと思う。ブログの書き手か、と考えた。

ブログの文章の調子から、書き手は男だと想像していた。だが家を見上げていたのは、中年の女性だった。ブログの書き手ではないのだろうか。ブログに載った写真を見た人が、背景の街並みからこの付近であることに気づき、興味本位で見に来たのかもしれない。だとしても、このまま見逃す気はなかった。目に見える相手が、こちらの視界に現れたのである。相手が何者か、確かめずにはいられなかった。

部屋を飛び出し階段を駆け下りているときには、相手を摑まえて問い質《ただ》そうと思っていた。しかし、それは良策ではないと気づく。白を切られたら、そこまでだからだ。相手の素性を知るためには、声をかけずに尾行した方がいい。相手の住まいを特定できれば、条件は五分だ。こちらだけが不利な状況は、早く解消しなければならなかった。

玄関のドアスコープから、外を覗《のぞ》いた。だが視野が狭く、女性が立っていた場所までは見えない。回り込んで、リビングルームの窓から外を窺《うかが》った。するとすでに、女性の姿は消えていた。

こちらが気づいたことを悟ったのだ。慌てて玄関に戻り、靴を履いた。外に出る際には、もう恐怖を感じなかった。門扉の内側から、道の左右に目を走らせる。駅に向かう方向に、歩く女性の後ろ姿があった。あれが、先ほどの女性だろうか。一瞬のことだったから、服装までは記憶していない。慌てないでじっくり観察すべきだったと反省したが、もう遅かった。ともかく、今はあの女性を追うしかない。門扉を出て、女性から距離をとって歩き出した。

後ろ姿から察せられる女性の体型は、細いとは言えなかった。背中に肉がついている。そんな体型から、四十代から五十代くらいではないかと見当をつけた。髪は肩にかかるくらいの長さ、服装は黄色いカーディガンに深緑のスカートと、取り立てて特徴はない。急ぐ様子もなく、後ろを振り返りもしなかった。監視に気づかれて逃げているのだとしたら、ずいぶん悠長な歩き方だった。

たまたま監視を打ち切り、帰るところだったのかもしれない。ならば幸運だ。このまま自宅まで安達を案内してくれるだろうからだ。まだ自分にも運が残っているのか、と考えた。

駅が近づいてくると、女性は少し早足になった。電車に乗る時刻が迫っているのだろうか。合わせて安達も足を速めたが、追いつかない程度にとどめた。改札口が見えてきたら、距離を縮めるつもりだった。

ところが、女性は駅には向かわなかった。後ろを振り返ると、いきなり走り出して駅の手前の建物に飛び込む。やられた、と悟った。女性が飛び込んだのは、交番だったのだ。

やはり、安達が追っていることに気づいていたのだ。男に跡を尾けられている、と交番で訴えれば、警察官はこちらを捕まえようとするだろう。そうなったら、どう説明すればいいのか。説明してわかってもらえるとしても、かなり足止めされるのは間違いない。その間に女性は、悠々と逃げるだろう。ならば、足止めを食うのは時間の無駄だ。今はこの場を立ち去るべき、と判断した。

警察官が交番から出てくる前に、脇の小道に入った。そのまま走り出し、またすぐに道を折れる。誰も追いかけてきていないと確信できるまで、走り続けた。追われることがこんなに怖いとは、この年《とし》まで知らなかった。警察官から逃げる自分が反社会的存在になったように感じられ、惨めでならなかった。

遠回りして家に帰り着き、美春に顚末《てんまつ》を話した。そこで気力が尽きてしまい、ベッドに倒れ込む。今度は発作に襲われる恐怖と闘った。ゆっくりと息を吸い、吐く。そうして気持ちを落ち着けつつ、ぼんやりと天井を見上げた。

相手は安達を心底憎んでいるのだろう。あえて想像しようとせずとも、それくらいはわかった。憎んでいて復讐したいなら、名前をネット上に曝さずには済ますまい。まだ名前を出さないのは、確信がないからではないと理解した。安達を嬲《なぶ》っているのだ。徐々に締め上げ、恐怖する時間を長引かせようとしているのである。相手の怒りの深さを思い知った。

ネットに名前を曝されたらどうなるか、想定してみた。もちろん、火消しなど不可能だろう。囂々《ごうごう》たる非難を浴び、安達は銀行内での未来を失う。退職を勧告されることはないだろうが、出世コースを外れることは当然として、閑職に追いやられるかもしれない。周囲の者たちの、安達を見る目が変わるだろうことが辛かった。

美春の親戚《しんせき》たちからも、疎まれるに違いない。美春に離婚を勧める人もいるのではないか。独身時代からの美春の友人は離れていかないにしても、ママ友は近寄らなくなるだろう。陰で悪評を立てられることは、容易に想像できる。近所付き合いも、難しくなるかもしれなかった。

そして、娘たちだ。下の子はまだ幼稚園だから、仲間外れにされる危険性は少ないかもしれない。しかし、それも楽観的すぎるか。子供は親の言うことを真に受ける。安達さんのパパは悪い人だと親が言えば、娘も苛められる可能性があった。上の子は小学生だから、なおさらだ。自分のせいで娘たちが苛められるのは、何よりも耐えがたかった。

こんなことになって、ようやく気づくこともある。想像の及ぶ範囲は、なんと狭いのだろう。同じ立場になって初めて、理解するのだ。世間に悪いことで名前を知られてしまう恐怖は、とてつもなく大きかった。考えればわかるはずのことなのに、何も考えなかった。すでにして安達は、罪を犯していたのだった。

斎木の思い人のことである。キャバクラに勤めていた女性が、斎木とどのように付き合っていたかはわからない。女性との付き合いが斎木を自暴自棄にさせたのかもしれないが、そうではない可能性も大いにある。にもかかわらず女性を捜してキャバクラに行ったのは、相手のことを何も考えていない行動だった。あんな動画が出てしまえば、怖くなって逃げるのも当然だ。女性はもうあの店は辞めているのかもしれないし、店員や同僚のキャバ嬢が庇《かば》うのは人として立派である。安達を追い出したキャバ嬢たちは、正しい行いをした。自分こそが悪人だった。

四十年以上に亘《わた》る人生で、気づかないうちにどれだけ他人を傷つけていたのだろう。それを考えると、恐ろしさのあまり身が竦《すく》む。今の状況は、他人の痛みを顧みずに生きてきたことの代償なのか。ならばせめて、自分だけでそれを引き受けたかった。罪がない家族には、これからも笑って生きられる人生を送って欲しかった。

斎木の絶望を思う。まだ、想像が及ばない。おれの絶望が足りないからか。他人の痛みがわかる人間になりたいと、心底望んだ。

第六章

1

ご飯時でもないのに、昼の三時頃のファミリーレストランは意外と混み合う。年寄りや専業主婦のお喋《しゃべ》りの場かと思いきや、サラリーマン風の男や学生くらいの年格好の若い人、あるいは職業の見当がつかない風体の中年男など、いろいろな人がいる。自分はおそらく、暇を持て余した中年女に見えるのだろうなと江成厚子《えなりあつこ》は思った。

しかしもしかしたら、注意深い人なら厚子の目の色に普通でないものを見て取ったかもしれない。鏡を見て感じたわけではないが、目に切羽詰まった気配が滲《にじ》んでいるのではないかと思う。とはいえ、外見に人目を惹《ひ》きつける要素のない厚子の目を覗《のぞ》き込むような人はいない。誰も厚子のことを気にかけていないから、いつもひとりでぽつんと坐《すわ》っていても妙には思われない。その証拠に、連日このファミリーレストランにやってきても、店員は警戒する素振りを見せない。誰からも注目されない自分は、透明人間のようなものだと思う。

長らく透明人間でいたから、厚子は姿を現す勇気がなかった。一度店員に話しかけてしまえば、透明でなくなる。意識され、もう二度とここには来られないかもしれない。いや、それくらいなら、まだいい。もし万が一にも、「いい人だった」なんて話を聞いてしまったらどうすればいいのか。百パーセント真っ白な心を持った人間がいないように、百パーセント悪に染まった人間もいないのだろう。どんな凶悪犯罪を犯した人でも、いいところがあったに違いない。だが、そんな話が聞きたいわけではないのだ。犯人のいいところなど、知りたくない。よけいに葛藤《かっとう》が深まるだけだと、わかっていた。

ではどんな話が聞きたいのかと自分に問うてみても、答えが見つからなかった。不幸な人生を歩んでいたと判明すればいいのか。ひどい人格だったと証言して欲しいのか。どちらであっても、心が痛みを覚えそうだった。何を聞いても辛《つら》いのは予想がつくのに、知りたい気持ちを抑えられない。自分が何をしたいのか、厚子はよくわからずにいた。

いつかいいことがあると信じて、日々を過ごしてきた人生だった。自分だけが恵まれていないわけではないと、ずっと己に言い聞かせてきた。だがそれは、ただのごまかしでしかなかったと結論が出た。自分を騙《だま》しながらでないと生きてこられなかったのに、その努力が空《むな》しかったと知った衝撃。我慢し続けても、いいことなんか起きなかった。むしろ、もっとひどい運命が待ちかまえていた。将来、娘が焼き殺されるなんて、誰が想像するだろう。どんなに悲観的な人であっても、そんな未来だけは予想できないのではないか。真っ黒になった娘の姿を思い出すと、厚子は簡単に半狂乱になる。見ただけでは娘とわからない燃えかすのような姿、そして焼きすぎた肉の臭《にお》い。鼻の奥にこびりついてしまった悪臭が、厚子を最悪の悪夢の中へと搦《から》め捕《と》る。夜は寝られなくなったし、食欲はなくなった。何度ダイエットに挑戦してもいっこうに減らなかった体重が、あっという間に落ちた。もちろんそれを喜ぶ気にはなれず、鏡で自分の顔を見て幽鬼《ゆうき》のようだと思っても特に何も感じない。悲しみ以外の感情が、心の中から消え果ててしまったかのようであった。

辛いのは、恨みをぶつける先がないことだった。犯人は自ら命を絶った。厚子の怒りと憎しみを引き受けなければならないはずの犯人は、もうどこにもいない。こんな理不尽なことがあるだろうか。自殺するくらいなら、厚子に殺されて欲しかった。司法に裁かれて死刑になるのではなく、厚子が手に持った包丁で何度も貫かれて欲しかった。それなのに犯人は、あっさりと逃げていった。警察も裁判所も、恨みを抱く遺族も、もう犯人には追いつけない。それが、悔しくてならなかった。

外部に放出できない負の感情は、体の内側で発酵し、饐《す》えた臭いを放ち始める。自分の心が腐っていくのを、厚子は感じ取っている。外部から無理矢理注入された毒素が、心と体を蝕《むしば》んでいた。だから厚子は、意味もなくここにやってきた。何がしたいのかもわからず、心の腐臭から逃げたい一心だった。それなのに、していることといえばドリンクバーを頼んで三時間余りずっと席に坐っているだけだった。店員に話しかける勇気も、奇声を発して暴れる度胸もない。ただ、見えない壁に取り囲まれ、じりじりと押し潰《つぶ》されそうに感じている。逃げることも、叫ぶことも、人を憎むこともできない。八方塞《ふさ》がりという言葉を、本当の意味でリアルに感じている。

このファミリーレストランは、犯人である斎木均が最後に勤めていた場所だった。顔を出さず声を変えた店員が、斎木のことをテレビで語っていた。「こんなことをする人だとは思いませんでした。真面目に働いてましたけど、暗い人でした」。店員は、そのような意味のことを言っていた。誰でも言えそうな、遺族にとっては慰めにもならず納得にも繋《つな》がらない言葉。それでも、テレビの前では言えないことがあるのではないか。別の店員なら、何か意味のあることを言ってくれるのではないか。なぜ仁美《ひとみ》が死ななければならなかったのか、その理由を教えてくれるのではないか。そんな淡い期待を抱いて、ここに来てしまう。八方塞がりの世界で、唯一外界に繋がっていると思えるのがここだった。実際は繋がってなどいないのに。

ファミリーレストランの場所を調べてくれたのは、長男の隆章《たかあき》だった。調べたといっても、難しいことではなかったらしい。インターネットには、あっさりここの場所が書いてあったそうだ。新聞には載っていない、テレビニュースでも報じられない情報が、ネットには書いてある。自分の知らないところで、世界が大きく広がっていたのだと厚子は実感した。それまでは従来型の携帯電話しか持っていなかったが、隆章に勧められるままにスマートフォンに買い替えた。以来、ネットで斎木のことばかり調べている。

何も感じなくなったはずの心がただ一度動いたのは、斎木の半生を知ったときだった。

テレビは点《つ》けなくなっていたから、その情報もネットで知った。ネットによると、斎木は子供の頃に苛《いじ》められて、学校に行けなくなったらしい。それをきっかけに道を外れ、まともな就職ができず、社会から落伍《らくご》した人生を送っていたという。挙げ句、あの凶行に及んだのだ。ならば、斎木を苛めた連中にも責任があるのではないか。ごく自然に、厚子はそう考えた。

斎木が死んでしまった今、責任を取るべきはそいつらだ。厚子の恨みを、いじめの加害者は受け止めるべきである。そうした結論に至ったものの、しかしいじめの加害者がどこにいるのか、現在何をしているのか、まるでわからなかった。頼みの綱であるネットにも、さすがに昔の話過ぎて情報が出てこないのだ。顔が見えない相手は、いないも同然である。だから厚子の恨みは、依然として宙に浮いている。負の感情が心をじくじくと腐らせていくのを、ただ放置しておくしかないのだった。

コーヒーはあまり好きではない。かといって、特に紅茶が好きなわけでもない。ドリンクバーではいつも、消去法でハーブティーを飲んでいた。ハーブティーの味が好きなのかどうか、よくわからない。ただ、目新しい気はする。たったそれだけの理由で、厚子はハーブティーを飲み続けていた。毎日のようにやってきては、何をするでもなくただハーブティーを飲んで帰っていくのだから、ハーブティーおばさんという渾名《あだな》をつけられてもおかしくない。しかし、透明人間のことなど誰も気にかけていないだろう。心には真っ黒な恨みが溜《た》まっているのに、誰の目にも透明にしか映らない。そのことを、厚子自身が不気味に感じた。

ファミリーレストランのドリンクバーには、ハーブティーのティーバッグが何種類も置いてある。そのすべてを飲み、味を把握した。仁美が焼き殺されてから新たに得たものは、ハーブに関する知識だけだ。私はいったい、何をやっているのだろうと思う。何をやればいいのだろう。どうすれば、この悲しみは癒《い》えるのだろう。悲しみが癒えることなど、あるのだろうか。そもそも、悲しみを癒《いや》したいと思っているのか。自分が物事を深く考えられないのか、考えたくないのか、考える能力を失ってしまったのか、すべてが暴風のような混沌《こんとん》の中に呑《の》み込まれてよくわからない。できるのはただ、ファミリーレストランに来てハーブティーを飲むことだけだ。我が子を焼き殺されるという悲劇と、日常の現実との落差に戸惑う。どうやって生きていけばいいのかもわからなかった。

レジの前で、店長に会いたいと言っている人がいた。何かの営業だろうか。あるいは、マスコミの取材か。マスコミならば、新しい情報が聞けるかもしれない。そんな期待を抱いて、耳をそばだてる。メニューを持ってレジカウンターの横に立っている店員は、三十過ぎくらいの女性だった。その店員に、四十絡みの男性が話しかけている。服装は休日のサラリーマンといった雰囲気で、マスコミの人には見えない。営業マンのようでもなかった。

「ご迷惑をおかけするつもりはありませんが、こちらに勤めていた斎木均という人の話を伺わせていただきたいのです」

男の言葉が、不意に音量を大きくしたように耳に飛び込んできた。ティーカップを持っていた手が、わずかに震えた。

2

厚子の席は、レジのすぐそばだった。ひとりだと、たいていそこに案内されるのだ。だから、やり取りがよく聞こえた。斎木均という名前だけでも意識を摑《つか》まれたが、訪問者が名乗るとそれも記憶を掻《か》き乱した。訪問者の名には、憶《おぼ》えがあったのだ。

斎木を小学校時代に苛めた人を捜そうとしたとき、隆章が手伝ってくれた。フェイスブックで、年齢と出身小学校が斎木と一致する人をリストアップしてくれたのだ。隆章が拾い出した名前は、五人分だった。それが多いのか少ないのか、厚子には見当がつかない。単に同じ小学校で同学年だったというだけで、同じクラスだったかどうかはわからない。まして、斎木を苛めていたかどうかは、検索では判明しなかった。

その五人の中に、安達という名前があった。訪問客は、アダチと名乗ったのだった。斎木に関する話を聞きに来たアダチなら、フェイスブックで見つけた安達に違いない。思いがけない幸運に、厚子の心臓が鼓動を速めた。まるで、初恋の人に会ったかのような胸の高鳴りだった。いや、それ以上の興奮かもしれない。氷のように固まっていた厚子の心は今、突然温度を上げ始めたのだった。

レジ前に立っていた店員は、用件を聞いてから奥へと消えた。安達と名乗った男は、順番待ちの客のための席にも坐らず、立ったまま待っている。すぐに、店員は戻ってきた。

「申し訳ありません。そういったご用件ですと応じられないとのことです」

女性店員は、にべもなく拒絶した。マスコミならばまだしも、一般人らしい男に対応する必要は感じないのだろう。安達はいったい、なんのためにここに来たのか。単に、子供の頃に知っていた人が大事件を起こしたことに興味を抱いたのか。あるいはもっと、切実な理由があるのか。

そこをなんとか、と安達は食い下がっているが、女性店員は眉尻《まゆじり》を下げて、「無理だと思いますよ」と答える。そして、少し周りを見回してから、安達に顔を近づけて小声で言った。

「あたしでよければ、お話ししましょうか」

「えっ、そうですか。それはぜひ」

安達はその申し出を、迷うことなく受けた。女性店員は何を考えてそんな提案をしたのかと訝《いぶか》しんでいたら、続く言葉で理由がわかった。

「でも、取材費ってことで少し出してもらえないですかね」

「取材費？　いくらくらいですか」

安達は警戒したように訊《き》き返す。女性店員は悪びれずに応じた。

「一万円でどうですか」

「はあ、けっこうです。場所はどうしますか」

「五時に仕事が終わるので、平井駅南口にあるタリーズで待っててくれませんか」

「タリーズですね。わかりました」

声を潜めたやり取りではあったが、意識を集中させていたのでなんとか聞き取れた。私はこのときのために、ファミリーレストランに通い詰めていたのかもしれない。そんな運命的なものを感じながら、厚子はさりげなくティーカップを口許《くちもと》に運んだ。手はまだ震えている。内心の興奮が抑えられないのだった。

どうするべきか、頭を働かせた。もちろん、安達が女性店員から何を聞き出そうとしているのか、知りたい。そのためには、今のようにやり取りを盗み聞きしなければならない。五時に駅前のタリーズとわかっているのだから、厚子もその頃に行けばいいかといったんは考えた。だが、安達たちの会話が聞こえなければ意味がないのである。席が安達たちに近くなければならない。ならば、安達よりも先にタリーズに行っては駄目なのだ。逆に、遅すぎてもいけない。安達の後を追うべきだと結論した。

慌てて財布を取り出し、伝票に書いてある代金ちょうどの硬貨を揃《そろ》えた。それを手にして立ち上がり、レジ前に置いて店を飛び出す。駅に向かう道の先に、安達の後ろ姿が見えた。安堵《あんど》の息をついて、少し小走りになって後に続いた。

他人を尾行するのなど、生まれて初めてだ。だからどれくらいの距離を保つのが適正か見当がつかないが、幸い安達が尾行を警戒する素振りはなかった。誰かに跡を尾《つ》けられるとは、夢にも思っていないのだろう。最初のうちはかなり間を空けていたが、そのうち足を速めて距離を詰めた。安達は急いでいなかったから、厚子の脚でも追いつけた。

五時までには、まだ一時間以上もある。安達はどうやって時間を潰す気かと思っていたら、そのまま真っ直ぐタリーズに入った。席を取り、先ほどの女性店員を待つつもりのようだ。厚子も続いて店内に入って、レジ前に立つ安達の後ろに堂々と並んだ。

店内の客の入りは、六割ほどだった。だから、先に席を取っておく必要はなかった。安達はオーダーをしてからカップを受け取り、丸テーブルが並んでいる席のひとつに着いた。運のいいことに、安達の席は両側が空いていた。どうせ向こうはこちらを警戒していないのだからと、隣の席に坐った。

安達はスマートフォンを取り出し、操作し始めた。何を見ているのか知りたいが、さすがに覗き込むわけにはいかない。自分もスマートフォンで暇潰しをしようとして、ふと閃《ひらめ》いた。

席を立ち、レジ前にもう一度並んだ。そして今度は、ケーキを注文する。腹は減っていないが、テーブルの上にある物がカップだけでは駄目なのだ。見た目が派手な、イチゴのタルトにした。

受け取った皿を、席に持って帰った。テーブルに置いたが、椅子には坐らない。通路に立ったまま、スマートフォンを構えた。

少し屈《かが》んで、アングルを探った。タルトの写真を撮る振りをして、安達の顔も写し撮ろうと考えたのだ。安達はこちらのしていることが気になったのか、ちらりと視線を向けてくる。だがすぐにスマートフォンに注意を戻し、それきり顔を上げなかった。シャッターボタンを押し、その姿を撮影した。大きい音がしたが、かまいはしなかった。今どき、誰でもやっていることだ。

安達の顔写真を使う目的が決まっているわけではない。だが、撮影しておけば何かの役に立つかもしれないと考えたのだ。この男が、仁美を間接的に死なせた張本人かもしれないのである。次にどこかで出会ってもすぐわかるよう、記憶に刻み込んでおきたかった。

その後は、安達に倣《なら》ってスマートフォンをいじった。調べたのは、安達のことだった。まずは、フェイスブックの安達のページをじっくりと読む。情報量は多くなかったが、人生の成功者であることが感じ取れた。どうやら一流企業に勤め、幸せな家庭を築いているらしい。仁美を殺した犯人である斎木均は、転落した人生を送り続けた末に社会を恨んで犯行に及んだ。一方、斎木に転落を強いた安達は、自分だけのうのうと成功を摑んでいる。斎木はそのことを知っていたのだろうか。殺すべきは無害なアニメファンではなく、安達だったのではないか。安達のことを知るほどに、ますます仁美の死が理不尽に思えてきた。斎木はなぜ、アニコンを襲ったのか。理由がわからないので、どうしても納得ができない。

フェイスブックを離れ、グーグルで安達の名前を検索してみた。するとそれなりの数が引っかかったが、単なる同姓同名かもしれない。間違った情報では意味がないので、読まないでおくことにした。フェイスブックだけでも現在の安達の生活がなんとなく推察できたから、それで充分だった。

安達について調べるのはやめ、時短メニューのレシピを読んで過ごした。昔はこうしたことを知りたければ本を買わなければならなかったが、今は指先を動かすだけですぐに出てくる。スマートフォンを使うたび、いつの間にか便利な世の中になっていたことに驚く。

そうこうするうちに、夕方の五時を過ぎた。店内も混み合ってきて、空席がほとんどない。早めに来ていてよかったと思った。

五時十分を過ぎた頃に、見憶えのある女性が現れた。着替えているので印象が違うが、間違いなくファミリーレストランの女性店員だ。向こうが安達を見つけ、近づいてくる。改めて頭を下げ、「荒井です」と名乗った。

安達も自分の名を改めて口にし、名刺を渡した。勤め先の名刺なのだろうから、社名を見たかったが、老眼が始まっている厚子には読み取れなかった。受け取った荒井も、その社名を読み上げてはくれなかった。

荒井はまだ飲み物を頼んでいなかったので、代わりに安達が買いに行った。荒井は通路側の席に坐ったから、厚子とは斜めに向かい合う形になる。視界の端で様子を窺《うかが》っていると、荒井がこちらに気づいたような顔をした。ファミリーレストランに通い詰めているのだから、顔を憶えもするだろう。ここでもお茶を飲んでいるのか、と内心で思ったのではないか。もちろん厚子は反応せず、スマートフォンの画面に見入っている振りをした。

安達は戻ってきて、カップを荒井の前に置いた。続けて財布を取り出し、一万円札をテーブルの上に載せる。荒井は「すいませんね」と言って、素早く札を手許に引き寄せた。大事そうに、バッグの中にしまう。

「あたしシングルマザーだから、一万円は大きいんですよ。助かります」

言い訳のように、そんなことを口にした。シングルマザーでなくても、一万円は大きい。それをぽんと払う安達は、ただの好奇心で話を聞きに来たのではないはずだった。

「実は私は、斎木と小学校で同級生だったんです。斎木があんな事件を起こして、本当にびっくりしました。なぜあんなことをしでかしたのかどうしても気になって、最近の斎木の話を聞きたくなったのです」

安達はそのように訪問の理由を説明した。自分が斎木を苛めた、とは言わない。言うわけがないが、しかし単なる同級生なら一万円を払ってまで話を聞こうとするのは変だ。それなのに荒井は、特にその点を訝しみはしなかった。

「はあ、そうなんですか。そりゃあ、びっくりしますよね」

無関係の第三者の反応など、こんなものだろうか。切実さのかけらもないことに、厚子は無性に腹が立った。

3

驚いたことに、この荒井という女は斎木が嫌いではなかったらしい。どちらかといえば、好感を抱いていたようなのだ。

「あたしはよく喋ってた方だと思いますよ。斎木さん、優しかったので」

優しかったとは、具体的にどういうことかと安達が尋ねる。厚子もその点は興味があったが、聞かない方がいいのではないかという思いもあった。まかり間違って、斎木にも同情すべき点があったと知ってしまうことを恐れたのだ。

いや、そんなことがあるはずもない。斎木は残忍な大量殺人者なのだ。仁美は凶悪犯である斎木に焼き殺されたのだ。そのような相手はただ憎悪の対象であって、同情の余地などあるわけがない。自分にそう言い聞かせ、耳をそばだてた。

子供のことを気遣ってくれた、と荒井は語った。子供が急に熱を出したので仕事を早退しなければならなくなったときも、いやな顔をしなかったという。いやな顔をしない方が当たり前だと思うが、当たり前のことが当たり前でないのが世の中だ。いやな顔をする男が多いだろうことは、厚子もわかる。仁美や隆章が赤ちゃんの頃、夜泣きをすると夫の勝幸《かつゆき》は怒った。どうして泣かせるのかと、厚子に怒りをぶつけたのだ。赤ちゃんが泣くのは当たり前なのに、勝幸はそんなこともわからなかったのである。うんざりさせられるのは、勝幸は決して異常な人間ではないという点だ。異常ではないのに、赤ちゃんが泣くのは当然と思えない。世の中の男はみんなああだと考えると、絶望しか感じられない。

しかしその話は、同時に厚子を混乱させた。他人の子供を気遣える人が、なぜ大勢の人を焼き殺したのか。もし大量殺人犯の話でなければ、厚子は間違いなくその男性に好意を覚えただろう。めったにいない、勝幸とは違うタイプの男性なのだから、好意を持たずにはいられない。それなのに、そんな男性が残忍な大量殺人事件を起こした。荒井が語っている男は、斎木ではないのではないかと本気で疑った。

「じゃあ、引き籠《こも》りのオタクみたいなタイプではなかったわけですね」

「ぜんぜん違います。本当は違うのに、ああいう事件を起こすと、そんなふうに言われちゃうんですね」

引き籠りのオタクではない？　そうなのか。ならば、マスコミで報道していることはなんだったのか。誰もが抱くイメージに犯人を当て嵌《は》め、わかりやすくしていただけか。事件と関係のない人にとってはそれでいいかもしれないが、被害者家族にしてみれば大きなことだ。犯人がどんな人だったか知りたいと思うのは、ごく当然のことではないか。

やはり、当たり前のことが当たり前として扱われていないのだろうか。

ふたりのやり取りを聞くのが怖くなってきた。斎木は社会から弾《はじ》き出されたオタク。

そういう犯人像で納得しておいた方が、楽なのかもしれないと思えてくる。事前に恐れていたとおり、「実はいい人だった」なんて話は絶対に聞きたくなかった。

しかし、耳を塞ぐわけにはいかず、席を立って店を出ていく踏ん切りもつかなかった。決断しかねて腰を上げずにいると、否応《いやおう》なく話が耳に飛び込んでくる。

すると、荒井が気になることを言い始めた。斎木には好きな女性がいたのではないかと言うのだ。女性にプレゼントするなら何がいいかと相談されたらしい。しかも、その女性に金を貢いでいたかもしれないとも匂わせた。女の気を惹こうとしていた男が金を必要としていて、挙げ句犯罪を犯したなら、それらは繋がっていると考えるのが自然である。例えば、こうだ。斎木は女にさんざん貢がされた。金を使えば女と付き合えると斎木は信じていたのに、結局振られた。女はアニメファンで、あの日アニコンに来ていた。斎木は女を恨んで殺そうとし、あの凶行に及んだ。たちまち、そんなストーリーが頭に浮かんだ。

だとしたら、仁美は単に巻き添えを食らっただけなのか。斎木の自己中心的な動機には心底から怒りを覚えるが、ようやく動機らしきものが見えてきたことには達成感があった。わけもなく大事な人を殺されることがどんなに辛いか、動機が浮かび上がってきたことによってかえって実感した。知ることはすなわち、辛さを軽減することにもなるかもしれないと考えた。

斎木が好意を向けていた女は、被害者の中にいるのだろうか。その点を訊いて欲しかったが、安達は尋ねなかった。一流企業に勤めているからには頭がいいだろうに、なぜそこに考えが向かないのか。そんなふうにもどかしく感じたが、荒井に訊いてもわかることではないと気づいた。どうすれば、斎木が好きだった女の名前を知ることができるだろう。万能のインターネットなら、調べられるかもしれない。隆章に相談してみようと心にメモしておく。

「斎木さんがあんな事件を起こしたなんて、未《いま》だに嘘としか思えないんです。いったい何があったら、優しかった斎木さんがあんなことをするんでしょう」

荒井は辛そうな表情で、そう言った。斎木は確かに、荒井には優しかったかもしれない。しかし、誰に対しても優しかったとは限らないのではないか。例えば夫の勝幸のことを、職場の人が優しいと評しても厚子は驚かない。外面《そとづら》がいいのだなと思うだけである。人は環境に合わせて、いくつもの顔を持っている。だから、優しい人が大量殺人を犯しても、決して不思議ではないのだ。

もし本当に、女が斎木から金を巻き上げた挙げ句に自暴自棄な心境に追いやったのなら、女もまた仁美の死に責任があることになる。とはいえ、だからといって安達の罪が軽くなるわけではない。女が罪人であるのと同時に、安達も罪人だというだけのことだ。しかも、女はすでに斎木に殺されているのかもしれない。だとしたらやはり、厚子の恨みは安達に向けるしかなかった。

安達が斎木を苛めた人ではない可能性は、もう微塵《みじん》も考えなかった。安達は間違いなく、自分のせいで斎木が大量殺人を犯したのではないかと心配しているのだ。安達が一万円も出して話を聞く目的は、自分には責任がないことを確かめるためだろう。人生のエリートコースを歩んできたならなおさら、過去の落ち度は隠しておきたいはずだ。安達の行動理由に卑しさを感じ、厚子は密《ひそ》かに腹を立てた。

このまま安達を見逃すわけにはいかない。まだ具体的な方策はないが、なんとしても恨みをぶつけずにはいられない。隣の席では荒井が先に帰り、安達はゆっくりとコーヒーを飲んでから腰を上げた。厚子はすでに、イチゴタルトを食べ終えている。安達に続いてトレイを片づけ、店を出た。

安達はJRの改札口を通った。ためらわず、厚子も続く。ホームでは、少し離れた場所に立った。さすがにぴったりくっついていたら、気づかれるかもしれない。夕方になったのでホームには人がそこそこいたが、見失うほどではない。離れたところから、ずっと安達を視界に捉《とら》え続けた。

安達は総武線で錦糸町駅まで出て、東京メトロ半蔵門線に乗り換えた。錦糸町は土地勘がまったくないので、はぐれてしまうのではないかと心配になった。だから混んでいるのを逆手に取り、思い切って安達のそばに行った。こちらは身長が低いから、人込みの中では目立たない。安達はまったく、尾行者の存在には気づかなかった。

半蔵門線のホームでは、安達と同じ列に並んだ。間にひとり挟んでおけば、その陰にすっぽり隠れられた。仮に安達が振り向いても、厚子の姿は視野に入らないだろう。身長が低いのは不利なことばかりだったが、初めてメリットを感じた。

半蔵門線車内は、比較的混んでいた。空いている席はなく、立っている人も多い。だが今は、それが厚子には幸いだった。安達からさほど距離をおかずにいても、見咎《みとが》められる心配はない。手摺《てす》りに摑まりつつ、安達がいつ下車してもいいように身構えていた。

時刻は六時を回っていたので、いつもなら夕食を作らなければならない頃だ。夕食の時間が遅れると勝幸も隆章も不機嫌になるが、今日は知ったことではない。仁美が死んだ今くらいは、夫の機嫌を伺わずに行動したかった。そうしても許されるはずだと、大胆になれた。

安達は渋谷《しぶや》でも下車せず、そのまま東急田園都市《でんえんとし》線に入っても乗り続けて、用賀《ようが》駅で降りた。ここは乗換駅ではないから、自宅はこの辺りにあるのか。用賀にも土地勘はないが、高級住宅地というイメージは持っている。用賀に住んでいるとは、安達の生活レベルは想像以上だった。いったいどれくらい収入があったら、こんな高級住宅街に住めるのだろう。斎木と雲泥の差というだけでなく、厚子から見ても別世界の人だった。

安達は用賀駅の駅舎から出ると、バスに乗るでもなくそのまま歩き出した。自宅は徒歩圏らしい。嫉妬《しっと》とまではいかないが、複雑な感情が胸に湧く。子供の頃に友達を苛めて、その子の人生を歪《ゆが》めても、勉強さえできれば上流の生活が送れるようだ。この世では、当たり前のことが当たり前ではない。理不尽だと思わずにはいられなかった。

五十メートルほどの距離を空けて、安達を追い続けた。尾行は、相手が警戒していなければかなり簡単なことだった。一度も振り返らないのだから、見つかるわけがない。物陰に隠れてこそこそ追わなければならないかと考えていたが、そんな怪しいことをせずとも堂々と歩いていられた。

十分ほど歩いた頃に、安達は一軒の家の中に入っていった。さすがに豪邸ではないが、高級住宅地にふさわしい立派な家だ。玄関ドアが閉まる間際に、「お帰りなさい」という女性の声が聞こえる。絵に描いたような、幸せな家庭を持っているようだった。

厚子はスマートフォンを構えて、家の外観の写真を撮った。最近のスマートフォンのカメラは優秀なので、夜間でも綺麗《きれい》に撮れると隆章に教わった。確かめてみると、なるほど夜とは思えないほど鮮明に写っていた。問題は、この家の場所を厚子が憶えておけるかどうかだった。厚子は自他ともに認める方向音痴である。記憶に頼って再度ここに来るのは、百パーセント不可能と断言してもよかった。

あまり機械いじりが得意でない厚子だが、こういうことも火事場の馬鹿力と言うのだろうか。不意にいい方法が思い浮かび、自分で感心した。地図アプリを開き、現在位置が表示されているのを確認してから、スクリーンショットを撮っておいたのだ。画面をそのまま画像として保存するスクリーンショットの撮り方は、スマートフォンを買ったときに真っ先に隆章に習った。地図のスクリーンショットを残しておくのは、我ながら上出来なアイディアだった。

安達の顔写真も含め、これらをどう使うかはまだ考えていない。しかし、今日の尾行を無駄足にするつもりはなかった。仁美を殺されてからこちら、ずっと抜け殻のようだった体に初めて充足感が漲《みなぎ》っている。昂揚《こうよう》した気持ちを抱えたまま、安達の家の前から離れた。

4

厚子の家の最寄り駅は、東武東上線の朝霞台《あさかだい》である。乗換案内アプリで調べてみると、用賀からでは一時間近くかかることがわかった。しかも駅から徒歩圏ではないので、バスに乗らなければならない。家に帰り着いた頃には、かなり遅くなっていそうだった。

こんなときには、スマートフォンが便利だ。隆章にLINEで、帰りが遅くなるから夕ご飯はコンビニで買って食べてとメッセージを送った。すぐに〈了解〉と返事が来る。ふだんは言葉を発するのは損だとばかりに黙り込んでいる隆章だが、LINEだとすぐに応《こた》えてくれる。スマートフォンを買ってLINEの使い方を覚えたときには、隆章の反応があまりに早いので驚いた。こんなことなら、無理にコミュニケーションを取ろうとしないでさっさとスマートフォンを買っておけばよかったと思ったほどだ。

これが電話であれば、隆章は面倒だからと勝幸に代わってしまっただろう。そして勝幸は、夕食作りを放棄した厚子に対して嫌みを言う。そんな事態を避けられるのだから、スマートフォンは魔法のアイテムだ。夫と言葉を交わしたくない人は、みんな買うべきだと思う。

家族の夕食をコンビニ弁当にさせてしまうことには、厚子も後ろめたさを感じる。だが、仁美が焼き殺されて体を動かすことすら辛い悲しみの底にあっても、厚子は毎日食事を作ってきたのだ。せめて今日くらい、サボらせて欲しい。幸い、コンビニは自宅の斜め前にある。歩いて一分のところにあるからこそ、コンビニで買ってくれと頼めたのだった。五分以上歩かなければならないなら、勝幸だけでなく隆章も渋っていただろう。

渋谷での乗り換えでさんざん迷い、ようやくの思いで家のそばのバス停留所まで辿《たど》り着いた。今から料理する気にはとてもなれないので、自分の夕食もコンビニで買うことにする。ある種の開き直りか、料理を放棄したことには思いの外に解放感があった。コンビニ入り口の自動ドアをくぐっただけで、なにやらうきうきしてくる。話に聞くところによれば、最近のコンビニ弁当はかなりおいしいそうだ。何を買おうか、弁当コーナーの前でさんざん悩んでしまった。

結局中華丼にして、会計をしてから店の外に出ると、とたんに浮かれる気分が失《う》せた。自宅マンションが目に入ったせいだ。これから、不機嫌な勝幸と接しなければならない。早くも憂鬱《ゆううつ》な気持ちになった。

自宅のマンションは、十年前に中古で買った。その時点で築十年だったから、今や建って二十年の立派なボロマンションである。入居の際にリフォームをしたが、そろそろ再度のリフォームが必要な頃合いだ。しかし、マンション自体の大規模修繕もするべきなので、それに備えて出費を控えていた。外観も内装も貧相なマンションであり、見てきたばかりの安達の家との違いをいやでも意識させられた。

ガタガタ揺れるエレベーターで三階に上がり、玄関ドアを開けた。小声で「ただいま」と告げる。しかし、「お帰り」と応じてくれる声はない。ただひとり「お帰り」と言ってくれる存在であった仁美がいなくなったからだ。「ただいま」の声が空しく宙に漂っているようで、仁美がいない欠落感が重く胸にのしかかった。

「どこに行ってたの？」

勝幸に話しかけられる前にどこかに逃げ込みたかったが、3DKの間取りではそんな場所はなかった。キッチンすら独立してなく、ダイニングルームと一体なのである。料理の油が居間にまで飛んでしまうこの間取りが、厚子は嫌いだった。

勝幸は仁王立ちになっていた。その視線を避けてシンクに目をやると、コンビニ弁当の容器が洗われずにそのまま置いてあった。どうせそうだろうと思っていたから、徒労感はない。さっと水で流して捨てればいいだけなのだから、食器を洗うよりずっと楽だ。そう、自分に言い聞かせた。

「ちょっと」

安達のことを、勝幸に話す気はなかった。今回に限らず、その日あったことを勝幸に話す習慣はずいぶん昔になくなった。空返事をされるだけだし、ときには「お前は毎日気楽でいいな」と嫌みを言われるからだ。厚子がふだんのことをまるで話さなくなっても、勝幸は気にした様子もない。そもそも気づいてもいないのだろう。

「ちょっとって、何？　遊び歩いてたんじゃないよな」

予想どおり、勝幸は声を尖《とが》らせる。こんなときに遊び歩くわけもないだろうと反論の言葉が浮かぶが、口には出さない。言えば、いっそう不機嫌になるだけだ。勝幸は情がないわけではないから、仁美を殺されて悲しみに沈んでいる。だが、なぜか自分だけが悲しいと考えているようだ。厚子もまた身を引き裂かれるほどに悲しいとは、思いもしないらしい。想像力がないというより、厚子の気持ちを想像する必要を感じていないのだろう。

「違います。ちょっと大事なことをしてたの」

勝幸に背を向け、コンビニ弁当をレジ袋から取り出しながら答えた。勝幸はしつこく尋ねてきた。

「大事なことって、何？」

妻への興味など爪の先ほどもないくせに、帰りが遅いと気になるらしい。面倒だな、と思った。勝幸の言葉を不愉快に思ったことはあっても、面倒だと感じたのは初めてだった。ああ面倒臭い、声に出さずに繰り返した。

「もちろん、仁美についてのことよ。話すと長くなるわよ。いい？」

勝幸が厚子の話を聞きたがらないことを見越して、そう確認した。すると案の定、勝幸は声のトーンを落とす。

「友達に相談でもしてたの？」

「そうよ。最初から全部話しましょうか」

「いや、いい」

勝幸は突然興味をなくしたように、居間に戻ってソファに腰を落とした。テレビのリモコンを手にして、チャンネルを替え始める。無趣味な勝幸は、テレビを見るのが大好きだ。勝幸がいるときには、厚子は見たい番組も見られない。

思わず吐息をついた。安堵の吐息なのか、うんざりした気持ちの表れなのか、自分でもよくわからない。おそらく両方なのだろう。

中華丼を電子レンジに入れ、温めのスイッチを押した。その間に洗面所に行き、手を洗ってうがいをする。厚子はそれが当たり前の習慣だと思ったから子供たちにも仕込んだが、手洗いうがいを欠かさずするようになったのは仁美だけだった。いくら言っても、隆章はその習慣を身につけなかった。もちろん、勝幸は厚子の言うことなど聞かない。隆章が細かいところまで勝幸に似てしまったことに、厚子は深い失望を覚えている。

キッチンに戻って、電子レンジから中華丼を取り出した。冷蔵庫から作り置きの麦茶を取り出し、ダイニングテーブルに並べる。蓋《ふた》を開けて中華丼をひと口食べてみると、なるほどなかなかおいしかった。中華料理屋で食べるものと遜色《そんしょく》ない、とまで言ってしまっては大袈裟《おおげさ》なのかもしれないが、本当にそんな気がした。これなら、自分で作るのが馬鹿馬鹿しくなるほどだ。勝幸たちも、きっとおいしい夕食だったのではないだろうか。

食べ終えて、三人分の容器を洗って捨てた。風呂《ふろ》は、今から水を替えていると遅くなるので沸かし直しで済ませることにする。家族のどちらかが風呂桶《おけ》を洗っておいてくれることなど、天地がひっくり返ってもあり得なかった。

風呂が沸くと、無言で勝幸が脱衣所に向かった。チャンスだ。隆章の部屋のドアをノックする。返事は「ん」だった。

5

「ねえねえ、ちょっと聞いてくれる？　あのね、大変なことがあったの」

いくら夫にそっくりに育ってしまったとはいっても、性格までまったく同一というわけではない。隆章にはそれなりに、勝幸にはない優しいところがあると思っていた。まして仁美が死んだ今は、厚子のただひとりの子供である。親としての厚子の情は、隆章に向けるしかなかった。

「前に、斎木の同級生かもしれない人を五人見つけてくれたでしょ。その中の安達って人がいたのよ」

「へえ」

坐っていた椅子を回転させ、隆章はこちらに顔を向けた。珍しいことだ。いつもは視線すら向けず、「ああ」とか「うん」と返事をするだけなのである。隆章なりに、仁美の死に憤りを覚えているのだ。

「どこで?」

ぶっきらぼうな隆章ではあるが、妹のことは愛していたと思う。仁美が殺された直後は泣いていたし、斎木に対する憎しみを露《あら》わにしていた。だからこそ、斎木を苛めていたかもしれない人をネットで捜してくれたのだ。

「話してなかったけど、お母さんはここのところ毎日、斎木が勤めてたファミレスに行ってたのよ。ほら、隆ちゃんが調べてくれたところ」

隆章は二十五歳になるが、呼び方は未だに「隆ちゃん」だった。特に何かきっかけがないと、呼び方は変えにくいものである。さすがに二十五歳の息子をちゃんづけで呼ぶのはどうかと思わないでもないが、本人がいやがらないのでそのまま継続していた。

「なんで?」

隆章の発する言葉は、いつも単語単位だ。長いセンテンスを話す能力がないかのようだ。もちろんそんなことはなく、友達とはきちんと会話をしているから、親に対して多くの言葉を使う気がないのだろう。しかしどうやらそれは隆章だけの問題ではなく、どこの家でも同じらしい。結婚すれば多弁になるそうだから、そのときを楽しみにしているが、恋人ができる気配はまるでなかった。

「なんかもう、いても立ってもいられなくて」

曖昧《あいまい》にごまかしているかのようだが、自分でも気持ちをうまく説明できないのだった。正面から行動理由を尋ねられると、こんなふうにしか答えられない。だが、無駄な行動ではなかったことが、今日証明された。

「でね、そこに斎木の話を聞きに来た人がいたのよ。その人が安達って名乗ったの」

「へえ」

隆章の返事だけを聞いたら気がないかのようだが、そうではないと厚子は感じた。その証拠に、隆章は何かをしながらではなく、きちんとこちらを向いている。すごく久しぶりに、隆章と向き合って話をしていた。

「安達か。フェイスブックにいた人だね」

「そう。お母さんもその名前を憶えてたから、ピンと来たのよ。だから、安達を尾行したの」

「尾行？　やるじゃん」

面白がるように、隆章は言った。声の調子が平板でなくなっている。もともとが無愛想な上に、妹を亡くしてさらに無口になっていたから、こんな声を聞いたのは隆章が子供の頃以来ではないだろうか。安達を見つけたことで厚子の体に力が漲ったように、隆章もまた強い刺激を受けたのだと思った。

「家の場所を突き止めたし、写真も撮ったよ」

「うそ、見せて」

隆章は身を乗り出した。ちょっと待って、と言い残し、自分のスマートフォンを取りに行く。隆章の部屋に戻り、ここに坐ると断ってベッドに腰を下ろした。先ほどまでは、ずっと立ちどおしだったのだ。

隆章の部屋は四畳半である。アニメグッズが溢《あふ》れ返っている仁美の部屋とは対照的に、隆章の部屋はすっきりしていた。その代わり、大きいテレビが存在感を放っていた。四畳半の部屋に、五十二インチのテレビを設置しているのである。居間のテレビは三十八インチなので、遥《はる》かに大きい。もちろんテレビから距離をとって見ることなどできないから、目が悪くなりそうだが、それは昔の発想だそうだ。最近のテレビは近くで見ても大丈夫なのだと、隆章に言われた。

隆章はゲームが大好きなのだった。この大きいテレビにゲーム機やパソコンを繋ぎ、家にいる間はずっとゲームに没頭している。そのために大きいテレビが必要らしく、画面に向き合うように設置してある椅子はゲーミングチェアという特別製だった。ゲームと連動して振動するという。隆章はこの椅子をことのほか大事にしているので、自分以外の人は坐らせない。だから、立ったまま話をしていたのだった。

「ほら、これ」

安達の顔写真を表示して、隆章に示した。隆章はスマートフォンを受け取り、写真を凝視する。

「なんか、エリートっぽい奴だな」

「きっとそうよ。フェイスブックのページを読んだけど、いいところに勤めてるっぽいもん」

「あ、そう。おれも読んでみる」

そう言って、椅子を机に向けてパソコンのマウスを操作した。キーボードを叩《たた》いて安達のページを表示させ、読み始める。厚子は家の外観写真も隆章に見せた。

「これが家。場所は用賀よ。びっくりしちゃった」

「用賀って、行ったことないな。高級住宅地なの？」

「少なくとも、この辺りに比べればね」

「ああ、金かかってそうな家だな」

スマートフォンの画面を覗き込み、隆章はそんな感想を漏らす。おそらく、誰が見てもそう言うだろう。隆章は顔をパソコンに戻し、さらにフェイスブックのページを読み続けた。

「なるほど。確かにいいところに勤めてるっぽいわ。犯人の斎木は、独身のバイト暮らしだったんだろ。同じ年なのに、雲泥の差だな」

「そうよね。自暴自棄になるなら、安達を襲えばよかったのに」

いい会社に勤めているというだけで反感を持たれたら、本人もたまったものではないだろうが、安達には小学生の頃に斎木を苛めたという罪がある。少なくとも、なんの罪もなかった仁美より襲われてしかるべき人物だった。

「それとね、安達はファミレスの店員さんから個人的に話を聞き出してたのよ。お母さんはそれも盗み聞きしたの」

「ええっ、盗み聞き？　母さんとは思えない行動力だな」

隆章は目を丸くして、感心してくれた。隆章に感心されるとは、そのことだけでも安達を尾行した甲斐《かい》があったと思えた。いい気分のまま、安達と荒井の会話を要約して聞かせる。隆章は真剣な表情で聞き入っていた。

「女かよ。なんだ、それ。斎木はオタクで貧乏人なんじゃなかったのか」

「なんかちょっと違うみたいよ。どう思う？　事件には、その女が関係してたんじゃないかしら」

「関係？　どんなふうに？」

隆章はあまりピンと来なかったようだ。その女がアニコンに来ていたのではないかという推測を話したら、「なるほどね」と頷《うなず》く。

「だからアニコンだったのか。動機がどうであれ、仁美が巻き添えを食ったのは間違いないけど、その女のせいだとしたらますます腹が立つな」

「女の名前を調べられないかな。名前がわかれば、被害者の中にいたかどうかもはっきりするでしょ」

「そうか。でも、さすがにそんなことまでわかるかなぁ。ちょっと難しいと思うぞ」

「やっぱりそうなの。ネットで調べれば、なんでもわかるかと思った」

厚子にとって、今やインターネットは既存の世界の限界を遥かに超えたものに思えていた。何しろ新聞やテレビで報道されない情報でも、検索すれば出てくるのだ。だから女の名前も簡単にわかるかと思ったが、そうではないのか。期待が大きかっただけに、落胆も激しかった。

「まあ、調べてみるけどさぁ。あまり期待しないで。それより、おれは安達の方が気になるね。母さんは違うの？」

隆章は顎《あご》をしゃくり、返事を促した。もちろん、安達をこのままにしておきたくはない。だが、せっかく手に入れた情報の使い道がわからないのだった。

「気になるわよ。ただ、何をどうすればいいのか思いつかなくて。本人に文句を言うべきかしら」

「えっ、文句？　そんなことで母さんの気は晴れるの？」

鼻で嗤《わら》われてしまった。このトーンの話し方は、勝幸にそっくりだ。幼い頃から父が母に接する際の態度を見てきたから、真似てしまったのである。不愉快だが、もう慣れた。

「晴れない。自分のしたことの結果を、重く受け止めて欲しい」

「だろ？　だったら、ちょうどいいじゃん。斎木に自殺されて、おれは本当に空しかったんだ。仁美があんな無惨な殺され方をしたのに、おれたちは復讐《ふくしゅう》もできないんだぜ。だから、斎木の代わりに安達に復讐すればいいんだよ」

「復讐……」

それがまったく念頭になかったと言えば、嘘になる。復讐という強い言葉ではないにしても、安達に怒りをぶつけたいとは思っていた。しかし、復讐と口にしてしまうと、ためらわずにはいられなかった。そんなことをしていいのかと、良識が気持ちにブレーキをかけるのだった。

「復讐って、具体的にどんなことをするつもり？」

隆章が何を考えているか、知りたかった。家の中で決定権がない厚子は、まずは勝幸や隆章の意見を聞かずにはいられない。そんな自分を情けなく思うときもあるが、今はむしろ聞くべきであった。

「いや、それはまだこれからだよ。家の場所までわかってるなら、少し考えてみる」

隆章は首を振った。性急な質問に、かえって面食らったようだった。猶予を与えられたと感じ、安堵する。隆章と長く言葉を交わせたことも、満足だった。

「そう。じゃあ、また相談する。話を聞いてね」

「ああ」

隆章は厚子の目を見て頷いた。仁美が殺されて地獄のような日々を送っているが、こうして隆章がこちらを正面から見て相手をしてくれるなら、唯一のいいことと言えた。これからも、何度も隆章と語り合いたいと厚子は望んだ。

6

指定された場所に建っているマンションは、見上げると首が痛くなるほど高かった。もちろん高いのは物理的な高さだけではなく、値段もだろう。自分が住むマンションとのあまりの違いに、厚子は笑い出したくなった。勝幸は自分が一部上場企業に勤めていることを大いに誇っているが、一部上場企業といってもピンからキリまである。こういうマンションに住んでこそ、勤め先を誇りに思って欲しいものだと密かに考えた。

立ち止まったのは厚子だけではなく、勝幸も同じだった。厚子のように感嘆しているのではなく、圧倒されているのだろう。もしかしたら、臆《おく》しているのかもしれない。それほどに、マンションの豪華なエントランスは部外者を後込《しりご》みさせる威圧感があった。何しろ、外から見る限りマンションというよりホテルのロビーのようなのだ。ソファがあり、オブジェがあり、天井にはシャンデリアが吊《つ》り下がっている。受付のようなところに坐っている制服の女性は、コンシェルジュというやつか。こんなマンションに臆せず入っていける人は、そもそも精神構造が違うのだろう。

勝幸が動こうとしないので、厚子は声をかけずに先にエントランスに向かった。足が竦《すく》んだように動けずにいるところを、他の遺族に見られたら恥ずかしい。先に動いた厚子を、勝幸は慌てて追ってきた。しかし、前に出ようとはしない。珍しいことだった。

エントランスの自動ドアは二重になっている。最初のドアは勝手に開いたが、ふたつ目はオートロックなので開かない。だがガラスドア越しに、中に立っている人が見えた。その人に向けて会釈をすると、近づいてきて内側からドアを開けてくれた。勝幸が名乗った。

「江成です」

「お待ちしていました。どうぞ」

出迎えてくれたのは、里村《さとむら》という五十代くらいの年格好の男性だった。里村の息子も、東京グランドアリーナで斎木に殺害されている。つまり里村もまた、厚子と同じく被害者遺族なのだ。共通点は、それしかなさそうだが。

「三階の集会室を借りています。ご案内しますね」

里村の背後にいた女性が、そう声をかけてきた。里村の夫人だ。里村は少しお腹が出てはいるが、頭が薄くなってはおらず、顔に皺《しわ》が寄っているでもなく、いかにも一流会社に勤めている紳士然とした男性である。そして夫人は、そんな男性の妻にふさわしく上品な身なりと顔立ちだった。こんなときだから服装はクリーム色がベースで地味だが、おそらく高級品なのだろう。できるなら生地の品質を間近で確かめたかったけれども、控えた。彼我の差を知るのは、かさぶたを剝《は》ぐような自傷的快感がある。ついやりたくなってしまうが、今はそんなことをしている場合ではなかった。

夫人の先導に従って、エレベーターホールに向かった。エレベーターは驚いたことに、単にボタンを押せばいい仕様ではなかった。カードキーを翳《かざ》さなければ、ボタンも押せないようである。すぐにケージがやってきたので中に入ると、階数ボタンを押すためにもまたカードキーが必要だった。何重ものセキュリティーに守られているマンションなのだとわかり、感心する余裕もなくただ啞然《あぜん》とした。

三階で降り、絨毯《じゅうたん》敷きの廊下を進むと、集会室があった。そこに入るためにもカードキーを使わなければならず、さすがに笑いたくなった。徹底的に部外者を排除するようにできている。厚子たちがここに入れたのは、入ることを許していただいたからなのだ。こんなことでもなければ、この世にここまで厳重なマンションがあるとは知らずに生きていただろう。

「もしお飲み物が欲しければ、こちらで買えます。何も用意していませんので、よろしければ」

集会室の斜め前には、自動販売機があった。本当にマンションなのかと首を傾《かし》げたくなる。厚子は水筒に麦茶を入れてきたからいらないが、勝幸は言われるままにペットボトルのウーロン茶を買った。里村夫人が手でドアを押さえてくれていた入り口を通り、中に入る。

集会室内には、先客が四人いた。いずれも、事件の被害者遺族である。顔は知っているので、お辞儀をして「今日はよろしくお願いします」と挨拶《あいさつ》した。勝幸も、横で頭を下げている。四人からは、「こちらこそ」と口々に返された。

「おトイレは自動販売機の横を入ったところにありますけど、一度外に出ると鍵《かぎ》がかかってしまいますから、ノックして中から開けてもらってください」

里村夫人はそう言い残し、集会室を出ていった。厚子たちを案内してくれたように、これから来る人に応対するためだろう。席は決まっていないようなので、空いている椅子に腰を下ろした。勝幸が先に坐ったのだが、入り口に近い場所だった。自分が末席を選んだという自覚はなく、ごく自然にここに坐ってしまったのではないかと思った。

集会室内は、長机を長方形のロの字形に並べていた。今日は事件被害者の中でも、死亡した人の遺族だけが集まることになっているが、八人の被害者それぞれの両親が来れば総勢十六人になる。椅子の数も多く、やはり大人数が集まるのだろうと思われた。先客の四人の顔には見憶えがあるものの、会話をしたわけではない。この場にふさわしい世間話もないので、沈黙が部屋を支配していた。厚子は早くも、居心地悪く感じていた。

厚子たちに一歩遅れて、他の遺族も続々とやってきた。人数が増えてくるにつれ、気詰まりな気配も薄らいでいく。次に集まりがあるときは、時間ぎりぎりに来るようにしようと考えた。ふだん話し合いの場になど参加しないので、どうもこうした雰囲気は苦手だ。

やってきた人の中には、知らない顔もあった。「永淵《ながぶち》です」と名乗ったので、これが例の大学の先生かと理解する。四十代くらいの男性で、黒縁眼鏡をかけて口髭《くちひげ》を生やしている。そのふたつがあまりに特徴的なので、眼鏡を取って髭を剃《そ》ったら別人になりそうだった。永淵だけは里村夫人に促され、ロの字の長机の短辺側の席に坐った。最後の客とともに里村もやってきて、全員が揃った。永淵を入れても、人数は偶数だった。つまり、ひとりでやってきた遺族もいるのだ。そのことには、すぐに気づいた。ひとりでやってきた女性は、この中にいても目立っていたからだった。

「全員が揃いました。わざわざお越しいただき、ありがとうございます」

永淵の横に立った里村が、まず挨拶をした。出席者全員が揃って、頭を下げる。

「我々は同じ悲しみと苦しみを負っている者たちです。他の人には理解してもらえないことも、私たちの間では共有できると思っています。そのために、今日は集まっていただきました」

里村の喋り方は明瞭《めいりょう》で、頭のよさがすぐ感じ取れた。何事も論理的に考えるタイプに違いない。こういう人が遺族の中にいたのは、おそらく幸運なことなのだろう。里村がいなければ、被害者遺族が集まる機会は来なかったのではないかと思う。

「先にご紹介をさせてください。明豊《めいほう》大学の永淵先生です。私たちにいろいろ助言をしてくださることになっています」

里村に紹介されて、永淵は立ち上がって頭を下げた。

「明豊大学の永淵と申します。社会心理学を専門としています。縁あって、これまでたくさんの犯罪被害者遺族の方々とお話をしてきました。今日はその経験がお役に立てばと思っています」

「私の大学時代の同期が明豊大学で教授をやっていまして、その繋がりで永淵先生を紹介してもらいました。犯罪被害者支援のご著書もあり、私は一読して感銘を受けました。永淵先生にお力添えいただけるのは、私たちにとって本当にありがたいことだと考えています」

里村は言い添えた。連絡をもらったときに聞いていたことではあるが、厚子は永淵の著書を読まなかった。難しい専門書はよくわからないだろうし、読んでも役に立つとは思えなかったからだ。本人に会えるなら、直接話を聞けばいいとも考えた。

里村と永淵は、揃って腰を下ろした。里村は机の上で両手を組み合わせ、一同の顔を見回しながら続ける。

「今日の集まりの目的は、ふたつあります。ひとつは、今申し上げたとおり悲しみと苦しみを共有すること。苦しみを口に出すことで、わずかなりとも楽になる部分もあるかと思います。そしてもうひとつは、犯人の家族への対応を私たちで考えることです」

里村は悲しみと苦しみと言うが、そのふたつの感情よりもむしろ、怒りが大きいのではないかと厚子には感じられた。それほどに、里村の目には激情が潜んでいるように見えた。

7

里村に促され、各自自己紹介をした。出席者の大半は、被害者の両親だった。被害者の年齢の幅が広かったので、親たちの年格好も様々である。ひとりだけいた五十代の被害者の家族は、母親と妹が出席していた。母親の年齢は、八十前後くらいだろうか。被害者が若くてもそうでなくても、子に先立たれるとは想像もしていなかった親たちばかりだった。

中でも厚子の印象に残ったのは、ひとりで来ている女性だった。女性は自己紹介の順番が回ってくると、はきはきとした口調で名乗った。

「ヨネクラサキエと申します。ひとり息子が被害に遭いました。息子の名はヨシキです。二十一歳の大学生でした」

息子が二十一歳と聞いて、少し意外に感じた。ヨネクラサキエは四十前かと思っていたからだ。もちろん、早くに子供を持ってまだ三十代の可能性はあるが、おそらく若く見えるのだろう。ひとりで来ているのは、シングルマザーだからかもしれない。シングルマザーの中には、かなり若く見える人もいる。

「職業はフルート奏者です。最近は地方公演を多く入れていて、息子と過ごす時間が少なくなっていました。今はそれを悔いています」

ヨネクラサキエはそう言い添えた。なるほど、フルート奏者か。言われれば納得する華やかさが、ヨネクラサキエにはある。服装こそ地味にしているものの、茶色がかったロングヘアーと高い鼻が、顔立ちそのものを派手に見せていた。美人と形容しても、特に異論は出ない女性だった。

参加者には、里村が作ったプリントが配られていた。出席者全員の氏名と、被害者の氏名、享年が書かれている。ヨネクラサキエと息子は、それぞれ米倉咲恵、嘉樹という字だとわかった。

勝幸は順番が回ってきたとき、勤め先の名前を出さなかった。自慢の一部上場企業ではなかったのか。勝幸の勤め先は、名前を言えば誰でも知っているというような企業ではない。業界では知られているが、一般的知名度はほぼゼロだろう。厚子も、勝幸と知り合うまで社名を聞いたことがなかった。主に、大手企業の下請け業務を行《おこな》っている会社だった。

自己紹介は、勝幸で終わりだった。一巡したのを受け、里村が一同への同情を示してから、改めて現在の思いを口にした。

「私たちにとって難しいのは、すでに犯人が死亡しているという点です。犯人が生きているなら、裁判に向けていろいろな準備をしているでしょう。しかし私たちは、犯人に正当な裁きが下されるのを期待することもできない。私自身は、やり場のない怒りが宙に浮いている状態です」

里村は拳《こぶし》を握り、眉根を強く寄せた。おそらくこの場にいる全員が同感だろうが、厚子だけは違った。反射的に、安達のことを思い浮かべたからだった。怒りをぶつける先はあるのだ。ここにいるみんなに安達の存在を教えたらどうなるかと、考えずにはいられなかった。

「私はなぜ息子が死ななければならなかったのか、どうしても納得できずにいます。犯人には動機を語って欲しかった。なぜアニコンを狙ったのか。ただの善良なアニメ好きの若者たちを、どうして何人も殺さなければならなかったのか。社会に対する恨みだとしたら、ぶつけるのがアニコンというのは筋が違う気がします。皆さんは、犯人の動機を知りたいとは思いませんか」

　里村は一同に問いかけた。一瞬の沈黙の後、「思います」と発言した男性がいた。それをきっかけに、自分がどれだけ娘を愛していたか、その娘を突然奪われどれほど苦しんでいるかを、切々と語る。すべて実感として理解できることばかりで、聞いていて涙が出そうだった。犯人に対する怒りが、改めてふつふつと沸き起こってくる。

　その吐露を皮切りに、なんとなく順番に各自が己の思いを口にすることになった。ふたり目の話の途中でこらえきれず、厚子はハンカチを目許に当てた。他の女性たちも、皆泣いている。男性も数人、涙を流していた。

　勝幸も仁美への思いを語ったが、他の人に比べると短かった。それはそうだろう。勝幸は仁美と、ほとんど接していなかったのだ。子育ては女の仕事と考えて憚《はばか》らない人だし、仁美が思春期になって以降は共通の話題もないようだった。思い出なんて、大してあるはずがなかった。

「皆さん、思いは同じですよね。改めてそのことが確かめられて、よかったです」

全員が語り終えると、里村がまた引き取った。招集をかけたのが里村だから、仕切り役を務めることに違和感はない。対照的に永淵は、今のところひと言も口を挟んでいなかった。ただ黙って、遺族たちの話に耳を傾けている。

「私たちはやり場のない怒りを抱えていること、そしてなぜ子供たちが死ななければならなかったのかを知りたがっていること、その二点は共通のものと認識していいですね」

里村は確認した。特に異論を唱える人はいない。里村はその反応を待ってから、続けた。

「私にはひとつ、提案があります。私たちのふたつの思いのうち最低ひとつ、うまくいけば両方とも解決できる手段です。私は犯人の家族に、損害賠償を求めたい。やはり私たちの怒りを受け止めるべきは犯人の両親だと思うし、裁判の過程で本当の動機が明らかになるかもしれないという期待もあります。いかがでしょうか」

「賛成です」

先ほど一番に里村の問いに答えた人が、また声を発した。娘の死を未だに受け止めかねているようで、発言するたびに唇をわななと震わせている。本当にいいお父さんだったのだろうなと、厚子は思った。

「私もそれは考えていました。ただ、裁判となると大事《おおごと》なので、どこから手をつけていいかわからなかったんです。皆さんが一緒に訴えてくれるなら、ぜひ裁判をしたいです」

その言葉を皮切りに、自分も自分もという声が次々に上がった。勝幸も、右へ倣《なら》えで賛同している。しかし厚子は、すぐには乗り気にならなかった。安達の存在を知っている限り、厚子の怒りは斎木の両親には向かわない気がする。

「よかった。賛成していただけるものと思っていました。加害者側への損害賠償請求は、永淵先生も何度も身近で見てきたそうです。もし裁判になればご協力くださいますし、経験が豊富な弁護士も紹介していただけることになっています」

おお、と感嘆する声がそこここで聞こえた。里村はすでに、やるべきことを決めてきちんと準備をしていたようだ。被害者遺族全員を集めたのは、自分が敷いたレールに乗ってもらうためだろう。行動力とリーダーシップがある人なのは間違いなかった。

「あのう、ちょっとよろしいですか」

そこに割って入った声があった。軽く手を挙げているのは、米倉咲恵だった。いっせいに出席者たちの視線が集まるが、米倉咲恵は臆することなく口を開いた。

「損害賠償って、いくらくらい請求するつもりですか」

なかなか現実的な質問だった。皆、雰囲気に呑まれて賠償額までは考えていなかっただろう。里村は冷静に答える。

「被害者は若い人が多かったですから、逸失利益は相当なものでしょう。合計すると、億単位になると思います」

億単位という言葉に、途方もなさを覚える。だが米倉咲恵は、額の大きさに気圧《けお》されたりはしなかった。

「犯人の親って、普通の人ですよね。大富豪じゃないですよね。そんな人に億単位の請求って、あまり現実的ではないんじゃないでしょうか」

それは厚子も思ったことだった。ごく普通の人ならば、払える額には限度がある。裁判をしても、骨折り損のくたびれ儲《もう》けという結果に終わるのではないだろうか。

「裁判の目的は金ではありません。私たちの怒りをぶつけること、そして犯人の動機を明らかにすることです。請求額を満額受け取れるとは、思ってませんよ」

里村が言い淀《よど》むことはなかった。こんな声が出ることも、あらかじめ想定済みだったのだろう。しかし、米倉咲恵は納得しなかった。

「本当に犯人の動機なんて、明らかになると思いますか？　親が動機を知ってるなら、とっくに警察が把握していると思いますけど」

なるほど、それもそうだ。報道によれば、斎木は親許を離れて暮らしていたという。ならば、親に訊いても本当の動機なんてわかるとは思えない。親こそ動機を知りたいというのが、現実なのではないだろうか。

この切り返しは、里村の事前の問答集には載っていなかったようだ。一瞬言葉に詰まり、意外に子供っぽいことを言う。

「そんなの、やってみなければわからないじゃないですか」

思わず里村をまじまじと見てしまった。一流会社に勤めている頭が切れる人なのだろうから、もう少し論理的な返答をして欲しかった。やってみなければわからないのは確かだが、動機が明らかになる可能性はかなり低いのではないか。やはり、やるだけ無駄という気がする。

「それは、本気で思っていることですか」

米倉咲恵の質問は、聞き方によってはなかなか辛辣《しんらつ》だった。里村は気分を害したらしく、すっと表情を消す。反論されることに、あまり慣れていないようだ。

「もちろん、本気です」

「そうですか」

米倉咲恵は引き下がった。他の人たちはやり取りに圧倒され、無言のままでいる。里村に代わって発言したのは、永淵だった。

「今日はこれくらいでいいのではないでしょうか。裁判は全員一致が望ましいですけど、無理に意見を合わせる必要もありません。時間が経《た》てば考えが変わる人もいらっしゃるでしょうから、また後日集まるということにしませんか。今日はまず、初めの一歩なのです」

穏やかな口調が、少しささくれ立った雰囲気を宥《なだ》めてくれた。渡りに船とばかりに、息を潜めていた参加者たちが賛同する。安堵の気配のうちに、集まりはお開きとなった。

8

「あのフルート奏者だとかいう人、ちょっと生意気だったよな」

帰りの電車の中で、勝幸がうんざりしたように言った。同時に、言葉に出さない内心の声が聞こえた。生意気の前に、「女のくせに」とつけているのだ。勝幸は物腰が穏やかなのでなかなかわかりにくいが、実は物事の価値基準が《ザ・昭和》とでもいうべき男である。男女平等だのジェンダーフリーだのといった概念は、微塵も持っていない。一応のところ、会社では問題を起こさずにいるのだから、どんな発言がまずいか判断はつくのだろう。だが、「女のくせに」と口に出してはまずいとわかっても、なぜ駄目なのかはわからずにいるに違いない。失言をする政治家がいつまで経ってもいなくならないところを見ると、こういう男は世の中にかなりの数、潜んでいるのではないかと思う。

結婚前は男尊女卑的発想をひた隠しにしていたから、勝幸の本当の姿に気づかなかった。初めて少し引っかかったのは、プロポーズをされ結婚の準備をしている時期に、専業主婦になって欲しいと言われたときだった。一部上場企業に勤めているのに、妻を働かせるなんて外聞が悪い、と言うのである。妻が働いているとなぜ外聞が悪いのかわからなかったが、当時は結婚話を前に進めているときでいまさら引き返せなかったし、厚子自身もごく普通の一般職ＯＬで仕事に対するこだわりがなかった。望まれるままに専業主婦になり、一緒に暮らし始めてようやく正体に気づいた。昭和ひと桁《けた》生まれならともかく、勝幸の年代で未だに、家事は女の仕事と考える男がいるとは思いもしなかった。もっとも、勝幸が例外的存在というわけではなく、むしろ珍しくもないのだと後に知って、愕然《がくぜん》とすることになるのだが。

「でも、もっともだなと思ったわよ。裁判をしても、本当の動機なんて明らかにならないでしょ」

勝幸に言い返しても無駄と思いつつ、米倉咲恵の肩を持ちたくなった。被害者遺族の集まりは今後、おそらく里村が主導権を握る。そのことに取り立てて不満はないが、米倉咲恵がいてくれることには心強さを覚えるのだった。

「なんでそう思うの？　やってみなけりゃわからないだろ」

勝幸の口調は、馬鹿に言い聞かせるかのようであった。言っていることは里村の受け売りで、しかも中身が伴っていないことにはまるで意識が至らない。里村は日本屈指の大手総合商社に勤めている。その社名を聞いただけで、勝幸は無条件に平伏《へいふく》したのだ。あの会社の商社マンが言うことなら、間違いはない。そう信じて疑っていないから、里村の考えに異を唱える米倉咲恵はただの生意気な女としか思えないのだった。

やってみなくたってわかるわよ、と心の中だけで言い返した。勝幸は厚子の異論を許さない。厚子が黙るまで、徹底的に理屈を捏《こ》ねるだけだ。経験上それがわかっているから、厚子は口を噤《つぐ》んだ。こうした諦《あきら》めが、《ザ・昭和》を延命させているのだという自覚はあったが、面倒臭さには負けてしまう。

勝幸は暴力を振るわず、ルーズでも不潔でもなく、きちんと会社に行って給料を得ている。世の中には勝幸よりひどい男が、ごまんといるだろう。勝幸は相対的に見て、かなりましな方だとわかっているから、厚子もずっと我慢をしてきた。価値観が《ザ・昭和》であろうと、コンビニ弁当の容器を洗わずにシンクに置いておく人であっても、勝幸はましな男なのだ。厚子が生きているのは、そういう世界だった。

厚子が黙っても、勝幸はなおもぶつぶつと何かを呟《つぶや》いていた。だが厚子は、それを耳に入れないようにした。目と違って耳は塞げないのに、聞かないようにしようとすれば相手の声を締め出すことができるのだ。勝幸との結婚生活で会得した技だった。

家に帰り、すぐに夕食の支度に取りかかった。今日は日曜日なので、隆章は朝から自室に籠っている。いつもどおり「お帰り」のひと言もないが、それはこちらを無視しているのではなく、ヘッドフォンをしてずっとゲームをしているから気づかないのだ。会社に就職できたから一応のところ普通の社会人と見做《みな》せるが、引き籠りの人とメンタリティーは大して違わないのではないかと思う。もっとも、これが今どきの普通だと言われれば、そうなのだろうなと納得もする。外に出て、大勢の人を傷つけたりしないだけましだった。ましな夫とましな息子を持つ厚子は、ひょっとすると他人から羨《うらや》まれる立場なのかもしれない。

もちろん、そんなことはない。娘を無惨に殺された親を羨む人などいない。仁美がいたときは、不満は多々あれども、自分を幸せだと評価できただろう。実際にリアルタイムでそう思った瞬間はなかったが、振り返れば確実に幸せだった。仁美は隆章と違い、厚子の話をきちんと聞いてくれた。優しい言葉もかけてくれた。見た目は十人並みだったが、あの優しい性格ならばいつかはましな男と付き合えたはずだ。アニメ好きでもいい、男と男が愛し合うような話が好みでも、それは今どきの普通なのである。問題はあまり生身の男に興味がないことだったが、時間が解決してくれるはずだと考えていた。その時間を奪われ、仁美の花嫁姿を見る機会は永遠になくなった。無念でならなかった。

仁美がいなくなった食卓では、ほとんど会話がなかった。男ふたりは、出されたものをおいしいとも言わず黙々と食べるだけだからである。しかし今日は、かろうじてやり取りがあった。隆章が今日の集まりのことを「どうだった?」と訊いてきたのだ。厚子は会合の中身について、喜んで話した。隆章は興味があるのかないのか、「ふうん」と相槌《あいづち》を打っただけだった。

「ところでさ、あの件はどうする?」

続けて隆章は、曖昧な訊き方をした。安達のことはまだ勝幸の耳には入れるなと、釘《くぎ》を刺してあるためだ。自分にはわからない話をされても、勝幸は問い質《ただ》さない。会話に加わるのが億劫《おっくう》なのだろう。こちらにとっては好都合だった。

「うん、ちょっとまだ」

その話は後で、というニュアンスを込めて答えると、隆章には通じた。この辺りが、勝幸との違いである。だからまだ、隆章には期待をしている。仁美がいなくなった今は、なおさらだった。

食事を終え、勝幸が風呂に入っている間、また隆章の部屋のドアをノックした。強めに叩けば、ヘッドフォンをしていても気づいてくれる。厚子を招き入れ、「で？」と隆章は促した。

「安達をどうするつもりなんだよ」

隆章は仁美の復讐を、安達に対してするつもりでいる。しかし厚子は、今ひとつ乗り気になれない。自分でもその理由は、よくわからずにいた。

「うーん、もうちょっと調べてみないと、何も決められないよ」

「調べるって、何を調べるんだよ」

隆章は不満そうだった。親にはあまり肉親の情を示さない隆章だが、仁美のことはかわいがっていた。自分はゲーム、仁美はアニメと、好きなものが似通っているのも気が合う理由だったのだろう。だから安達の存在を知り、ずっと復讐に前のめりだった。何事に対しても無気力な隆章が、成人後初めて積極的になっていると言ってもいい。

「だってさ、安達が斎木を苛めた人だっていう証拠はないんだよ。確信が持てるまで、めったなことはできないでしょ」

ひとまず、穏当な理由を口にした。厚子は安達がいじめっ子だったと確信しているが、そんなことを言おうものなら隆章は突っ走ってしまう。復讐などという非日常的な行為に踏み出すからには、もっと慎重でありたかった。

「そりゃそうだけど、じゃあどうやって証拠を摑むつもりだよ」

隆章は問い質してくる。そんな方法があるなら、厚子の方が聞きたかった。ひとまず、考えていたことを口にした。

「しばらく、安達を尾行してみるつもり」

「へえ、そうなんだ」

隆章は眉を吊り上げた。感心しているのか、厚子を見くびっているのか、どちらなのかわからない。感心してくれているのだと、都合よく解釈しておくことにした。

「もし安達がいじめっ子だったら、どうやって復讐するつもりなの？」

復讐の具体的な方途がわからないことも、不安な理由のひとつだった。いったい隆章は、何を考えているのか。実の息子でも、二十代半ばにもなるとさっぱり見当がつかない。

「ネットに名前を曝《さら》す」

隆章はきっぱりと言った。そこまでは厚子も予想していた。だが、名前を曝すとどうなるのか、その先が想像できなかった。

「それが復讐になるの？」

「なるよ。名前を曝されたら、安達の人生は終わるからね。勤めてる一流会社は辞めなきゃならなくなるだろうし、近所の人にも後ろ指を差されるよ、きっと。住所や電話番号もすぐ曝されるから、いたずら電話ががんがんかかってきて、家にも嫌がらせされるんじゃないかな。落書きされたり、ゴミを投げ込まれたり、ともかくたくさんの人が勝手に復讐の手助けをしてくれるはずだよ」

「本当に？　名前を曝すといっても、どこに曝すの？　大手のニュースサイトでもあるまいし、そんなに注目されないでしょ」

何千何万とアクセス数を稼ぐことは、ただの素人には不可能だと聞いている。隆章が安達の名前を出したところで、いったい誰が見てくれるのか。隆章の狙いどおりにいくとは思えなかった。

厚子の指摘は痛いところを突いたのか、隆章は黙り込んだ。しばし考えた末に、ふて腐れたように言う。

「まあ、ちょっと考えておくよ」

「うん、そうして」

取りあえず、今すぐどうこうということはこれでなくなった。そのことに、密かに安堵する。本当に隆章の言うとおりのことが安達の身に起きるなら、なおさら慎重に判断しなければならなかった。安達が斎木の人生を壊したように、厚子たちが安達の人生を壊すことになるからだ。

人が人に対して、そんなことをしていいのだろうか。その疑問は、仁美を殺された悲しみとはまったく別個に存在している気がした。隆章は、話は終わりとばかりにヘッドフォンを着けてゲームコントローラーを握る。その姿は、何かを考えているようには見えなかった。

9

隆章に言ったとおり、厚子は安達の家を張り込んだ。その結果、なぜか安達が会社に行っていないことがわかった。会社を休んで、斎木に関する調べごとをしているようなのだ。それほどに関心が高いなら、ただ同級生だったからという理由のわけがない。安達の行動自体が、斎木を苛めていたことを証明しているようなものだった。

とはいえ、そうそう何度も尾行できたわけではなかった。ずっと安達の家の前にいてはさすがに不審がられるし、尾け回すのは神経が疲れる。半日ずっと尾けていたのは二回だけで、そのどちらも安達は特に収穫がなかったようだ。安達が足を運んだ先は、斎木のかつての勤め先と思われた。

安達が無駄足を踏んでいるのと同様に、厚子もさして手応えがあるわけではなかった。安達がいじめっ子だったと確信していても、証拠らしい証拠は摑めずにいる。夜道で一度、安達の後ろ姿を写真に撮ったが、尾行で得たものはそれだけだった。

そして、二度目の被害者遺族の集まりがあった。米倉咲恵が来なかったらいやだなと思ったが、欠席者はいなかった。今回も里村のマンションの集会室に、前回と同じ顔触れが揃う。皆、何かをしたい気持ちはあるのだ。

里村の仕切りで会は始まったが、今日は永淵の出番だった。永淵は数年前に起きた、ある痛ましい事件に言及した。おそらくその事件の報をリアルタイムで聞いた人なら、誰でも憶えているであろう前代未聞のひどい出来事である。小学校に暴漢が侵入し、生徒数人を殺傷した事件だった。その事件でも被害者遺族の会が結成され、永淵はオブザーバーとして何度か出席したそうだ。永淵がなぜここにいるのか今ひとつ理解できずにいた厚子だが、そうと聞いてようやく真剣に耳を貸す気になった。おそらくこの場にいる全員が、前のめりになって永淵の言葉に聞き入っていることだろう。

「――もちろん、遺族の皆さんの悲しみや苦しみは今も癒えていません。ただ、一部の方は他の事件の被害者に会われ、ずいぶんと心が救われたとおっしゃっています。やはり同じ経験をした人の言葉でないと、どうしても心に届かないという部分があるのでしょうね。悲しみが消えることはないが、時間とともに小さくなっていくと言われ、素直に受け止めておられました」

そうなのか。今はまだそんな日が来るとは想像もできないが、経験者が言うなら間違いないのかもしれない。悲しみを小さくしたいとは思っていないけれど、苦しみからはできるなら逃れたい。そうでなければこの先、生きていくのがあまりに辛いからだ。

「ですので、もし皆さんが望まれるなら、その遺族の会の方たちとお引き合わせすることも可能です。私の言葉なんぞより、ずっと耳を傾ける価値があるかと思います」

その提案には、思わず声を上げたくなるほど気持ちを奪われた。ぜひそうして欲しい。他の出席者たちも、口々に「お願いします」と頼んでいた。

永淵は穏やかな表情で頷いた。その一方、隣に坐る里村は満足げだった。自分が永淵を連れてきた意義を出席者たちが理解し、満足なのだろう。おもむろに言葉を引き取った。

「では、永淵先生に仲介をお願いしましょう。先方のご都合もありますので、また私が擦り合わせて皆さんにご連絡します。その件はそれでよしとして、もうひとつの議題に進みます。先日もお話しした、裁判の件です。皆さん、どうするか考えてきてくださいましたか」

里村は一同の顔を見回した。皆、目を向けられて首を縦に振る。米倉咲恵も同様だった。

「米倉さん、どうですか。裁判をすることに賛成していただけますか」

前回、はっきりと反対を表明したのは米倉咲恵だけだったので、里村は名指しして尋ねた。米倉咲恵は表情も変えず、答える。

「いえ、賛成しません」

里村もその返事を予想していたのか、特に色をなすこともなく訊き返した。

「どうしてですか」

「犯人の親に責任を問うのは、筋違いではないかと思うからです。未成年者ならともかく、四十過ぎの息子がしたことの責任を被《かぶ》せられても、親としては気の毒でしょう」

米倉咲恵の意見には、異論がある人が少なくないようだった。「えっ」とか「それは……」といった声が、そこここで漏れる。親が気の毒、というくだりに同意できないのではないだろうか。気の毒なのはこちら、という意識がここにいる皆にはあるはずだった。

だが厚子は、米倉咲恵の言うことには一理あると思った。もし隆章が何か事件を起こしても、知ったことではないからだ。二十五にもなる息子のしたことの責任を負えと言われても、勘弁して欲しいというのが本音だ。親はいったい、いつまで子供の責任を負わなければならないのか。

「親の育て方が悪いから、こういうことになるんじゃないですか。親に責任がないことはないでしょう」

出席者のひとりが、米倉咲恵に向かって言った。腹が立ったのか、少し顔を紅潮させている。これは日本的な考え方だなと、厚子は密かに考えた。日本では、親はいくつになっても親なのだ。おそらく、親の責任から解放される日など来ないのだろう。

「私の息子はいい子でしたが、私の育て方がよかったからだとは思いません。息子は生まれながらにいい子だったんです。だから、犯罪者の親が育て方が悪かったとも思いません」

米倉咲恵はきっぱりと言い切った。この言葉にも、厚子は思わず頷きたくなった。確かにそのとおりなのだ。厚子は隆章をゲームオタクに育てたつもりはないのに、そうなってしまった。仁美もテレビばかり見せていたわけではなかったにもかかわらず、アニメオタクになってしまった。子供は親の思うとおりになど育たない。子供の性格形成は親次第と考えるのは、ただの傲慢《ごうまん》でしかないと思う。

「どうやら、米倉さんにはどうしても賛成していただけないようですね。やむを得ません。裁判は米倉さん抜きで起こしましょう。他に、訴訟に加わりたくない方はいますか」

里村は米倉咲恵を説得するのを諦めたようだった。折れるタイプではないと判断したのだろう。その判断は正しいと、厚子も思った。

と同時に、反射的に手を挙げてしまった。後先を考えない行動だった。手を挙げた後に、自分で驚いた。

「江成さんも裁判には反対ですか」

意外そうに、里村は言った。勝幸は驚いたように、目を見開いてこちらを見る。後でねちねちと嫌みを言われるだろうが、手を挙げてしまったものは仕方ない。夫の機嫌を伺うよりも、今は米倉咲恵に賛意を示したかったのだった。

「反対です」

声に出す勇気が、心に宿っていた。米倉咲恵から勇気をもらった気がした。

「何を言うんだ、お前」

語気を荒らげて、勝幸が言った。里村が言葉を被せる。

「旦那《だんな》さんも反対ですか」

「いえ、とんでもない。私は賛成です」

勝幸は首をぶるんぶるんと振った。米倉咲恵と同意見と思われるのは、本当に心外なのだろう。勝手にやってくれ、と内心で突き放した。

「では、他に裁判に反対の方はいらっしゃいますか」

改めて、里村は一同に問うた。これ以上足並みが乱れるのは困ると、顔に書いてあるかのようだった。厚子も参加者たちを見回した。意見を表明する人はいない。だが何人かの女性が、何か言いたそうにはしていた。言えずにいるのは、夫婦間で意見が分かれるのはよくないとでも考えたためか。その気持ちもわかる、と厚子は言ってあげたかった。

「わかりました。訴訟に加わらないのは、米倉さんと江成さんの奥さんのおふたりですね。そういうことなら申し訳ないですが、おふたり抜きで話を進めさせてもらいます」

里村が言い括《くく》ると、米倉咲恵はあっさりと応じた。

「はい、承知しました。でしたら、今日はこれで失礼します。永淵先生が別の被害者遺族をご紹介くださる際には参加しますので、声をかけてください」

喧嘩《けんか》腰になるわけでもなく、淡々と言って立ち上がった。厚子はふたたび、衝動で動いた。

「私も失礼します」

今度は勝幸だけでなく、米倉咲恵も意外そうな顔をした。米倉咲恵よりも先に、集会室を出た。

10

「いいんですか、旦那さんを置いて出てきちゃって？」

廊下に出てきた咲恵が、面白がるように話しかけてきた。厚子は嬉《うれ》しくなって、答える。

「いいんですよ。それより、この後まだお時間はあります？　よかったら、少し話をしませんか」

たった今、思いついたことだった。昔だったらこんなふうに知らない人を誘うことなどできなかったのに、ずいぶん性格が変わったと自分で思う。仁美に死なれたことにより、なぜか勝幸の抑圧から自由になれた。絶望して、何もかもがどうでもよくなったからかもしれない。

「ああ、いいですね。私もひとりくらい味方がいた方がいいから、親睦《しんぼく》を深めましょう」

咲恵は堂々とそんなことを言った。厚子を味方と呼ぶなら、里村を敵とでも思っているのか。まあ、そんなふうに色分けしているのではなく、これがこの人なりの親愛の情の示し方なのかもしれない。きっとあちこちで誤解され、摩擦を生んでいることだろう。

マンションを出て、駅前のコーヒーショップに入った。向かい合い、改めて互いに名を名乗る。こちらは最初から咲恵を意識していたが、向こうはまったくだったようで、まずは確認をしてくる。

「ええと、江成さんは娘さんを亡くされたんでしたっけ?」

「そうです。二十二歳でした」

仁美は社会に出て、まだ半年しか経っていなかった。学生時代とは違う生活を、半年しか味わわなかったのだ。これからいろいろな出会いがあり、壁にぶつかり、そして喜びもあったはずだ。そのすべてを奪うのは、何より罪深いことに思えた。

「やっぱりアニメファンだったんですか」

続けて、咲恵は訊く。アニコンに行っていたのだから当然アニメファンだと考えそうになるが、実際はそれほど熱心なファンでなくても来るイベントだったらしい。それだけ楽しい雰囲気だったのだろう。

「ええ、そうです。いわゆる腐女子です」

腐女子という言葉は、仁美がアニメにどっぷり嵌《はま》って初めて知った。キャラクターに本来の設定とは違う属性を与え、楽しむ人を言うらしい。世間にどれだけ認知されている言葉かわからないが、息子がアニコンに行っていた咲恵なら通じるだろうと思った。

「なるほど。うちの子は美少女好きでしたから、あまり一般的には胸を張って話せる好みではないですね」

咲恵は苦笑気味に答える。そんなことを言うからには、ただの美少女好きではなく、眉を顰《ひそ》められかねない嗜好《しこう》だったのだろう。もちろん厚子は、そういう趣味を危ないとは思わない。アニメファンは、二次元と現実の違いをきちんと理解しているからだ。厚子は子供たちを通じて、アニメの文化にかなり精通した。

「まさか、アニコンに行って死ぬことになるとは、思いもしなかったですね」

ぽつりと、咲恵はこぼした。被害者の会では気丈な面ばかりが表に出ていたから、初めて見る悲しみの表情だった。厚子はまったく同感だった。アニメファンの集まりに娘を行かせて、それきり帰ってこなくなると誰が予想できるだろう。

「だから、里村さんたちの気持ちもわかるんですよ。これが交通事故だったら、相手の運転手を憎んだり、乱暴な運転への罰を重くする法改正を求めたりとか、戦い方があると思うんです。でも、私たちの子供の死はあんまりにも予想外すぎて、受け止められないんですよね。死体をこの目で見ても、未だに信じられないですから。それで、なんとか怒りをぶつける先を探そうとしたんでしょう」

意外にも、咲恵は里村に理解を示した。まったく相容《あいい》れないのかと思っていた。気持ちはわかりつつもなお、里村の判断には乗れないということなのだろう。被害者遺族の中で、一番冷静に事態を俯瞰《ふかん》している人かもしれない。

「でも私は、米倉さんの言うことに賛成でした。この事件で、犯人の親を責めても仕方ないと思うんです」

年下の咲恵に尊敬の念を覚え、まずは自分の立ち位置を明らかにした。どう考えても、心情的には里村より咲恵の方が近い。単に頷けるというだけでなく、咲恵にはこちらの話も聞いて欲しくなった。そのこと自体に驚く。咲恵と言葉を交わすのは初めてなのに、これまで勝幸に対して覚えてきた鬱積や憤懣《ふんまん》を聞いて欲しいと思っている。自分の周りには、話を聞いてくれる人がいなかったのだといまさら気づいた。

「私は犯人の親のことを何も知らないですけど、普通の感覚なら、きっと自分を責めてると思うんですよね」

咲恵はこちらの目を真っ直ぐに見て話をする人だった。日本人離れしていると感じる。仕事で海外を飛び回っているのだろうか。単にイメージで決めつけているだけだが、咲恵の物腰や雰囲気にはそう思わせるところがあった。

「ああ、そうですよね。私も息子がいるから、きっとそうだろうと思います。裁判に訴えたりして、犯人の親に自殺でもされたら後味悪いですよね」

絶対にあり得ないとは言えないことだった。厚子たちとは別の意味で、犯人の親も辛いはずだ。そこに訴訟など起こしたら、精神的に追い詰めることになってしまう。死にたくなる気持ちは、他人事《ひとごと》ではなかった。

「きっとあの人たちは、そんなことまで考えてないでしょうね」

咲恵は少しいやそうに顔を歪《ゆが》め、アイスミルクティーのグラスにストローを差した。それを聞いて厚子は、里村を始めとするあの集まりに対して覚えていた違和感の正体に気づいた。里村とその意見に賛同する人たちは、考えることを放棄しているのだ。自分たちは被害者だから考えなくていいと、無意識のうちに権利を振りかざしている気がする。それは、仕事で疲れて帰ってきたのだから家のことに気を使わなくていいと自分でルールを定めた、勝幸の態度の相似形に思えた。だから、なんとなく気に食わなかったのだ。

「米倉さんの言うとおり。何も考えてないと思う。でもきっと、どうして自分たちが犯人の親のことを考えてやらなきゃいけないんだ、って言い返されるわね」

「そう言いたくなるのはわかるし、世間の人はたぶん、里村さんたちに賛同するんでしょうけど」

咲恵はあくまで、自分を客観視していた。厚子も少し頭を冷やす。勝幸に対する嫌悪を敷衍《ふえん》して、里村たちにも向けていたかもしれないと気づいた。里村たちは敵対する相手ではなく、仲間なのだ。そのことを忘れてはならないと、己に言い聞かせた。咲恵はアイスミルクティーをひと口飲んでから、続ける。

「ただ、悪いのはあくまで犯人個人であって、親だとか社会だとか、他に責任を求めるのは違うって思うんですよね。私は犯人だけを憎んでいたいんです。自分の憎しみを、広げたくないんです」

またしても、咲恵の言葉に胸を衝《つ》かれた。今この瞬間まで、咲恵には安達のことを話そうと思っていたのだ。安達の存在を、咲恵がどう思うか知りたかった。だが訊くまでもなく、答えがわかってしまった。憎しみを広げたくない、という咲恵の思いは、厚子にも理解できることだった。

安達に怒りをぶつけるのは、斎木の両親を訴えるのと同じような行為なのだろうか。簡単には答えが出せない。この問いは、ひとまず心にとどめておこうと思った。

「私、娘に死なれてすごく混乱してたんです。まるで考えがまとまらなくて、自分でも何をどうしていいかぜんぜんわからなかった。でも米倉さんと会えて、ずいぶん整理できました。被害者遺族の集まりに出て、よかったなって思ってます」

自分の気持ちを正直に伝えた。咲恵はきっと、この言葉が唐突すぎて意味がわからないだろう。しかし咲恵は、少し面食らったような表情をしたが、すぐに微笑《ほほえ》んでくれた。整った顔立ちの人は冷たげに見えるものだが、咲恵の微笑みは柔らかかった。

11

小さい庭には、三輪車が置かれている。それほど新しいものではないから、上の子も使っていたのだろう。年格好からして、今は下の子が乗っていると思われる。女の子でも三輪車に乗るのが好きなのは、仁美を見ていたから知っていた。

安達にはふたりの娘がいて、上の子は小学生、下の子は幼稚園児だった。少し監視をしていただけで、そんな家族構成までわかってしまった。学校や幼稚園に向かう子供たちまで尾行してはいないから、どこに通っているかはわからないが、知ろうと思えば難しくないだろう。個人の情報は、意外と簡単に調べられる。人ひとりを監視し続けることの恐ろしさを、厚子は手にした情報の量によって実感した。

しかし、そんなことが知りたいのではなかった。本当に知りたいのは、安達が小学生の頃、斎木を苛めたかどうかだ。いや、違う。それも、もはやどうでもいい。知りたいことは、もうない。問題は、厚子の気持ちなのだった。

憎しみを広げたくないという米倉咲恵の言葉には、共感を覚えた。それを結論としたい思いはある。だが同時に、割り切れない気持ちも残っているのだった。自分は咲恵ほど強くない。だから、迷っている。せっかく安達という存在を見つけたのに、みすみす見逃していいのか。決断する勇気が、厚子にはなかった。

だからこうして、意味もなく安達の家を監視しているのだった。決められないから、惰性でここに来ている。少なくともこうして見張っていれば、自分が何かをしているという手応えは得られた。何もせずに家にいるのが、一番辛いからだった。

結局、斎木が勤めていたファミリーレストランに通い詰めていたときと同じだった。場所がファミレスから、安達の家に替わっただけだ。そこに行くこと自体が目的となり、他に何もすることがない。勝幸に家庭内の決定権を握られ、三十年近くも過ごすうちに、自分の気持ちすら決められない人間になってしまった。己が情けなかった。

そんなことを考えていたせいだろう、注意力が散漫になり、安達の家のカーテンが動いたことに気づくのが遅れた。あれは、何かの弾みで揺れただけか。それとも、中にいる人が外を見たのか。ただカーテンが揺れただけと楽観するのは、危険だ。今にも安達が外に出てくるかもしれない。こちらは身許を知られていないのが優位点なのだ。顔を見られるわけにはいかなかった。

帰ろう。即座に判断した。ここに居続けることに意味はない。少しでも危険があるなら、立ち去るべきだ。厚子は迷わず、その場を離れた。駅に向かって、できるだけ普通の速度で歩き出した。急ぎたい気持ちはあるが、早足では逃げていることを悟られる。ただの通行人の振りをして安達を安心させれば、追ってこないかもしれなかった。振り向かずに、気配だけで後を追う者の有無を確かめられるほど、厚子は鋭敏ではない。玄関ドアが開閉する音がしたから、家の中から誰かが出てきたことは確かだ。それは安達か、あるいは安達の妻か。妻なら、ただ買い物に出てきただけかもしれない。安達であれば、こちらに気づいて追ってきているのは間違いなかった。

というのも、安達は今、警戒しているはずだからだ。決断できない厚子に痺《しび》れを切らし、隆章がついに告発のためのブログを開設した。名誉毀損《きそん》で訴えられることを恐れ、まだ安達の個人名は出していない。だが、厚子が撮影した安達の後ろ姿の写真は掲載した。あのブログを安達が見つけていれば、ハリネズミのように警戒心で全身を鎧《よろ》っているはずだった。

『今が注目を集めるチャンスなんだよ』

隆章は得意げに言った。犯行現場に居合わせ、一部始終を撮影した人が、斎木が通い詰めていたキャバクラを突き止めたのだ。そのキャバクラに乗り込む様子を動画撮影し、ネットにアップしたという。新事実が出てこないので世間の関心は明らかに薄れていたが、動画のお蔭《かげ》でまた騒がれ始めているそうだ。この機運に乗じれば、安達を社会的に抹殺することも可能だと隆章は言い切った。

『燃料を投下するなら、今なんだ』

隆章はそんな言い方をした。ネットで非難の声が高まることを炎上と呼ぶのは、厚子も学んだ。燃料投下とは、その炎をもっと大きくすることだろう。なるほど、タイミングはいいのかもしれない。こんなときだからこそ、作ったばかりのブログでも見てもらえる可能性がある。ならば、安達の名を出せばたちどころに世間に知れ渡るに違いない。安達の人生を終わらせるかどうかは、厚子の気持ちひとつにかかっているとも言えた。だからこそよけいに、迷っているのだった。力は、手にしていないときには渇望する。しかし実際に巨大な力を手にしてみると、行使にはためらってしまう。人ひとりの人生を、簡単に終わらせてしまっていいのか。そんなことを迷わずに実行できる人は、斎木と同類だろう。

背後が気になってならないが、振り向くわけにはいかない。思いついて、ハンドバッグからコンパクトを取り出した。蓋を開け、裏についている鏡で後方を見る。角度を調整する必要もなく、鏡には安達の姿が映った。やはり、安達が後を追ってきているのだ。

焦りと恐怖を同時に覚えた。捕まって、家を見張っていただろうと問い詰められたら、どうすればいいのか。白を切りとおすしかないが、自然に振る舞える自信がない。身許を示すものを出せと言われても、拒絶しきれるだろうか。警察を呼ぶと、開き直ればいいのか。

そこまで考え、駅前に交番があったことを思い出した。駅前まで行き、交番に飛び込んで男に尾けられていると訴えれば、警察官は対応してくれるだろう。その隙に逃げられるかもしれない。問題は、駅前まで辿り着けるかどうかだった。

今にも安達が追いついてきそうな気がしたが、そうはならなかった。安達は一定の距離を保って、跡を尾けている。そうか、わかった。こちらの正体に心当たりがない安達は、尾行を続けようと考えているのだ。厚子が気づかずに真っ直ぐ帰宅すれば、自宅の場所を教えることになってしまう。最初に安達に対して厚子がしたことと、まったく同じだ。それをやり返されそうになっているのだった。

ならば、交番に逃げ込める。ともかく今は、こちらが尾行に気づいたことを悟られないようにしなければならない。焦りがともすれば足を速めさせそうになるが、なんとかこらえた。背中だけでも、平静に見えるよう努めた。

駅までの距離が近いことが、嬉しくてならなかった。すぐに、目指す交番が見えてきた。我慢しきれず、後ろを振り向いてしまう。そしてそこに安達がいることを確認してから、走って交番に飛び込んだ。ほんの少しのダッシュだったのに、それだけで息が切れた。しかしそのことがかえって、交番内にいた警察官に切迫感を伝えたかもしれなかった。

「た、助けてください。変な男に追われてます」

切れ切れに訴えた。左手を上げて、来た方向を指差した。三人いた警察官のうちのひとりが、「えっ」と声を上げてすぐに飛び出す。残りふたりも、厚子を守るように出入り口の前に立った。

「どの男ですか」

最初に飛び出した警察官が、首を突き出して厚子に確認を求めた。厚子は恐る恐る、外を覗く。するとすでに、安達の姿はなかった。厚子が走り出したのを見て、意図を察して姿を隠したのだろう。さすがの頭のよさだった。

「そ、そこにいたんですけど……」

もう一度、来た道を指差す。警察官は「どんな男でしたか」と質問してきた。四十絡みで、休日のサラリーマンといった雰囲気、と答えた。実際、それ以上細かくは観察していなかった。

「少し見て回ります」

ひとりがそう言って、安達を捜しに行った。残ったふたりが、厚子を坐らせた。どういう状況だったか、改めて訊かれる。本当のことは言えないので、歩いていたら追ってきたとだけ答えておいた。

すぐに帰りたかったが、しばらくここにいた方がいいですよと留め置かれてしまった。強引に帰ろうとすれば怪しまれるかと思い、その言葉に従う。警察官はお茶を出してくれたが、こちらの身許を尋ねてきた。やむを得ず、本当の住所氏名を告げる。住所が近くではないので、なぜこの辺りに来たのかと問われた。まずいと内心で冷や汗をかいたが、用賀に引っ越そうかと考えているのだと、もっともらしい嘘がぽんと浮かんだ。その嘘で、警察官は納得してくれた。

「そろそろ帰らないといけないので」

腕時計を指差し、いかにも夕食までに帰宅しなければならない主婦といった体《てい》を装った。すると警察官たちは、駅の改札まで送ろうかと言った。当然の配慮なのかもしれないが、物々しすぎる。丁重に断り、交番を出た。電車に乗り、用賀から遠ざかると、解放感を覚えた。同時に、いまさらながら膝《ひざ》が小刻みに震え始めた。

厚子の裡《うち》で、ようやく気持ちが固まり始めていた。

12

家に戻り、夕食の支度をした。勝幸も隆章も、最近はあまり残業がないので夜七時前後には帰ってくる。すぐに温かいものが出せるよう、準備をした。仁美が死んでも休むわけにはいかない、毎日の仕事だった。

帰ってきたふたりに食事をさせ、勝幸が風呂に入っている隙に隆章の部屋のドアをノックした。隆章はヘッドフォンを外して、こちらを見る。後ろ手にドアを閉め、きっぱりと言った。

「やっぱり、復讐なんてやめる」

それが、結論だった。辛い目に遭えば反射的に復讐を考えるものだが、いざ実行に移そうとすると簡単なことではない。心理的抵抗は、事前に考えていたよりもずっと大きかった。何より、復讐の刃《やいば》が安達ひとりに向かうわけではない点がどうしても引っかかった。安達の人生が終われば、家族も巻き添えを食う。厚子の脳裏からは、庭に置いてあった三輪車が消えなかった。

「なんで？」

隆章は睨《にら》むようにこちらを見た。自分の思いどおりにならないと、すぐに臍《へそ》を曲げる子なのだ。そのように育てたつもりはないのに、そうなってしまった。子供は、親の躾《しつけ》とはまったく関係なく自分の性質を育《はぐく》む。親としてはただ、犯罪に手を染めないでくれと祈ることしかできない。

「安達が斎木を苛めていたかどうか、いくら尾け回してもわからない。もし濡《ぬ》れ衣《ぎぬ》だったら、大変でしょう。証拠もないのに、安達の人生を破滅させられないよ」

復讐をやめる理由は、いくつもある。まず、隆章にとって一番納得しやすい理由を挙げたつもりだった。

「だから、ブログを作ったんだよ。これで安達の情報が集まってくるかもしれない。証拠がないって決めるのは、まだ早いよ」

隆章は言い返す。そうだったのか。ならばよけいに、隆章を今止めなければならない。

「本当に安達がいじめっ子だったとしても、名前を曝すのはいくらなんでもやり過ぎでしょ。安達ひとりの人生が終わるならまだしも、家族も苦しむことになるんだよ」

「そこまで考えてやる必要、あるのかよ。おれたちだって、被害者家族なんだぜ」

隆章は、斎木の両親に損害賠償を請求しようとしている遺族たちと同じだった。被害者家族だから、考えることを放棄してもいいと思っている。そうではないだろうと指摘しても、きっとわかってくれない。

「奥さんも娘ふたりも、なんの罪もないのよ。それなのに、私たちと同じ苦しみを与えるつもり？」

「同じじゃないだろ。おれたちは家族を殺されてるんだぜ。ぜんぜん同じじゃないよ」

話が通じない。家族であっても、話が通じるとは限らないのだ。絶望的なまでに、わかり合えない。言葉が、ただ空しくふたりの間に消えていく。

「ともかく、復讐なんて絶対に駄目だからね。安達の名前を勝手に出して、名誉毀損で訴えられても、お母さんは知らないわよ」

最後通牒《つうちょう》のつもりで、はっきりと言った。隆章は不快そうに眉を寄せる。

「なんだよ、それ？　結局母さんはいつもそうだよな。女の浅知恵でおれの足を引っ張る。安達を見つけて尾行したりするから、少しは見直した気でいたのに、やっぱり母さんは母さんだ。何もできないなら、黙って飯を作ってりゃいいんだよ」

隆章は父親の姿を見て育ったから、厚子に対して辛辣な言葉をぶつけるのをためらわない。だがそれにしても、この言葉はひどすぎた。勝幸ですら、肚《はら》の中で思うだけで口には出さないだろう。自分の息子がこんなにも心ない言葉を平気で言える人間に育ってしまった事実が、衝撃を伴って厚子の心を貫いた。

「私はもっと、優しい子供が欲しかった」

言い返すつもりではなく、今の正直な気持ちだった。隆章は言われたことが不満らしく、「何それ？」と吐き捨てる。言葉が通じない相手と話をしても、無駄だ。厚子は隆章の部屋を出た。

居間で床にへたり込んだ。座卓に突っ伏すと、涙が溢れてくる。仁美を喪《うしな》い、残されたのは親に暴言をぶつける息子だけだという現実が、悲しくてならなかった。隆章に聞こえるよう、厚子は声を上げて泣き続けた。

第七章

1

スマートフォンの待ち受け画面に、メール着信の通知が表示された。通知に出た名前を見た瞬間、体が竦《すく》む。今岡という名前には、いやな印象しかない。反射的に、このまま削除しようかと考えた。

だが、今岡が世間話をするためにわざわざメールを送ってきたはずもない。何か、無視してはいけない用件があるのだ。読まずに済ませては、後々後悔するだけだろう。内心の抵抗感は大きかったが、それを押し切って安達は今岡からのメールを開いた。

〈先日はお世話になりました。荒井さんから紹介された今岡です。あの後、思い出したことがあります。ぜひ安達さんのお耳に入れたいと思いますが、いかがしましょう?〉

今岡の書く文章は、口調ほど皮肉に満ちてはいなかった。社会人として、ごく真っ当である。そのことに、かなり安堵《あんど》した。あの口調のままだったら、内容にかかわらず削除したくなっていただろう。

思い出したこととは、いったい何か。こうしてメールをもらって、そういえばアドレスを教えていたのだと気づいた。確かに、思い出したことがあったら連絡をくれると言っていた。まったく期待していなかったから忘れていたが、果たして耳を貸す価値があるのか。また金だけ取って、こちらを傷つけることを言うのではないかという懸念がある。

すぐに返事をする気にはなれなかった。いまさら、新情報が出てくるとは思えない。今岡からに限らず、どこをどうつついても斎木の真意などわからないのだ。死んでしまった殺人犯の真の動機は、誰にもわからなくて当然である。永久に謎のままでいいではないかという諦念《ていねん》が、安達の心には芽生え始めていた。

気持ちは、すぐには晴れないだろう。パニック障害を、しばらく引きずってしまうことになる。しかし、どんな傷も時の経過とともに癒《い》える。時間はかかるかもしれないが、いつか立ち直れるに違いない。それは一年後かもしれないし、あるいは二年かかってしまうとしても、病気と向き合っていくしかないという覚悟が固まりかけていた。

夜までメールは放置した。その間、今岡からのメールを忘れようとしていつつも、頭の片隅に引っかかっていた。今岡が何を思い出したのか、見当がつかない。推し量る材料が少ないからだ。ならば、ずっと引っかかり続ける可能性がある。それはごめんだった。今岡の存在が頭に残り続けるような事態は、絶対に避けたかった。

忘れるためにも、メールに応《こた》えた方がいい。結局、そう結論した。逃げようとして、逃げられなかった。逃避は無駄だと悟った。

〈ご連絡ありがとうございます。思い出したこととは、いったいなんでしょうか〉

会わずに済ませられるなら、その方が望ましい。だからメールで尋ねたが、すぐに来た今岡からの返信は安達を失望させるものだった。

〈よければ、またお目にかかれませんか。率直に言って、情報料をいただきたいです。今度は一万円の価値があると思います〉

やはり、そうか。そんなことではないかと、漠然と予想していた。前回の一万円がほぼ無意味だったのだから、さらに一万円払うのは業腹《ごうはら》である。だが、今度は価値があると豪語するのが気になった。なんと言っても今岡は、斎木と一緒にいた時間が長いのである。誰も知らない貴重な情報を知っていても、おかしくないのだった。

〈では、実際にお話を伺って、価値があると判断したらお支払いします。それでよろしいですか〉

この提案に渋るようなら、相手にするのはやめよう。そう考えて返信を送ると、今岡はあっさり承知した。

〈それでけっこうです。いつにしますか。私の都合がいいのは――〉

具体的な日時を、今岡は挙げる。こちらは時間の自由が利く身だから、合わせるしかない。今岡が自信ありげなのが、どうにも気になった。果たしてこれは、吉と出るのか。それとも、知らない方がよかったと悔いることになるか。どうせどん底なのだから、当たって砕けろと投げやりな気分になった。

　安達を告発するために作られたとおぼしきブログは、その後なぜか更新が止まっていた。家を見張っていた怪しい人物も、あれ以来現れていない。安達が気づいたことで、警戒したのだろうか。だが、ならばよけいに安達の名を出してこちらを追い詰めてもよさそうなものだ。動きがないのは不気味であり、またわずかなりとも安堵できる状態でもあった。

　今岡は翌日を指定してきた。ファミリーレストラン勤めは週末休みとは限らないから、都合のいい日が平日になる場合もあるのだろう。場所は、以前に会ったタリーズだ。一夜明けて次の日、家を出る際には自分の反応が心配だった。玄関に立った時点で少し動悸《どうき》がしたが、外に出る勇気は胸の中にあった。先日、家を見張っていた女を追いかけて勢いのままに外に出たのがよかったのかもしれない。美春に見送られて玄関から出て、深呼吸をした。大丈夫、パニックにはならない。逃げたい気持ちより、今岡の話を聞かなければならないという義務感の方が強かった。そんな自分を、誇らしく思うべきだと考えた。

　電車を乗り継いで、JR平井駅に着いた。タリーズには充分に空き席がある。時刻はまだ、約束の二十分前だった。席を確保するために、少し早めに来たのだった。コーヒーを買い、それを味わいながら今岡を待った。

「やあやあ、お待たせしましたね」

待ち合わせ時刻ちょうど頃に、今岡はやってきた。前回、どんなやり取りをしたかまったく記憶していないかのような、親しげにすら聞こえる挨拶《あいさつ》だ。いじめは、した方は忘れていてもされた方はいつまでも憶《おぼ》えているという。これも同じようなことだろうかと考えた。

「おれはまたホットコーヒーでお願いします。あ、Lで」

レジで注文せずに真っ直ぐこちらにやってきたから、自分でコーヒーを買う気はないのだろうなとわかっていた。図々《ずうずう》しさに苛立《いらだ》ったが、断ることもできないので立ち上がってレジ前に向かう。面の皮の厚い人間の方が、いろいろな場面で得だと実感した。安達はこうはなれない。

「前回はすみませんでしたね。まさか、斎木さんにLINEを送ってくる女がいたってことが、大した情報じゃないとは思わなかったので」

戻ってきてコーヒーをテーブルに置くと、今岡はまずそんな詫《わ》びを口にした。下手《したて》に出られ、うまく受け答えできない。

「……ああ、いえ」

あの程度の情報で金を取れると考えていたわけではなく、本気で一万円に値すると思っていたようだ。確かに、マスコミ報道だけを聞いていたら、斎木の周囲に女の影があったと知れば驚くだろう。つまり、今岡は荒井ともさほどコミュニケーションがなかったことになる。荒井ときちんと情報交換をしていれば、斎木にプレゼントを贈る相手がいたとわかっていたはずだからだ。荒井も、今岡の情報を確認してからこちらに紹介してくれればよかったものを。そう怨《えん》じたくなり、以前に荒井が語ったことを思い出した。子供が熱を出して仕事を早退せざるを得なくなると、いやな顔をする男もいると言っていた。今岡はそうした男のひとりなのかもしれない。ならば、じっくり会話をしたくなかったのも理解できる。安達との約束を守り、厨房《ちゅうぼう》の人間を紹介してくれただけでも、荒井は律儀だったと考えるべきなのだろう。

「あの後、斎木さんが追いかけていた女がいるってネットで騒がれてるのを知りましたよ。安達さんはあの動画も見てたんでしょう？　だったら、斎木さんに女からＬＩＮＥが来てたって不思議はないと思いますよね。耳寄りな情報を持ってきてやったのに、露骨にがっかりしてるから、なんだよって思いましたよ」

今岡は苦笑気味に言う。そんなに態度に出ていただろうか。今岡は今岡で、安達に腹を立てていたらしい。お互い様かと思えば、少し肩の力が抜けた。

「それは失礼しました」

「いや、まあ、事情がわかれば納得できる話ですから。で、斎木さんが追いかけていた女はキャバ嬢だったらしいですね。あの人がキャバクラ通いとは驚きましたが、まあそういうところにでも行かないと女に相手にされないでしょうからねぇ。あんな男に粘着されても、キャバ嬢もいい迷惑だったでしょうけど」

それを知っているなら、斎木に来ていたのがキャバ嬢の営業ＬＩＮＥだったかもしれないと気づいているはずである。その上で安達を呼び出したのは、どうしてか。そこにつけ加える、どんな情報があるのだろう。

「追いかけていた女がキャバ嬢だと知って、思い出したことがあるんです。ぜんぜん別の話だと思ってたから、この前お話ししたときには気づかなかったんですよ」

今岡は、特に口調も変えずに本題に入った。安達は思わず居住まいを正す。聞き捨てにできない話が、今岡の口から語られる予感があった。

「前にね、斎木さんから寄付を求められたことがあるんです。かわいそうな人がいるから、ぜひ寄付してくれ、って」

「寄付？」

予想もしなかった単語が出てきて、つい繰り返した。寄付なんて話は、これまでの調査で一度も出てきていない。正規に就職していない斎木に、寄付を考える余裕があったとは驚きだった。

「ええ、寄付を募ってるサイトを見せられましたよ。ほら、よくあるでしょう。子供が心臓病で、移植をしなければ助からないけど、日本では無理だからアメリカに行く必要がある。そのためのお金を集めているって話」

たまに聞く話ではある。気の毒だとは思うが、安達は寄付をしたことがない。縁もゆかりもなければ、なかなか寄付しようという気になれないのが普通だろう。斎木はその家族と、何か関わりがあったのか。

「斎木は寄付してたんですか」

「そうみたいですよ。ただ、斎木さんも貧乏でしょ。大した金額じゃなかったはずですよ。それで、おれにも寄付を求めてきたんだと思います」

「今岡さんは寄付したんですか」

「まさか。そんな余裕はないですよ。なんだって見ず知らずの子供のために寄付しなきゃいけないんですか。富豪でもないのに」

今岡の言葉を、心ないとは思えなかった。世の中の大半の人が、同じように考えるのではないか。

2

またしても斎木の意外な一面を知ったが、それがキャバ嬢とどう繋《つな》がるのかわからない。続きを促すために、質問をした。

「寄付は、必要な額が集まったんでしょうかね」

「いや、それがね、集まらなかったんですよ。ある程度までは順調に集まってたみたいなんですけど、ちょっとした事件が起きて、集まりが悪くなったんです」

「事件？」

「ええ。病気の子供の母親が、キャバ嬢だってわかったんです」

ここで繋がるのか。子供の母親が斎木の思い人だったと、今岡は考えているようだ。しかし、まだ話がよくわからない。母親がキャバ嬢だとわかると、なぜ寄付の集まりが悪くなるのだろう。子供の手術費用を稼ぐためには、選択肢に入ってくる職業である。むしろ美談ではないのか。

「キャバ嬢だと、駄目なんですか」

直截《ちょくせつ》に尋ねた。今岡は皮肉そうに肩を竦める。

「子供のためにキャバクラで働いてる、って話ならいいですよ。最初は世間の人もそう思ってたから、同情が集まってたみたいです。でもね、そうじゃなかったと判明したわけですよ。母親は子供が病気になる前からキャバ嬢だったんです」

「ああ……」

その違いは、微妙なようで重大であるのはわかる。美談かそうでないかの違いだからだ。職業がキャバ嬢で悪いことはないはずなのに、美談ではなかったと知ったときの失望はやはり大きい。同情されにくくなったことは、無理からぬと思えた。

「どうして、母親がキャバ嬢だとわかったんでしょうか？」

ネット上で募金をしていたなら、ネットで職業を明かされる可能性もある。ネットの怖さは、安達自身が今現在味わっていることだからよくわかる。今岡は首を傾《かし》げつつも、安達の推測を認めた。

「さあ。誰か客が、悪気もなくばらしたんじゃないですか。そういう話って、どこからともなく出てくるでしょ。言う方に悪意はなくても、募金活動をしていく上ではまずかったわけですよ」

「まずかった。ということは……」

「ええ。結局、目標金額に達しなくて手術は受けられず、子供は死んじゃったみたいです」

それを聞き、安達は考え込んだ。斎木が何に絶望したのか、見えた気がした。今岡が言うとおり、斎木は病気の子を持つキャバ嬢に惚《ほ》れていたのだろう。惚れた女のために、なんとか子供を助けてやりたいと考えた。荒井が、斎木は金を欲していたと言っていたのを思い出した。あれは金遣いが荒い女に貢ぐためではなく、子供の手術費用を集めたかったのだ。大して親しくもない今岡にまで寄付を求めたのは、必死さの表れと思われた。

その一方、荒井にその話をしなかったわけも理解できる。荒井もまたシングルマザーで、寄付をする余裕がないとわかっていたからだ。斎木が荒井の子供を何くれとなく気にかけていたのも、自分の好きな相手と同じシングルマザーだったからではないか。これまで判明していたことが、ぴたりぴたりと符合《ふごう》していく。

しかし、子供の手術費用は集まらなかった。人々の善意が足りなかったというより、世間の偏見が子供を見捨てたような形だ。子供の手術費用を稼ぐためにキャバクラで働き始めようが、それ以前からキャバ嬢であろうが、本来は大差ない。だが、美談だと勝手に思い込んでいた世間は、そうではなかったと知り掌《てのひら》を返した。その結果、もしかしたら助かったかもしれない子供の命は喪われた。斎木が無力感に苛《さいな》まれ、世間の冷たさに絶望したとしても、それは理解できない感情ではない。

ここまではいい。特に矛盾もなく説明がつく。ならば、なぜアニコンだったのか。斎木の絶望がアニコンに向かう理由がわからない。判明したことの中に、アニメに関わる要素はひとつもなかった。斎木はどうして、己の絶望をアニコンにぶつけたのか。ぶつける先がどこでもよかったのだとしても、アニコンは特殊すぎる。まだ判明していない、最後のピースがあるのではないかと思えてならなかった。

「今岡さんは、そのことが斎木が事件を起こす動機になったと考えますか」

誰でもいいから、意見を聞かせて欲しかった。霧が晴れそうで晴れないもどかしさがある。斎木、お前はいったい何を考えていたんだ。お前の絶望は、どうしてあのような形で外に出たのか。お前はアニコンに、どんな恨みを抱いていたんだ。

「どうでしょうねぇ。なんか、あんまり事件と関係なくないですか？　キャバ嬢の子供が死んだからって、あんな大事件を起こす理由にはならないですよね。アニメファンが、子供の母親はキャバ嬢だってばらしたわけでもあるまいし」

「ああ、なるほど。いや、そうかもしれないですよね」

それはありうる仮説だと思った。そう解釈すれば、斎木がアニコンを狙ったのも頷《うなず》ける。しかし今岡は、渋い顔をして首を捻《ひね》った。

「そうですか？　ネットの情報なんて、出所をどうやって特定するんです？　不可能じゃないですかねぇ」

「……そうか、そうですね」

冷静に言い返され、少し悔しかった。斎木の考えを理解したいがために、つい仮説に飛びついてしまった。もっと斎木の身になって考えなければならない。もっと想像力を働かせなければならない。

「それに、アニメオタクとキャバ嬢じゃ、接点がまるでないでしょ。子供の母親がキャバ嬢だってことを、アニメオタクがどうやって知るんですか。アニメオタクはキャバクラなんて行かないでしょう」

「確かに、そのとおりですね」

今岡の方がよほど頭を使っている。寄付を求められた件を思い出してから、考える時間があったためだろう。安達もまた、この情報をじっくり吟味する必要がありそうだった。

「こうやって呼び出しておいて言うのもなんですが、キャバ嬢の話と事件は無関係なんじゃないですかね。病気の子供の件は斎木さんが腹を立てるに充分な理由だとは思いますけど、アニコンを襲ったのは何か別のわけがあるんですよ、きっと」

どうやら、それが今岡の結論のようだった。もしそうだったら、結局振り出しに戻ってしまう。一度は手が届きそうだった斎木の真意が、また霧の向こうに消えていくように思えた。

斎木、お前は何に怒ったんだ。居場所を与えなかった社会に対してか。病気の子供を見捨てた世間の冷たさか。それとも、いじめのきっかけを作ってお前を社会から落伍《らくご》させたおれに対する怒りを、ずっと心の底に潜ませていたのか。斎木、答えて欲しい。

心の中で、本気で斎木に語りかけた。答えは、どこからも聞こえてこなかった。

3

自分は頭がいい方だ、と安達は自任していた。一流と言われる高校から一流大学に進学し、学内でも好成績を収めて一流の会社に就職した。銀行に入行してからも、優れた判断力と決断力を示して順当に出世をした。頭が悪ければこのような人生は送れない、との自負があった。つい先日までは。

自分が誇る頭のよさは、しょせんはただの一面に過ぎなかったと、今はわかった。これまでの人生で、必要とされた能力はごく限定的だった。その意味では、運がよかったのだ。足りない部分を自覚せずに生きてこられたのだから。

今岡の話を聞いてからずっと、斎木の真意を考え続けていた。斎木はなぜ、あんな大事件を起こしたのか。材料は揃ってきたように思う。それなのに斎木の真意がわからないのは、決定的なピースが足りないからか。あるいは、足りないのは想像力なのか。自分には想像力が欠けているという自覚が、今や安達にはあった。

だが逆に、世の中の何人が想像力をきちんと使えているのだろうとも考える。その数は、驚くほど少ないのではないか。大半の人間は、想像力などないのだ。そして、想像力がないことにも気づかずに生きている。自分には想像力がないかもしれない、と想定することが想像力がない人間には不可能だからだ。安達もこんな事件に直面することがなければ、己の想像力の欠如に気づかないままだっただろう。

人間は脳の数パーセントしか使っていない、という話を聞いたことがある。それは俗説だという反論もあるが、想像力は間違いなく備わっているはずなのに使われていない能力だ。想像力は決して、特別な力ではない。誰でも持っているにもかかわらず、使っている人はほとんどいない。使われない能力は、ないも同然に錆《さ》びついていく。

安達の錆びついた想像力では、斎木の真意を推し量ることがどうしてもできなかった。斎木のように生きる辛《つら》さ自体が想像できないのだから、その果てに起きた犯罪の理由を理解できるはずもない。安達に唯一できるのは、自分の限界を潔く認めることか。ずっと考え続けた末のつまらない結論に、失望しつつも苦笑したくなる。

やはり、斎木の思い人を捜そう。そう決心するまで、かなり時間がかかった。相手の平穏な生活を乱すことになる、と想像できたからだ。しかし、最初は怖がらせてしまうだろうが、安達には斎木の思い人を世間に曝《さら》す意図はない。そのことを、きちんと話す。わかってもらえる確信はないが、誠意は示すつもりだ。斎木は、自分の意図を語らずに死んだ。せめてひとりくらい、斎木の気持ちを理解しようとする者がいることには意味があるはずだった。

心臓病の子供を抱え、ネット上で募金活動をしていたとなれば、その人物を特定するのは難しくないだろう。だが、安達にはノウハウがない。募金のためのホームページは、すでになくなっていた。ネット上で捜せないなら、もうお手上げだ。以前に美春が言っていたように、ここはプロの力を借りるべきところだった。探偵事務所なら、ほんの数日で見つけ出せるのではないか。

ネットで調べた探偵事務所に、まずは相談をした。メールでのやり取りだけで、見積もりが出てくる。その額は、決して安くはなかったが常識の範疇《はんちゅう》に収まるものだった。むしろ、安すぎては信用ができない。女性を捜す理由は言いたくない、と説明を拒否すると、その点は不問にしてくれたところも好印象だった。

まずは三日、時間をくれと探偵事務所は言った。自信ありそうな様子に、心強さを覚える。規定の料金を振り込み、着手してもらった。やり取りはすべて、メールで済んだ。便利な世の中だが、椅子に坐《すわ》ったまま人捜しができてしまうことにうっすらと恐怖を感じた。

そして三日目の夜に、報告書がメールで届いた。そこには募金をしていた女性の氏名、現住所が書かれていた。ついに、見つけてしまった。事件の鍵《かぎ》を握る人物だ。自力で見つけたわけではないので、達成感はない。むしろ、このまま直面せずに済むのではとも考え始めていた真実がすぐ目の前に迫り、後込《しりご》みする気持ちが湧いた。真実を知ることは、怖かった。

それでも、真実から目を背けて生きていくことはできないのだった。どんなに怖くても、真実に向き合う義務が自分にはある。いくら逃げたくても、最終的には前に進むことはわかっていた。これまで、そう生きてきたからだ。これからも、同じように生きていくしかなかった。

女性の名前は熊谷妃菜《くまがいひな》、住所は葛飾区東新小岩《かつしかひがししんこいわ》だった。最寄り駅はJR新小岩駅だから、総武線で錦糸町まで一本で行ける。この女性が、錦糸町で働いていたキャバ嬢で間違いなさそうだった。

錦糸町まで電車一本で行けるところが居住地なら、安達が住む用賀からも錦糸町で一度乗り換えるだけで行けることになる。この行きやすさが、安達の背中を押す最後の力になった。もう、ためらう理由はない。東京を西から東に横断するにもかかわらず、一度の乗り換えで行けることを運命と捉《とら》えて、会いに行く決意をした。

次の日、東京メトロ半蔵門線直通の電車に乗った。今はもうキャバクラを辞めているとしても、熊谷妃菜はまだ夜型の生活を送っている可能性が高い。あまり早く行っては、迷惑がられるだけだろう。新小岩に午後三時頃着くように、家を出た。

探偵事務所が報告してきた住所は、地図アプリで調べたところ、新小岩駅から徒歩で十七分の場所だった。女性の足なら、もっとかかるだろう。キャバクラで働いていたとはいえ、病気の子供を抱えていた母親の生活は華やかではない。そのことが、住所から透けて見えた。

駅からスマートフォンの案内に従って、アパートの前に到着した。ひと昔前なら「コーポ」という名前がつきそうな、戸数があまり多くない低層アパートだ。薄暗いエントランスには、郵便ボックスが見える。ダイヤル錠ではなく、鍵をかけたければ自分でつけるタイプなのが築年数の古さを感じさせた。

目指す部屋は三階だったが、アパートにエレベーターはなかった。やむを得ず、階段を上がる。日頃、二階分を階段で上がることなどないので、少し息が切れた。この上り下りが毎日のことなら、大変だろう。あるいは、若い人にとってはどうということもないのか。

玄関ドアの横についている呼び鈴は、インターフォンではなかった。応対するなら、玄関先まで来るしかない。そのことを幸運に感じつつ、ボタンを押した。部屋の中から、ブザー音が聞こえる。

「はい」

思いの外早く、反応があった。ひょっとしたらまだ寝ているかもしれない、と考えていたのだ。玄関ドアは開かない。ドア越しに話しかけた。

「突然失礼します。私は小学生当時に斎木と同級生だった、安達と申します。不躾《ぶしつけ》に伺ってさぞやご迷惑とは存じますが、お話を聞かせていただければと思い、やってきました」

いきなり斎木の名前を出すのは得策とは思えなかったが、相手を騙《だま》すような真似はしたくなかった。言葉を切って答えを待っても、何も聞こえない。対応に迷っているのだろうか。それとも、怖くなって竦んでいるのか。決断を促すために、続けた。

「私はマスコミの関係者ではなく、ネットに何かを書き込むつもりもありません。恥を忍んで申し上げれば、私は小学生のときに斎木を苛《いじ》めていたのです。そのせいで斎木は、不登校になりました。あのときに私が斎木を苛めなければ、こんな事件は起きなかったのではないかという不安に囚《とら》われています。私には斎木の気持ちを知る義務があると考え、熊谷さんに行き着きました。どうか、お話を聞かせてください」

正直な思いを伝え、それで駄目なら何度でも通うしかないと考えていた。あちこち歩き回ってわかったのは、相手から本音を聞き出したければこちらが誠意を見せるしかないということだった。誠意だけでは足りず、金品を要求される場合があることも学んだ。しかしそうだとしても、まずは誠意なのだ。捜査の素人である安達には、それしかないのだった。

「――名刺は、ありますか」

か細い声が、ドアの向こうから聞こえてきた。無視されたわけではなかったのだ。安達はドアに顔を近づけ、答える。

「はい、あります」

「では、新聞受けから入れてください」

警戒しているのだろう。それも当然と思うので、言われたとおりにした。名刺の社名が信用を生み出すという経験を、これまで何度もしている。今もその効果があることを願った。

ガタンという音がして、相手が新聞受けの蓋を開けたことがわかった。十秒ほどして、ドアが解錠される。恐る恐るといったペースで開いたドアの隙間からは、若い女性の顔が覗《のぞ》いた。この女性が、熊谷妃菜のようだ。

熊谷妃菜はこちらの顔を見つめたまま、しばらく何も言わなかった。信用のおける人物かどうか、判別しようとしているのだろう。やがて、熊谷妃菜は口を開いた。

「どうしてあたしがここにいると知ったのか、説明すると約束してくれるなら、場所を変えてお会いします」

「もちろんです。いきなり知らない男が訪ねてきたら、怖いですよね。きちんとご説明します」

相手の身になった言い方をしたからか、熊谷妃菜はこくりと頷いた。そして、少し考えるように小首を傾げてから、言葉を続けた。

「新小岩駅の北口に、ルノアールがあります。一時間後に、そこでどうでしょうか」

「一時間後にルノアールですね。けっこうです。では、先に行ってお待ちしています」

承知すると、ドアはすぐに閉められた。このますっぽかされる、とは思わなかった。

安達がどうやって場所を特定したか聞かなければ、不安は解消されないだろうからだ。

ともあれ、熊谷妃菜と会えたのは大きな収穫だった。

そのまま駅まで引き返し、ルノアールに入った。店内には仕事中のビジネスマンといった雰囲気の人たちが数人、点在していた。安達も連れが後から来ると告げ、ソファ席に案内してもらう。隣の席に客はおらず、話がしやすい場所だった。

尾行されていないことも、確認済みだった。念のため、入り口にじっと目を向け続ける。安達を追って店に入ってくる人はいなかった。スマートフォンも手に取らず、熊谷妃菜の到着を待った。

4

五十分ほどで、熊谷妃菜はやってきた。先ほどはすっぴんだったのか、顔が幼く見えたのだが、今はきっちりメイクをしている。とはいえ、丸顔の童顔であることに変わりはなく、知らなければかつて一児の母だったとは思わないだろう。ぺこりと頭を下げると、安達がいる席に近づいてきた。

「改めまして、熊谷です。ご存じでしょうけど」

安達の向かいに坐ると、熊谷妃菜はそう名乗って視線を下に向けた。ここにいることはまったく本意でないと、態度で示そうとしているかのようだ。相手の立場になれば、無理もないことと思う。できるだけ、怖がらせないように言葉を選ばなければならない。

「安達です。お時間を割いていただき、感謝しています」

名乗り返したところに店員が注文を取りに来たので、熊谷妃菜はメニューを見てクリームソーダを頼んだ。そんなところも、幼さを感じさせる。子供を病気で亡くすという過酷な経験をしたとは、いかにも気の毒だ。そうした状況に対処する世間知が身についていたようには見えない。翻弄《ほんろう》されるまま今に至ったのではないかと、勝手な推測をした。

「まず、どうやってあたしのことを知ったのか、話してください」

その点をはっきりさせなければ何も言わない、という意志を感じさせる、決然とした口調だった。安達は自分の心情をきちんと言葉にし、順を追って語る。なぜ斎木が気になるのか、どんな疚《やま》しい気持ちを抱いているのか、過去の愚かさをどれだけ悔いているか、すべて吐露した上で、探偵事務所を使ったことまで打ち明けた。探偵事務所という単語に熊谷妃菜は不愉快そうな反応を示したが、何も言葉を挟まなかった。運ばれてきたクリームソーダのアイスクリームを、口に運ばずストローでつついている。

「――こうして時間を作ってくださったのは、斎木と面識があったからですよね。熊谷さんは斎木とどういうご関係だったのですか」

話し終えて、まず一番の疑問を質《ただ》した。斎木が一方的に恋慕の情を抱いていただけなら、何も語ることはないかもしれない。交流が双方向であったことを確認したかった。

「斎木さんにはよくしていただきました。でも、付き合っていたわけではないです。斎木さんがあたしのことをどう思っていたかは、知りません」

俯《うつむ》き気味のまま、熊谷妃菜は答えた。ある意味、予想の範囲内の返答だった。斎木と熊谷妃菜は、十歳以上離れている。あまり釣り合いが取れているとは言えない。熊谷妃菜の物言いにも、斎木に対する恋愛感情は見られなかった。

「差し支えなければ、斎木とどのように知り合ったのか教えていただけませんか」

熊谷妃菜には、安達の質問に答える義理はない。こうして家から出てきたのはあくまで、こちらがどんな態度に出るかわからないから、不安に押されてなのだ。安達が紳士的な対応をすれば、不安が解消されて何も言わなくなる可能性もあった。それでも、絶対に威圧的な言動はするまいと心に決めている。脅して口を割らせても、意味はないのだ。

「……全部話したら、もうあたしのところには来ないと約束してくれますか？」

熊谷妃菜は上目遣いになっていた。安達がどんな返事をするか、見逃すまいとしているかのようだ。安達としては、頷くしかなかった。

「約束します。これ以上、ご迷惑はおかけしません。もちろん、聞いたことは誰にも言いません」

「そうですか。わかりました」

一応のところ、納得してもらえたようだ。熊谷妃菜はようやくストローに口をつけ、ソーダを飲む。そして、ソーダのグラスを見たまま、話し始めた。

「初めて斎木さんに声をかけられたのは、駅に行く途中で自転車のチェーンが外れて困っているときでした。仕事に行かなきゃいけない時間だったから、自転車屋さんに持っていく暇はないし、手で押してたら遅刻しちゃうし。その場で直すしかないと思ってなんとかしようとしてたんですけど、手が油で汚れるだけでうまく直らなかったんです。そんなときに、斎木さんが声をかけてくれました」

斎木の方から声をかけたとは意外だったが、聞けばそのときは子供も一緒にいたそうだ。だから斎木も、話しかけやすかったのだろう。熊谷妃菜はチェーンが外れた窮状を訴えた。

「斎木さんはすぐにチェーンを直してくれました。本当に、一分くらいで直ったんですよ。手が汚れちゃったので、お礼代わりにポケットティッシュを渡しました。でも、時間がなかったのでそのときはそれだけでした。申し訳ないなと思ったけど、お金を渡すのも変でしょ。お互いに名前も名乗らなかったし、偶然がなければきっとそれきりでした」

熊谷妃菜が言う偶然とは、それほどまれなこととは思えなかった。数日後に、まったく同じ状況が再現されたのだという。互いに出勤時間が決まっているなら、偶然というほどのことではない。むしろ、必然だったとも言える。

「古くなるとチェーンが伸びて、外れやすくなるんですってね。だからまた外れちゃって、泣きそうになりながら、この前の人が通りかからないかなって思ってたんです。そしたら斎木さんがホントにやってきて、今度はあたしの方から声をかけました。斎木さんはいやな顔もしないで、すぐに直してくれました」

さすがに二度目ともなると、名乗りもせずに別れるのは心苦しかったらしい。熊谷妃菜は自分の名を教え、斎木も名乗った。斎木は少し恥ずかしそうだったと、熊谷妃菜は言った。

「斎木さんは親切でした。近くに住んでるから、またチェーンが外れたら呼んでくれればいい、って言うんです。正直、助かるなと思いました。自転車屋さんに行けばいいんですけど、新しいチェーンにするのにいくらくらいかかるかわからないし、昼間はぎりぎりまで寝てるから時間がないんです。斎木さんは電話番号を教えてくれたので、あたしも教えました。よく知らない相手に電話番号を教えるのはちょっと抵抗があったんですけど、教えないわけにはいかないでしょ」

理解できる話ではある。チェーンに修理代をかけるより、すぐ呼び出せる男がいる利便性を採ったのだろう。昼間はぎりぎりまで寝ている、と熊谷妃菜は言うが、今こうして時間を割いてくれているのは、仕事を辞めたからかもしれない。ユーチューブに自分を捜す動画が出たからには、ほとぼりが冷めるまで身を隠そうとしていてもおかしくなかった。

「それが、知り合ったきっかけです。その後、何回か斎木さんに助けてもらいました。

何度か会えば世間話もするので、斎木さんが悪い人じゃないとわかりました。だから、あたしは自分の仕事のことも話して、お店に誘ってみました。ボトルを入れたりはしてくれなさそうだったけど、お店に来てくれれば、自転車修理のお礼でサービスしようって考えたんです」

「斎木はお店にも行ったんですか」

「はい、二回くらい。斎木さんもそんなにお金があるわけではないみたいだったので、何度もではないです」

その二回だけで、斎木はキャバクラの常連客だったと評判を立てられたのか。話に尾《お》鰭《ひれ》がつくとは、まさにこのことだ。

とはいえ、金が潤沢にあるわけではなかった斎木が、キャバクラに二回も行ったのはやはり回数が多いと捉えるべきだろう。プレゼントをしたことまで考え合わせるなら、斎木は熊谷妃菜に好意を抱いていたと見るべきだ。どうやら、一方通行の好意だったようだが。

「斎木とは、他にどんな付き合いをしていましたか」

今のところ、熊谷妃菜の子供の死が事件に繋がった気配はない。たったそれだけの付き合いしかなかった相手の子供が死んだところで、自暴自棄になってあんな大事件を起こすとは思えない。しかし、それは安達の発想なのかもしれない。斎木にとって、熊谷妃菜はこの程度の付き合いであっても心のよりどころだったのかもしれず、そんな相手の子供が病死したことで社会に絶望した可能性もある。まだ、何も判断できなかった。

「別に、これだけです」

熊谷妃菜は突っぱねるように言った。その言葉が本当かどうかわからない。少なくとも、何かの機会にプレゼントはもらっているはずだ。だが、斎木が大量殺人の犯人であることを思えば、付き合いは表面上のものだったということにしておきたいだろう。追及しても、口を閉ざすだけかもしれない。プレゼントのことは言わずにおいた。

「辛いことを思い出させてしまうかもしれず、大変恐縮なのですが、熊谷さんはお子さんを亡くされてますよね。手術費用を得るために、募金活動をしていたとか。その活動に、斎木は関わっていたのでしょうか」

おもむろに、本題に入った。事件の核心に手が届くかもしれない。そんな予感があった。

5

熊谷妃菜は身を引き、体をソファの背凭《せもた》れに預けた。そのまま、こちらにじっと視線を据え続ける。どう答えるべきか、迷っているのか。やり取りを終わりにされてしまうかもしれず、子供の死について触れるのは賭《かけ》だったが、この話を出さずに済ますわけにはいかなかったのだ。

「――あたしの子供が死んだことが、あの事件の引き金になったと疑ってるんですよね」

熊谷妃菜は、安達の疑問に自ら言及した。今度は安達が返事に迷う番だったが、正直でいるという方針を貫いた。

「はい、そうです」

「合ってますよ。その疑いは正しいです」

あっさりと認められ、面食らった。そうなのか。こんなことを言うからには、熊谷妃菜は斎木の本当の動機を知っているのだ。永久にわからないかもしれないとも思っていた答えに、ついに行き着いた。

「じゃ、じゃあ……」

「でもその前に、話を聞いてください。いろいろ、言いたいことが出てきました。斎木さんが話したことを、あたしは憶えてます。きっと斎木さんは、聞いて欲しいと思います」

「わかりました。もちろん、伺います」

なにやら、気圧《けお》されるように感じた。熊谷妃菜の中で、何かが切り替わったように思える。先ほどまでの怯《おび》えの色が払拭《ふっしょく》され、むしろ戦闘的とも言える雰囲気になった。安達の言葉の何かが、熊谷妃菜の中の怒りに火を点《つ》けたのだ。

「あたしの娘はモカといいます。拡張型心筋症になっちゃって、手術を受けられずに死にました。ご存じですよね」

「はい」

探偵を使って調べたんだろう、というニュアンスが熊谷妃菜の言葉には籠《こも》っていた。

そのとおりなので、否定しようがない。モカという名が、萌夏《もか》と書くことも知っていた。

「重症の拡張型心筋症は、心臓移植でしか治らないんです。ただ日本では、子供が脳死しても臓器を提供してくれる親はほとんどいない。そりゃあ、そうですよね。脳が死んだと言われても、心臓は動いてて体は温かいわけですから。そんな我が子の臓器を、もう死んでるから提供するなんて考えられる親はいないですよ。日本では子供の心臓移植例は、数えるほどしかないんです」

そのことも知っている。脳死した子供の臓器提供を迫られる親、臓器提供を待つしかない子供の親、どちらの気持ちも理解できる。正解のない問題としか言えなかった。

「だから、海外に行って手術を受けるしかないんです。海外でも親の気持ちは同じでしょうけど、例えばアメリカなら日本よりずっと人口が多いから、提供者が現れる可能性がそれだけ高くなるんです。実際、アメリカに行って移植手術を受けて、助かった日本人の子はいます。海外での手術だけが、萌夏のただひとつの希望でした」

探偵事務所の調べによると、萌夏は八歳だったそうだ。熊谷妃菜は若く見えるが、年齢は二十八歳である。萌夏が死んだのは去年なので、十九歳のときに産んだ子ということになる。熊谷妃菜に結婚歴はない。未婚の母であった。

「でもね、アメリカに行く旅費とか、入院費とか手術費用とか、それから向こうで臓器提供者が現れるまで待たなきゃならないから、その間の滞在費とか、全部ひっくるめて一億円くらいはかかるんですよ。そんなの、無理じゃないですか。あたしが貧乏だからってわけじゃなく、たとえ一流企業に勤めてても無理でしょ。萌夏の具合が悪いからって保育所に呼び出されて、町のお医者さんに行っても変な顔されて、紹介された大学病院でひどい病気だって診断されて、それで一億円なきゃ手術は受けられないって言うんですよ。死ねって言われたようなものじゃないですか。絶望なんてもんじゃなかったですよ」

熊谷妃菜は淡々と話すが、口先だけで絶望と言っているわけではないと伝わってきた。絶望のその先にまで行き着いてしまい、感情の起伏がなくなったのだ。そのことは、どんな鈍感な人間でも見て取れそうだった。熊谷妃菜は表情を消し、瞬《まばた》きの回数すら少なくなっている。まるで、不自然なCGが話しているかのようだ。

「あたし、親とも縁を切ってるから、相談できる相手がいなかったんです。お店のお客さんには子供がいることを内緒にしてたし、友達はあたしと同じでみんな馬鹿だし。だから、相談する相手は斎木さんしか思いつかなかったんです。斎木さんは萌夏のこともかわいがってくれてたから」

先ほどは店で二回会った以上の付き合いはないと言ったのに、熊谷妃菜は矛盾することを明かした。もちろん、わかった上で話しているのだろう。安達も、そこを指摘する気はない。今度こそ、本当のことを話してくれているのだと感じた。

「斎木さんに電話して、泣きました。あたし、萌夏をすっごく愛してたんです。自分の分身だと思ってました。かわいくてかわいくて、稼いだお金は全部萌夏のために使ってあげたくて、自分の食べる物を少なくしても萌夏には不自由をさせませんでした。どんどん大きくなって、片言で喋《しゃべ》り出したらまたかわいくて、それがいつの間にかしっかりして優しい子になって、誰と話をするより萌夏と話すことが好きでした。こんないい子が授かって、あたしがひとりで赤ちゃんを産むって決めたときはみんな反対したけど、やっぱり産んでよかったって毎日毎日思ってました」

どれだけ我が子を愛していたかを語る熊谷妃菜の表情は、やはり依然として能面のようだった。涙すら流さない。涙が涸《か》れる、という境地に達したのだろう。聞いている安達の心の方が痛んだ。

「斎木さんは拡張型心筋症のことを知ってました。前から頭いいんじゃないかなって思ってましたけど、やっぱり斎木さんは賢い人だったんです。で、同じように子供が拡張型心筋症になった人は、ネットで募金活動をして手術費用を貯めたって教えてくれたんです。その話を聞いて、ぱっと目の前が明るくなりました。募金で一億円なんて気が遠くなりそうだけど、実際に集めた人がいるなら不可能じゃないんです。それで友達から古いパソコンをもらって、ホームページの作り方を勉強しました。生まれてから、一番本気で勉強しましたよ。十日くらいでホームページを開いたから、人間死に物狂いになればできるんですね」

探偵事務所が作成した報告書には、そのホームページのスクリーンショットも含まれていた。熊谷妃菜は、萌夏と自分の写真も載せていた。萌夏は母親に似て丸顔で、写真の中で満面の笑みを浮かべていた。素直に、かわいいと思える子だった。そんな子が病に冒され、心臓移植を受けなければ死ぬとなれば、同情が集まったことだろう。実際、一千万円くらいまでは順調に集まっていたようだと報告書には書かれていた。

「ホームページをぽつんと作っただけじゃ、人に知られないでしょ。だからツイッターのアカウントも作って、子供の病気で悩む人にどんどん相互フォローを頼んで、萌夏のことを広めてもらいました。そうすればいいと教えてくれたのも、斎木さんです。あたし、ネットはスマホでちょこちょこ見るくらいだったので、斎木さんに教わらなければ何もできませんでした。それまであたしたち親子のことなんて誰も助けてくれなかったから、斎木さんが神様みたいに思えました」

誰も助けてくれなかった、という熊谷妃菜の言葉が耳に残るかのようだった。おそらく、斎木も同じ思いだったはずだからだ。斎木にも、誰も手を差し伸べなかった。斎木は助けられる代わりに、人を助けようとした。斎木の孤独に、一条の光が差しただろうと想像するのは難しくなかった。

「萌夏のことが知られると、どんどん寄付が集まり始めたんです。びっくりしました。世の中にこんなに優しい人がいるんだ、って心が温かくなりました。一億円はとんでもない額だけど、もしかしたら集まるかもしれないと希望を持ちました。そうしたら、萌夏は死なずに済むんです。毎日、というより一時間に一回くらいは寄付金の合計金額を確認して、神様に祈ってました。どうか萌夏を助けてください、って」

その先を聞くのは辛い。助からなかったという結果は、すでに知っている。だが、そこは省略していいと口を挟むこともできない。淡々と話す熊谷妃菜は、かえって一種異様な迫力を醸し出している。ともかく今は、語ってもらうしかなかった。

「神様はあたしの祈りを聞いてくれませんでした」

怒りも悲しみも込めず、熊谷妃菜は静かに言った。

6

「誰かが、あたしのことをネットに書いたんです。あたしがキャバで働いてる、って。それがどうしたって思うけど、キャバ嬢って見下される職業なんですよね。お客さんでもたまに、どうしてこんなところで働いてるのって説教する人がいますもん。キャバに来てるあなたと、レベルは同じでしょって言いたいですよ」

おそらく、それが現実なのだろう。例えば、自分の息子が婚約者としてキャバ嬢を連れてきて、諸手《もろて》を挙げて歓迎する親はあまりいないに違いない。職業差別は、厳然としてあるのだ。皆、良識がある人間でいたいから、本心を隠しているに過ぎない。

「そうしたら、風向きが変わりました。ツイッターでも、前は同情や励ましのレスばっかりだったのに、いやなことを言う人が増えたんです。『真面目に働く気はないんですか』とか、『幻滅しました』とか、『楽して生きようとしてるから、バチが当たるんだ』とか。人が人に対して、どうしてそんなひどいことが言えるんだろうと思いました。相手は人じゃなくて、悪口ボットなのかなって本気で思いましたよ。キャバ嬢は真面目な仕事じゃないんですか？　あたしはキャバで真面目に一所懸命働いてましたよ、萌夏のために。それがどうして幻滅なんですか。あたしの仕事が気に入らなくても、そのせいで萌夏にバチが当たったなんて、そんなこと言う奴は絶対に許せないですよ。そういう人って、面と向かっては言わないんですよね。ネットで匿名だから、言いたい放題なんです。人間って、匿名だといくらでもひどくなれるんですね」

ネットのいい面が募金活動など善意に基づく行動に表れる一方、悪い面はまさにそれだ。匿名の仮面を被《かぶ》ると、下劣な品性を露《あら》わにする人がいる。卑怯《ひきょう》と言うしかない。熊谷妃菜はネットのいい面悪い面の両方を、前後して味わってしまったようだ。

「ああいうのって、一度流れができちゃうと変えられないんですよ。たぶん、あたしたち親子に興味を持ってくれていた人も、なんとなく雰囲気で離れていったんだと思います。悪口を真に受けたんじゃなくて、ホントになんとなくなんですよ。なんとなくのいやな流れで、募金が集まりにくくなっちゃいました。最初の勢いのままなら、一億円も夢じゃないかもって思えたのに、一日で二千円もいかないって感じになっちゃいました。手術のリミットは近づいてくるのに、お金はぜんぜん貯まってなくて、気が狂いそうなほど絶望しました。あたしの悪口を言った奴らを、ひとりひとり殺して回りたいと思いましたよ」

熊谷妃菜の言動は過激だが、同じく娘を持つ親として、気持ちはよくわかる。もし自分が同じ立場に置かれたら、やはり同じことを考えるだろう。匿名で暴言を吐いた者たちを心底憎み、恨み続けるに違いない。相手が卑劣であるだけに、怒りも倍加するはずだった。

「……結局、間に合いませんでした」

ぽつりと言って、熊谷妃菜は俯いた。肩が小刻みに震えている。話すことでまた、悲しみを甦《よみがえ》らせてしまったらしい。申し訳ない気持ちでいっぱいになった。熊谷妃菜はバッグからハンカチを取り出し、目許《めもと》に当てた。せめてもと、安達は先を促さずに熊谷妃菜の感情が落ち着くのを待ち続けた。

「――斎木さんは、悪い流れを変えようとしてくれました」

二分余り嗚咽《おえつ》を噛《か》み殺してから、熊谷妃菜は唐突に話を再開した。顔を上げ、こちらを睨《にら》むように見据えている。その目は充血し、怒りを滲《にじ》ませていた。正直、気圧された。相槌《あいづち》も打てず、ただ耳を傾けた。

「実はあたし、斎木さんにはすごく感謝してたから、たまにおかずを多めに作ってお裾《すそ》分けしたりしてたんです。そのお礼のつもりか、斎木さんも萌夏にお菓子をくれたりしました。斎木さんはどうすればいいか自分のことのように考えて、いろいろアドバイスをしてくれました。ともかく、変なことを言う人と戦っては駄目だと言いました。それだとよけいに同情してくれる人が減る、って。変な人は無視して、もっと萌夏のエピソードをホームページに載せようというのが、斎木さんの考えでした。萌夏はかわいいから、写真とか子供らしいエピソードを載せればまともな人が見てくれるはずだって、励ましてくれたんです。だから間に合わずに萌夏が死んじゃったときは、本気で怒ってくれてました。どうしてこんなことになるんだって、顔を真っ赤にしてぶるぶる震えて、まるで自分の娘が死んだみたいでした。たぶん、あたし以外で一番悲しんでくれたのは、斎木さんです」

やはり斎木は、熊谷親子と深い関わりがあったのだ。誰にも相手にされず、女性との恋愛関係どころか男性との友情すら結べず生きてきた斎木が、手料理のお裾分けをしてもらうまでになった。斎木にとって熊谷妃菜が、かけがえのない人になったのは容易に想像できる。そんな女性の子供が、匿名の悪意と社会の無関心によって空《むな》しく命を落とした。その怒りが、大量殺人という形で噴出したのだとしたら筋は通る。問題は、なぜアニコンだったのか、だ。ここまで話を聞いても、まったく接点がない。斎木はどうして、怒りの矛先をアニコンに向けたのか。

「寄付が集まりにくくなってきた頃のことです。斎木さんがこんなことを言いました。あたし、萌夏が死んで絶望でいっぱいの中、何度も思い出しました。そのとおりだよなぁ、って思えたからです」

斎木が話したことを聞いて欲しい、と熊谷妃菜は前置きしていた。今からそれを語るようだ。安達は固唾《かたず》を呑《の》もうとして、喉《のど》がからからに渇いていることに気づいた。水のグラスに手を伸ばし、ひと口飲んでから促した。

「それは、どんなことですか」

熊谷妃菜は瞬きをせず、こちらを見据えている。充血した赤い目が、視線を物理的な力に変えて安達を串刺《くし》しにするかのようだった。

「人間はまだ進化が充分じゃないんだ、って。進化が足りないから、世の中にはいやなことがたくさん起きるんだって言ってました。あたしもそう思いますよ。人間が本当に優れた動物なら、どうして同じ人間にいやなことをしたりするんですか。ひどいことを言う自分を、なんで恥ずかしいと思わないんですかね。どうして自分がいやにならないんだろう。あたしは誰にも迷惑をかけずに、萌夏とふたりで細々と生きてただけなのに、そんなあたしたちを見下して、何が楽しかったのかぜんぜんわかりません。見下したり、攻撃したり、人間はおかしい生き物ですよ。あたし、知ってます。ネットで悪口書いた人だけじゃなく、みんなキャバ嬢とか風俗嬢を見下してるから、それで萌夏のために寄付する気がなくなったんでしょ。立派な生き物の振りして生きている人も、ホントは他人を見下す気持ちを心の中に持ってるんです。人間がもっともっと進化して、みんなが優しい生き物になってたら、萌夏はきっと死なずに済んだんです」

もう熊谷妃菜は、淡々とした口調をかなぐり捨てていた。その言葉には間違いなく、どうしようもない憤りが込められていた。そしてそれは、熊谷妃菜だけの怒りではないのだ。斎木もまた、同じ怒りを抱えていた。社会から見捨てられ、人として正当に扱われなかった斎木は、人間という種そのものに絶望していたのだった。

「ああ、そうだ。斎木さんはこんなことも言ってました。あたしとか斎木さんみたいな人を、社会的弱者って言うんでしょ。で、社会的弱者に救いの手をって話になると、決まって自己責任って言い出す人がいますよね。まともな職に就いてない人は、努力が足りないんだ、って。でも、それって弱肉強食の理屈だと、斎木さんは言ってました。強い者だけが生き残り、弱い者が死ぬのは仕方がないって考えるのは、動物の理屈だ、って。人間は動物であるのをやめて、社会生活を始めたはずなのに、って言ってましたよ。人間が作った社会は、本当なら助け合って弱い人も生きていけるようにする仕組みだったはずだ。なのにいまさら自己責任って言い出すのは、人間であることの放棄だ。弱肉強食の方がいいと思う人は、社会から出て森に行けばいいって。猛獣に襲われて死んでも、弱肉強食なんだからしょうがないでしょ、って。ホントにそうだよなって思います。斎木さんは、すごく頭がいい人でした」

自宅に籠り、ロストジェネレーションについての本を読んでいたときのことを安達は思い出した。あのとき、職を得られずに社会の底辺で生きざるを得ない人たちのことを、安達は努力不足と感じた。まさに、弱肉強食の理屈だ。人間であることの放棄、という斎木の言葉には、己の思慮の浅さをまざまざと突きつけられた思いだった。

「でも、これも斎木さんに聞いたことですけど、生物の進化には何万年もかかるんですってね。また絶望ですよ。人間が優しい生物になるには何万年もかかるなんて、絶望以外の何物でもないです。もういいや、って思いますよね。ホントに、もういいんです。絶望したんで」

熊谷妃菜の口調は、怒りの色をなくして投げやりになっていた。絶望絶望と連呼する話しぶりの裏に、こんなにも本当の絶望を感じることはもう二度とないだろう。これが、斎木の絶望でもあったのだ。安達の想像を遥《はる》かに上回る絶望だった。

熊谷妃菜はついに口を噤《つぐ》んだ。言いたいことをすべて話したのか、それきり続けようとしない。安達の裡《うち》で、もどかしさが募った。本当に知りたいことに、まだ至っていない。話すよう促していいものかどうか、判断がつかなかった。

「――斎木は、どうしてあんな事件を起こしたんですか」

だが結局、恐る恐る問うてみた。訊《き》かずに帰るわけにはいかないからだ。事件の真相が、すぐそこにある。手を伸ばさずにはいられなかった。

熊谷妃菜は、またこちらを睨んだ。そして驚いたことに、口許に冷笑を浮かべた。

「言いたくありません。内緒です」

「えっ」

思わず絶句した。ここまで来て、肝心の部分を伏せられてしまうとは考えもしなかった。熊谷妃菜は明らかに怒っている。その怒りは社会全般に向かっており、その中に安達も含まれている。安達が斎木を見下していたことを、熊谷妃菜は見抜いているからだ。どんなに言葉を重ねても、熊谷妃菜は安達を同じ側にいるとは見做《みな》さない。娘を見捨てた人たちを、今後もずっと憎み続けていくのだろうと思われた。

「私のことを憎んでいるからですか。私が斎木を、小学生の頃に苛めたからですか」

空しく、問い返した。どんな答えが返ってきても、その中核に熊谷妃菜の怒りがあることに変わりはない。あと一歩届かないのか、そう諦《あきら》めかけた。

「そうですね。そうだと思います。でも、どうして斎木さんがあんなことをしたのかは、考えればわかるはずですよ」

「えっ」

再度、驚きの声を上げた。考えればわかるのか。おれはすでに、材料を与えられているのか。

「一応言っておきますけど、あたしは斎木さんから何も聞いてませんでした。ニュースで事件を知って、本当にびっくりしました。でも、すぐに斎木さんの気持ちが理解できました。斎木さんはあたしたち親子のために、あんなことをしたんじゃないんです。本気で、あの人たちに腹が立ってたんだと思いますよ」

あの人たちとはむろん、被害者たちのことだろう。やはりあれは、意味のない無差別殺人などではなかったのか。斎木には、あそこにいる人たちを憎む理由があったのか。だが、未《いま》だに何もわからない。おれは何が見えていないのだ。

「安達さん、立派な会社にお勤めだから、頭いいんでしょ。頭いいなら、斎木さんの気持ちが必ずわかるはずですよね。だって、あたしでもわかったんだから」

熊谷妃菜は初めて安達の名を呼んだ。その物言いは、皮肉にしか聞こえなかった。

「もう、来ないでくださいね。絶望してても、あたしは生きていかなきゃならないんです。キャバ嬢やって、ずっと絶望しながら生きていくんです。もう放っておいてください」

そう言い置いて、熊谷妃菜はふらりと立ち上がった。そしてそのまま、体重がないかのような足取りで安達から離れていく。呼び止めたかったが、かける言葉は思いつかなかった。

熊谷妃菜にかける言葉は、二度と見つけられないだろうと思った。

7

家に帰り、熊谷妃菜から聞いたことをすべて、美春に話した。美春は何度か驚いた顔をしたが、口は挟まず最後まで黙って耳を傾けていた。安達が語り終えると、ため息をついてようやく言葉を発した。

「きつい話だね。自分が責められてるみたいに感じた」

美春でもそうなのか。いや、そうに決まっている。美春はこの話を聞いて、自分は関係ないと考えるような人ではない。責められていると感じるのは当然だった。

「別にキャバ嬢を見下しているつもりなんてなかったけど、子供たちに将来キャバクラで働いて欲しいかって言ったら、違うもんね。できるなら、違う仕事について欲しいと思う。ってことは、いい仕事だとは思ってないんだろうね」

何も言えなかった。娘たちの将来に関しては、まったく同感だったからだ。美春は辛そうに首を振る。

「でも、お母さんがキャバ嬢だからって、寄付するのをやめるとは思えない。そこまで偏見はないつもりだけど、そうは言っても実際に寄付はしてないからね。その人に対してだけじゃなく、私、生まれてからこれまで寄付なんてほとんどしたことないよ」

「それは、おれも同じだ」

寄付経験といえば、東日本大震災の後に日本赤十字社に一万円寄付したことがあるだけだ。それ以前は、かなり遡《さかのぼ》って思い返してみても、子供の頃に赤い羽根募金の箱に十円硬貨を入れた記憶があるくらいである。病気の子供が世の中にいることはなんとなく認識していても、視野に入ってはいなかった。

「寄付する余裕がなかったとか、きっかけがなかったとか、ついそんなことを言いたくなるけど、実際に寄付してる人はそういう言い訳はしないんだよね、きっと」

「……うん、そうだろうな」

美春は精神的にかなりダメージを受けたようだった。罪の意識を美春にも分担させたようで、ただただ申し訳なく思った。

考えればわかるはず、と熊谷妃菜が言う斎木の動機は、美春も首を傾《かし》げるだけだった。私も考えてみる、と言うので、これ以上心理的負担をかけたくないとは思ったものの、ひとまず頷く。考えなくていい、とは言えなかったのだ。

とはいえ、自力で気づく必要があった。斎木の気持ちは、誰かに教えられたのでは意味がないと思い始めている。熊谷妃菜が語ってくれなかったのは、かえってよかったのだ。ここまで追い求めてきた真相は、あっさり与えられるべきではなく、自分の手で摑《つか》みたかった。

自室に籠って、思考に集中した。斎木はどうやら、人が大勢集まっている場所ならどこでもいいと考えていたわけではなかったらしい。明確に、アニコンを狙ったのだ。ならば、アニコンについてもっと詳しく知る必要がある。

考えてみれば、これまで一度もアニコンにフォーカスして調べたことはなかった。斎木の目的は大量殺人そのものだと、無意識に思い込んでいたからだ。斎木とアニコンの間に接点がなかったことも、そんな思い込みを助長した。斎木はアニコンのどこに腹を立てたのか。

インターネットで、アニコンの情報を仕入れた。大きいイベントという認識はあったが、安達の想像以上だった。この種のイベントとしては、日本で最大級ではないだろうか。アニメは今や、一大産業なのだ。

それだけのイベントであるからには、莫大《ばくだい》な金が動く。来場者はひとり平均三万円は消費するというから驚いた。この日に合わせて貯金をする人も少なくないという。中には十万円単位でグッズを買い込む人もいるそうだ。

極めつけは、オークションだった。有名フィギュア作家の作品に数百万円の値がつくというから、もはや感覚としては美術品に近い。近頃は海外からもバイヤーがやってくるとの話もあった。

これなのか。この金の動きこそ、斎木が腹を立てた理由なのかと考えた。キャバ嬢の娘だからと、手術費用に充てるための寄付もまるで集まらない現実がある一方、アニメグッズに数万円を投じる人たちが何万人もいる。アニメキャラのフィギュアに、何百万円も払う者もいる。それらの人たちがほんの少しでも寄付してくれたら、熊谷萌夏は死なずに済んだ。斎木はそう考えてしまったのではないだろうか。

だが、それだけでは結びつきが弱い気がした。金が動く場は、他にもある。美術品のオークションなら、数十億の金が飛び交う。金の浪費に怒るのであれば、そうした方に目を向けるべきではないのか。これが理由だったのか、と膝《ひざ》を打つ感覚がないのも、考えればわかるという熊谷妃菜の言葉と合致しないように思えた。

考えあぐね、探偵事務所の報告書を読み直してみた。そして、あることに気づいて目を瞠《みは》った。熊谷萌夏の命日だ。熊谷萌夏は、去年の十一月に命を落としている。斎木が凶行に及んだのもまた、十一月だ。もしや事件の日は、熊谷萌夏の命日だったのではないだろうか。

そう閃《ひらめ》いたのは一瞬のことで、すぐに違うと自分で否定した。事件が起きたのは十一月十八日で、熊谷萌夏の命日は十一月二十二日だ。たった四日の違いだが、一致してはいないのである。このずれには、何か意味があるのだろうか。

熊谷萌夏の命日には、大きいイベントがなかったためかと考えてみた。やむなく、一番近い日に開かれるアニコンに恨みを向けた。そう仮説を立ててみたものの、膝を打つ感覚がないことに変わりはない。どうもしっくりしない、というのが正直なところだった。

斎木が凶行に走った日と熊谷萌夏の命日が近いのは、ただの偶然か。まるで離れているなら、命日は関係ないと断定できる。だが微妙に近いのは、どうにも気になった。命日が近づいてくれば、斎木は怒りを再燃させたことだろう。だから、その怒りが凶行に走らせたことは間違いない。しかし依然として、なぜアニコンなのかという疑問は残る。たくさんの材料を手にしてもまだ、最初の地点からまったく動いていないかのようだった。

残念ながら、これ以上の考えは出てこなかった。頭いいんでしょ、という熊谷妃菜の言葉が耳に甦る。そんなことはないんだ、と本気で否定した。自分の頭脳水準を、もはや安達は信用していない。己を優れた人間だなどと考えることは、もう一生ないだろう。

ずっと斎木のことを考え続けて、丸二日が経《た》った。この間、特に出かけもせずに自室に籠り、思考に没頭した。気分転換でもした方が閃きが訪れるのかもしれないが、外に出る気になれない。考えればわかるはず、という熊谷妃菜の言葉が、呪いのように安達を縛りつけていた。

最近は、同僚から様子伺いのメールが来るようになった。腫《は》れ物に触るかのような文面だが、やはり友人はありがたいと思う。今回の経験は、いずれ友人知人にも話そうと考えている。どう受け止められるかはわからないが、何人かの胸には響くだろう。そうでなければ、こんな体験をした意味がなかった。旧悪を恥じる気持ちは、とっくに捨てていた。

近いうちに復帰したい、と返事に書いた。願望に過ぎないが、前に進めているという実感はある。真の動機には辿《たど》り着けていなくても、小学校時代のいじめが斎木の人生を曲げたことは間違いないと認識した。そのことの責任に向き合う勇気は、心が傷だらけになった末に芽生えたと思う。休職によって得たものは大きかった、と言えることが嬉《うれ》しい。

熊谷妃菜と会った日から、三日後のことだった。子供たちが学校と幼稚園に行った後、美春が恐る恐るといった体《てい》で話しかけてきた。美春もまだ、話題によってはこんな態度をとる。病気の影響が完全に払拭されるには、しばらく時間がかかるだろう。

「あのさ、ちょっといいかな」

「何?」

まさか、斎木の真の動機に安達より先に思い至ったとでも言うのではないだろうな。そんなふうに身構えたが、美春の話はまるで別のことだった。

「今年の周くんの誕生日、どうする？」

「ああ」

そうか、もうそんな時期か。それどころではなかったから、すっかり忘れていた。美春も、安達に心の余裕がないことがわかるからこそ、こんなふうに訊いてくるのだろう。

「いつもどおり、夜はどこかに食べに行こうよ」

「えっ、いいの？」

「もちろんだよ。子供たちも楽しみにしてるからな」

例年、家族の誕生日には外食をするのが常だった。子供が小さいから静かなレストランには行けないが、焼き肉屋でも回転寿司《ずし》でも、家族で行けば楽しいものだ。幸い、まったく外に出られない状態は脱した。家族の楽しみを、自分の精神状態のために奪いたくはなかった。

「去年は土曜日だったから、昼間から遊びに行けたけど、今年は平日だね。夜の食事だけだな」

美春は安堵したように微笑《ほほえ》み、前年のことに言及した。去年は車で、相模湖《さがみこ》まで足を延ばした。さんざん遊んだ娘たちは帰路に寝てしまい、途中で寄ったサービスエリアでは不機嫌だった。そんなことも、いい思い出だった。

ふと、頭に引っかかることがあった。今、何か大事なことに触れた気がする。いったいなんなのか。美春の言葉が、安達の思考を刺激したのだった。

「──そうか」

自らの思いつきに、脳を専有された。駆け出して、リビングから自室に飛び込む。パソコンを立ち上げるのももどかしく、スマートフォンを手に取った。検索して、すぐに答えを得た。ああ、と思わず声が漏れた。

誕生日は日付は毎年同じだが、曜日が年によって変わる。それとは逆に、曜日が固定していて日にちが変わるというケースもあるのだ。大きなイベントが、そうだった。アニコンは毎年、十一月の第三週の週末に開かれていた。去年のアニコンは、十一月二十日から二十二日までだった。

熊谷萌夏が息を引き取った日、アニコンは開催されていたのだ。

安達は椅子に体を投げ出し、瞑目《めいもく》した。だからか。だからだったのか。斎木が好意を抱いていた女性の娘は、手術費用が足りずに空しく命を落とした。その一方、同じ日に何万もの人が、数万円を投じてアニメグッズを買っていた。アニコンの様子は、テレビでも報道される。失意のどん底にいた斎木は、その光景を見たのではないか。ひとりひとりが千円でも二千円でも寄付してくれていれば、手術に必要な額に近づいていたはずだ。それなのに、母親がキャバ嬢だからという理由で、寄付してくれる人は減った。小さい女の子が死んだ日に、何も知らずに大金を使っていた人たち。斎木の怒りは、このときアニコンに向かったのだ。

もちろん斎木は、熊谷親子をまったく顧みようとしなかった人全員に憤っていたのだろう。だが、日本国民の大半が相手では、怒りもぼやける。アニコンという対象を得て、斎木の怒りは具体化したのだ。たった千円が小さい子供の命を救うかもしれないと、想像もしなかった人たちへの怒りが。

その怒りは、一年程度の時間では消え去らなかったに違いない。斎木はずっと、アニコンを襲撃しようと考えていたのだろう。とはいえ、頭に血が上って犯行に及んだならともかく、一年もあれば冷静に振り返ることもできたはずだ。その間、思いとどまろうとはしなかったのだろうか。

そこまで思考を進め、思い出したことがあった。斎木はファミリーレストランでの仕事を辞める直前、飼っていたインコに死なれたと荒井が言っていた。ペットの死は、第三者には大したことではないように思える。だが、ペットを愛していた者にとっては大変な悲劇だ。もしかしたらインコは、犯行後の自殺を考えていた斎木にとって、錨《いかり》のような役割を果たしていたのかもしれない。犯行を思いとどまり、今後も生きていくためのよすがとなる錨。その錨が、アニコンの一ヵ月前に失われてしまった。斎木の決意は、そのとき決定的に固まったのではないだろうか。

しかし、と安達は考える。しかしだ、斎木。寄付をしなかった人たちは想像力がなかったかもしれないが、それはなんの罪でもない。人間の想像力には、自《おの》ずと限界がある。

すべてを想像し、そのすべてに対応することなど、人間には不可能なのだ。優しさの欠如とは別問題だ。

それに、想像力がないという点では、斎木も同類ではないか。怒りに任せて人を殺せば、悲しむ人が必ず出てくる。斎木の行動が、大勢の悲しい人を作り出したのだ。そのことになぜ、事前に思い至らなかった。加えて、アニコンには熊谷萌夏のために寄付をした人もいたかもしれないではないか。お前は火炎瓶を投げつける前に、そのことをいちいち確認したのか。してないならば、お前は殺すべきでない相手をも殺した可能性があるのだぞ。そんな想像もできないほど、怒りに視野が狭まっていたのか。ならば、お前には他者を責める資格はないはずだ。

当然、そんなことはわかっていただろう。わかっていてなお、斎木を凶行に走らせたものの正体を、安達はもう知っている。絶望だ。数万年先にしか、望む世界がないという絶望。想像力がない人間たちは、これから何万年も互いを傷つけあって生きていくのか。人間とは、そういう種なのか。

斎木は、自分が人間であることにも絶望していたのかもしれない。斎木は想像力がない人間のひとりだった。そして安達も、同じく人間だ。人間はなぜ、自分の周囲に向ける分しか優しさを持っていないのだろうか。

斎木の絶望を、改めて想像する。世界に絶望し、人間に絶望し、自分自身にすら絶望した果てには、もう何も残っていなかった。

エピローグ

一ヵ月の休職を経て、安達は仕事に復帰した。この間の不安は、主にふたつだった。ひとつは、小学校時代に斎木を苛《いじ》めていたとして安達の名が世に出てしまうこと。もうひとつは、自分が通勤に耐えられるかどうかだった。

ひとつ目の不安は、案ずるまでもなかった。安達を標的としたらしきブログが、なぜか突然なくなってしまったからだ。場所を移したのかと思い、さんざん捜してみたが、ブログは存在していなかった。どうやらブログの書き手は、気が変わったらしい。

安達がいじめっ子だったという証拠が、ついに見つからなかったためかもしれない。証拠もなしに個人名を出しては、名誉毀損《きそん》で訴えられると恐れたのだろう。あのブログも、証拠集めのために開設したとも考えられる。だが、証言は集まらなかった。やむなく、安達を告発するのはやめたといったところではないだろうか。

理由はどうあれ、安達の名を出すことを思いとどまってくれたならありがたいことだった。自分の過去の愚かさのせいで、家族を危険に曝《さら》すことには耐えられない。相手の正体が不明なので完全に安心できたわけではないが、ひとまず思い悩む必要はなくなった。

そしてふたつ目の不安は、実際に通勤のために電車に乗ってみなければどうなるかわからなかった。パニック障害の恐怖は、自分で自分がコントロールできなくなる恐怖だった。自分の反応に信頼がおけなければ、これまで築いてきた自信が根底から崩れる。まずはフレックス制度を使い、ラッシュ時間を避けてゆっくり出勤してみた。

大丈夫だった。通常より短い勤務時間から始めてみたところ、特にブランクも感じずに業務に復帰できた。部下たちや、他の部署の同期が覗《のぞ》きに来て、心配してくれた。そんな気持ちが嬉《うれ》しく、体に力が入るかのようだった。まるでリハビリだなと思いつつ、三日かけて通常勤務に戻した。朝の通勤は、むしろ早起きしてラッシュを避けて会社に向かった。

安達が復職したことを誰よりも喜んでくれたのは、美春だった。安達が家にいる間はなんとか涙を隠そうとしていた美春だが、復職初日に無事に帰宅した際にはぼろぼろと泣いた。結婚して以来、美春がそんなに泣くのは初めてだったので驚いた。自分がどれだけ精神的負担を美春に与えていたかが改《あらた》めてわかり、安達も涙ぐんでしまった。子供たちが見ている前だったが、美春が泣き止《や》むまでずっと抱き締めた。子供たちも、意味はわかっていないだろうに、大声で泣きながら親たちの脚に縋《すが》った。

日々は、まるで何事もなかったかのような状態に戻った。東京グランドアリーナの事件も、もう話題になることもなくなった。新しい事件は、日々起こる。どんなに大事件であろうと、古びることは避けられないのであった。

ある朝のことだった。用賀駅の改札口を通ると、ベビーカーを押した若い母親がいた。用賀駅はホームが地下なので、下に降りるエレベーターがある。だが朝のこの時間帯はエレベーターを使う人が多く、ベビーカーごと乗るには少し待つ必要がありそうだった。時間がないのか、母親は諦《あきら》めてエスカレーターの方へと向かった。

母親は大きいバッグを持っていた。片手でベビーカーを押し、片手でバッグを摑《つか》んでいるのである。安達は考えるより先に近づき、声をかけた。

「お手伝いしましょう」

「えっ」

突然背後から話しかけられ、母親は驚いたようだった。振り返ってこちらを見ると、わずかに不審そうな顔をする。無理もない。こうして声をかけられることはほとんどないだろうし、相手が中年男性では警戒心が湧くのも当然だ。母親のそんな不安を和らげるために、安達は微笑みかけた。

「そんな大きいバッグを持って、ベビーカーごとエスカレーターに乗るのは危ないですよ。私が前から支えましょう」

「えっ、でも……」

なおも母親は、後込《しりご》みする気配を隠さなかった。安達は苛立《いらだ》たず、言葉を重ねた。

「私も小さい娘がふたりいるので、ベビーカーを押して移動する大変さは知っています。それに、周りにはこんなに人がいますから、変なことなんてできませんよ。前に立ってベビーカーを支えるだけですから、そんなに心配しないでください」

「はあ、すみません」

気まずそうに、母親は詫《わ》びた。有無を言わさず先にエスカレーターに乗り、振り返る。母親はベビーカーを押して、エスカレーターの段に載せた。前輪が浮き、後輪だけが段に載っている格好になる。何かの拍子に母親の手が離れたら、ベビーカーが下に落ちて大惨事となってしまう。安達は両手で、ベビーカーの前部を支えた。

ベビーカーに乗っているのは、一歳くらいの男の子だった。きょとんとした顔で、安達を見ている。目が合うので、笑いかけた。ホームに着くまで、赤ん坊はずっと不思議そうに安達を見つめていた。

エスカレーターを降りたところで、手を離した。「では」とだけ言って、その場を離れようとした。すると、「あの」と母親が呼び止めた。母親は一歩前に出てきて、頭を下げた。

「ありがとうございました。あの、警戒してすみませんでした」

「いえ、小さい子がいれば当たり前のことです。電車に乗る際も、気をつけて」

「はい」

母親は頷《うなず》いて、もう一度頭を下げた。長くとどまっては気を使わせてしまうので、安達は少し早足になってその場を離れた。

斎木が熊谷妃菜に声をかけたときも、こんな気持ちだったのだろうか。安達は考える。困っている人がいれば手を差し伸べるのは、人間の本能のようなものだ。しかし実際には、なかなか行動に移せない。今の場合でも、昔の安達なら危なっかしいと思いつつ、そのまま通り過ぎていた。相手に警戒されるのは、目に見えていたからだ。

見知らぬ人に親切にするには、勇気がいる。そのちょっとした勇気の欠如が積み重なり、冷たい社会ができあがってしまった。斎木はこれを生物としての欠陥と考え、数万年の時間しか解決できないと絶望した。熊谷妃菜も、絶望しながら生きていくと言った。

だが、と安達は思う。人間の心には必ず、善の芽が宿っているはずだ。その善の芽をひとりひとりが育てていけば、数万年も待たずとも斎木が望んだ社会が必ず現れる。もちろん、短い時間で善の芽が育つなどと楽観はしていない。もしかしたら何十年、あるいは何百年もかかってしまうかもしれない。それでも、人間は動物であるのをやめて社会を作ったのだ。さらにもう一歩踏み出すことは、決して不可能ではないと安達は信じていた。

電車がホームにやってきた。安達は乗り込み、吊革《つりかわ》に摑まった。今日もまた、一日が始まる。しかし昨日と同じ一日ではなく、少しだけでもいいからよい一日になってくれることを願った。

解説

石井《いしい》光太《こうた》（ノンフィクション作家）

読者の中に、「自分はいじめとは完全に無関係だった」と言い切れる人はいるだろうか。あるいは、子供の頃に誰かを傷つけた経験はなかったと断言できる人はいるだろうか。

ほとんどの学校でいじめは起きている。直接手を下していなかったとしても、被害者の側からすれば、傍観者もまた加害者の一人である。また、何気なく発した言葉、とった行動が、予期せぬところで他者の心をえぐっていることもあるだろう。

私たちはみんな心のどこかにそんな〝原罪〟を抱えているが、日頃はほとんど意識することはない。だが、何年か後に、被害者の身に何か大きな出来事が起きた時、突如としてその記憶が蘇《よみがえ》り、人生を大きく変えることがある――。

本書は、都内で開かれたアニメコンベンションの会場で、四十一歳の無職の男性・斎《さい》木均《きひとし》が無差別殺人事件を起こすところから幕を開ける。参加者の列に向かって十本近い火炎瓶を投げつけ、多数の死傷者を出したのだ。

主人公は、三十年前に斎木と同級生だった安達周《あだちしゅう》だ。有名な銀行に勤めている彼は、このニュースを目にした瞬間、苦々しい過去を思い出す。彼は小学校時代に斎木の名前をもじって「斎木菌」と呼んだことがあり、それが発端となってクラスの中で斎木に対する陰湿ないじめが幕を開けたのだ。数カ月後、斎木はそれが原因で不登校になる。

安達は、斎木が無差別殺人を起こしたのは小学校時代のいじめが原因ではないかと考え、その足跡をたどりはじめる。そして不登校がきっかけとなり、斎木が社会の隅で「ひきこもり」「ブラック企業の犠牲者」「ワーキングプア」として生きていく中で、社会への憎悪を膨らましていったことを知るのである。

安達と同じく、斎木の周りの人々も事件を契機に人生が変わっていく。かつていじめに加担しながら今は幸せな日々を送る元同級生、わが子が不登校になった後も助けられなかった斎木の両親、事件で子供を殺害された遺族なども、事件といじめの因果関係について目を向けざるをえなくなる。

なぜ、斎木は大量殺人事件を起こしたのか。あの時に自分は何ができたのか。そして今、何をすべきなのか。あらゆる人たちが斎木の心の闇に足を踏み入れ、怒り、悲しみ、後悔にもがき苦しむのである。

本書を読み進めていく中で私の脳裏を過《よぎ》ったのは、実際に起きた事件を取材する過程で知り合った大勢の関係者たちだった。

私はノンフィクションの書き手として、これまでたくさんの殺人事件を調べ、ルポにまとめてきた。通常、大きな事件が報じられた時には、容疑者は身を隠しているか、すでに警察に逮捕されているかしている。そのため、事件の詳細を明らかにするためには、容疑者の周辺の人間関係を調べ上げ、一人ひとりに会って話を聞くことになる。

容疑者の関係者とは、家族、友達、同級生、同僚、恩師といった人たちだ。聞き取り、卒業アルバム、名簿、SNS、電話帳、裁判傍聴などいろんな方法を駆使して関係者を見つけて連絡を取り、話を聞かせてもらったり、資料となるものをもらったりするのだ。それによって容疑者の人物像を浮かび上がらせ、事件が引き起こされたプロセスを描いていく。

取材において金品の供与は基本的には行わない。おそらく取材経験のない人は、それならなぜ容疑者の関係者が、私のような第三者のインタビューに応じるのかと疑問に思うかもしれない。

関係者が取材を受ける明確な理由がある。それは彼らが一つの共通の感情を持っているためだ。たとえば、ある児童虐待死事件の加害者の友人は、インタビューに応じた動機をこう話していた。

「彼（容疑者）が事件を起こした背景には、自分も何かしらの形でかかわっているかもしれない。だからこそ、止められなかったのが悔しい。今でも遅くないので、知っていることをすべて話すので事件がなぜ起きたのかを明らかにしてほしいです」

他の関係者も同じだった。元担任の教師は「あの子を中学時代に不登校にさせてしまった自分のせいかもしれない」と語っていたし、実の父親は「自分が離婚をしたことも一因だろう」と語っていた。妹は「自分がもっとやさしい言葉をかけなかったのがいけなかった」と悔やんでいた。

彼らは自分なりの視点で事件との関係性を見いだし、苦しんでいたのである。ゆえに、私のような取材者に自分の知っていることを赤裸々に打ち明け、代わりに実態を明らかにして社会に役立ててほしいと考えるのだ。彼らなりの「贖罪《しょくざい》」なのである。

では、事件が起きたのは、彼らの責任だったのか。これは、非常に難しい問いだ。事件は容疑者がたどってきた人生の産物として起こるものであり、一つの要因に絞られるわけではない。それでも、彼らが何かしらの影響を容疑者に与えているのも事実だ。

冒頭で私は〝原罪〟という表現を用いたが、それは生きることと他者に影響を与えることが同義だという意味においてだ。事件でも、事故でも、災害でも、予期せぬことが起きた時、私たちはその原罪を突き付けられる。

本書のタイトル「悪の芽」は、犯罪の要因としての萌芽《ほうが》であり、すべての人はそれに加担してしまう可能性があることを示している。

私たちはその原罪から逃れることはできないのだろうか。世の中の悪の芽とは無縁ではいられないのか。

私はそうは思わない。少なくとも、事件取材で出会った容疑者の周りにいた人たちの決断は異なっていた。

前出の児童虐待死事件において、容疑者を不登校にしてしまったと悩む元担任の教師は、その後、元不登校の生徒が多く通う定時制高校の管理職となり、先頭を切って不登校を減らす取り組みを行った。毎日、校門の前で生徒に挨拶《あいさつ》をし、学校運営に支援団体を組み込み、卒業生のアフターケアを行う仕組みを作ったのだ。

容疑者の妹は、事件を機に家族と頻繁に言葉を交わすようになっただけでなく、こども食堂にボランティアスタッフとしてかかわるようになった。自分の家族だけでなく、地域の幼い子たちが健全に育つようにと活動をはじめたのである。

元担任の教師はそれをした理由を次のように語っていた。

「後悔ですよ。もっと自分にできることがあったんじゃないかっていう後悔です。でも、教師をやる限りずっとそれはついてくることだと思うんです。それなら、たとえこの先に同じことが起きても、後悔しないことをやっていこうと思ったんです」

本書を読み進める中で私の胸を打ったのは、登場人物たちが事件とかかわったことで自分の考え方や生き方を変えていくところだ。

会場に居合わせたことで事件の一部始終を動画に撮影し、ネットに流した大学生・亀《かめ》谷壮弥《たにそうや》。彼は事件を多くの人に伝えようと動画投稿にのめり込むが、途中でその影響力の大きさに気づき、ある決断をする。

かつての斎木をいじめた同級生の真壁友紀《まかべともき》は、過去を後悔する中で、自分の子供も学校で起きているいじめに悩んでいることを知る。そして息子にあることをする。

被害者の遺族である江成厚子《えなりあつこ》は、斎木が事件を起こした背景にいじめがあるという情報をつかみ、加害者の一人である安達を特定する。ネットに彼の個人情報をさらす直前、ある心境の変化が訪れる。

彼らが事件と向き合う中でどのような選択をしたのか。主人公の安達が最後にどんな光景を目にしたのか。本書を最後まで読んだ人なら、それがわかるだろう。

人は原罪を抱えて生きていくものだ。だが、それによって悪の芽を育てることもできれば、抗《あらが》って別の芽を育てることもできる。私たちは社会にどんな種を蒔《ま》くべきなのか。

本書は、そんな問いを感動と共に投げかけてくれる。

本書は、二〇二一年二月に小社より刊行された
単行本を加筆修正のうえ、文庫化したものです。

悪《あく》の芽《め》

貫井徳郎《ぬくいとくろう》

令和6年 1月25日 初版発行

発行者●山下直久

発行●株式会社KADOKAWA
〒102-8177 東京都千代田区富士見2-13-3
電話 0570-002-301（ナビダイヤル）

角川文庫 23984

印刷所●株式会社暁印刷
製本所●本間製本株式会社

表紙画●和田三造

●お問い合わせ
https://www.kadokawa.co.jp/（「お問い合わせ」へお進みください）
※内容によっては、お答えできない場合があります。
※サポートは日本国内のみとさせていただきます。
※Japanese text only

ISBN 978-4-04-113874-8 C0193

◇◇◇

角川文庫発刊に際して

角川源義

第二次世界大戦の敗北は、軍事力の敗北であった以上に、私たちの若い文化力の敗退であった。私たちの文化が戦争に対して如何に無力であり、単なるあだ花に過ぎなかったかを、私たちは身を以て体験し痛感した。西洋近代文化の摂取にとって、明治以後八十年の歳月は決して短かすぎたとは言えない。にもかかわらず、近代文化の伝統を確立し、自由な批判と柔軟な良識に富む文化層として自らを形成することに私たちは失敗して来た。そしてこれは、各層への文化の普及滲透を任務とする出版人の責任でもあった。

一九四五年以来、私たちは再び振出しに戻り、第一歩から踏み出すことを余儀なくされた。これは大きな不幸ではあるが、反面、これまでの混沌・未熟・歪曲の中にあった我が国の文化に秩序と確たる基礎を齎らすためには絶好の機会でもある。角川書店は、このような祖国の文化的危機にあたり、微力をも顧みず再建の礎石たるべき抱負と決意とをもって出発したが、ここに創立以来の念願を果すべく角川文庫を発刊する。これまで刊行されたあらゆる全集叢書文庫類の長所と短所とを検討し、古今東西の不朽の典籍を、良心的編集のもとに、廉価に、そして書架にふさわしい美本として、多くのひとびとに提供しようとする。しかし私たちは徒らに百科全書的な知識のジレッタントを作ることを目的とせず、あくまで祖国の文化に秩序と再建への道を示し、この文庫を角川書店の栄ある事業として、今後永久に継続発展せしめ、学芸と教養との殿堂として大成せんことを期したい。多くの読書子の愛情ある忠言と支持とによって、この希望と抱負とを完遂せしめられんことを願う。

一九四九年五月三日

白磁《はくじ》の薔薇《ばら》

あさのあつこ

令和3年 2月25日　初版発行
令和6年 12月5日　再版発行

発行者●山下直久

発行●株式会社KADOKAWA
〒102-8177　東京都千代田区富士見2-13-3
電話　0570-002-301（ナビダイヤル）

角川文庫 22534

印刷所●株式会社KADOKAWA
製本所●株式会社KADOKAWA

表紙画●和田三造

●お問い合わせ
https://www.kadokawa.co.jp/（「お問い合わせ」へお進みください）
※内容によっては、お答えできない場合があります。
※サポートは日本国内のみとさせていただきます。
※Japanese text only

ISBN 978-4-04-109191-3　C0193

角川文庫発刊に際して

角川源義

第二次世界大戦の敗北は、軍事力の敗北であった以上に、私たちの若い文化力の敗退であった。私たちの文化が戦争に対して如何に無力であり、単なるあだ花に過ぎなかったかを、私たちは身を以て体験し痛感した。西洋近代文化の摂取にとって、明治以後八十年の歳月は決して短かすぎたとは言えない。にもかかわらず、近代文化の伝統を確立し、自由な批判と柔軟な良識に富む文化層として自らを形成することに私たちは失敗して来た。そしてこれは、各層への文化の普及滲透を任務とする出版人の責任でもあった。

一九四五年以来、私たちは再び振出しに戻り、第一歩から踏み出すことを余儀なくされた。これは大きな不幸ではあるが、反面、これまでの混沌・未熟・歪曲の中にあった我が国の文化に秩序と確たる基礎を齎らすためには絶好の機会でもある。角川書店は、このような祖国の文化的危機にあたり、微力をも顧みず再建の礎石たるべき抱負と決意とをもって出発したが、ここに創立以来の念願を果すべく角川文庫を発刊する。これまで刊行されたあらゆる全集叢書文庫類の長所と短所とを検討し、古今東西の不朽の典籍を、良心的編集のもとに、廉価に、そして書架にふさわしい美本として、多くのひとびとに提供しようとする。しかし私たちは徒らに百科全書的な知識のジレッタントを作ることを目的とせず、あくまで祖国の文化に秩序と再建への道を示し、この文庫を角川書店の栄ある事業として、今後永久に継続発展せしめ、学芸と教養との殿堂として大成せんことを期したい。多くの読書子の愛情ある忠言と支持とによって、この希望と抱負とを完遂せしめられんことを願う。

一九四九年五月三日

角川文庫ベストセラー

バッテリー　全六巻　あさのあつこ

中学入学直前の春、岡山県の県境の町に引っ越してきた巧。ピッチャーとしての自分の才能を信じ切る彼の前に、同級生の豪が現れ!? 二人なら「最高のバッテリー」になれる! 世代を超えるベストセラー!!

ラスト・イニング　あさのあつこ

大人気シリーズ「バッテリー」屈指の人気キャラクター・瑞垣の目を通して語られる、彼らのその後の物語。新田東中と横手二中。運命の試合が再開された! ファン必携の一冊!

晩夏のプレイボール　あさのあつこ

「野球っておもしろいんだ」——甲子園常連の強豪高校でなくても、自分の夢を友に託すことになっても、女の子であっても、いくつになっても、関係ない……野球を愛する者、それぞれの夏の甲子園を描く短編集。

グラウンドの空　あさのあつこ

甲子園に魅せられ地元の小さな中学校で野球を始めたキャッチャーの瑞希。ある日、ピッチャーとしてずば抜けた才能をもつ透哉が転校してくる。だが彼は心に傷を負っていて——。少年達の鮮烈な青春野球小説!

グラウンドの詩《うた》　あさのあつこ

心を閉ざしていたピッチャー・透哉とバッテリーを組む瑞希。互いを信じて練習に励み、ついに全国大会への出場が決まるが、野球部で新たな問題が起き……中学球児たちの心震える青春野球小説、第2弾!